Peter Bergmann

Die Melodie der Walnuss

Chefinspektor Falks Hexenfall

Impressum
Die Melodie der Walnuss – Chefinspektor Falks Hexenfall

Fall Nr. 3 der Reihe „Kärntner Mordsbullen"

Kriminalroman
Autor: Peter Bergmann
Kontakt: pbergmann@aon.at

ISBN: 978-3-9503800-3-3

www.peter-bergmann.at

Weitere Bergmann-Krimis

Kärntner Mordsbullen 1, 2 und 4
Der Berufserbe – Chefinspektor Falks Sündenfall
Der gelbe Gladiator – Chefinspektor Falks Fingerfall
Club der Harlekine – Chefinspektor Fuchs in Wien

Das Möbiusband – Chiara Fontana – Fantasy-Thriller
Dicke Liebe – Irrwitzige Kriminalstories
Tore des Bösen – Kärnten-Thriller

Privatdetektiv Jingle Bell 1-2:
Die Leiche ist halb durch – Krimiparodie
Das Massengrab hat Hunger – Krimiparodie

1___

Falk beobachtete die dicken Regentropfen, die gegen sein
Bürofenster klatschten und bedauerte, dass er sie nicht mehr
hören konnte, seit die neue Dreifachverglasung der Republik
beim Sparen half. Das kleine Stückchen Himmel, das ihm von
Amts wegen zustand, war von einem deprimierenden Grau.
Von einem unerschütterlichen Grau, das sich jede Hoffnung
auf Besserung verbat. Und die Tropfen klatschten so dicht,
dass er sich nicht einmal zum Rauchen aus dem Fenster
lehnen konnte, ohne völlig nass zu werden.
Er wandte sich wieder dem Bericht zu, der seine Laune nicht
verbesserte. Ein 15-jähriger Schüler hatte einen 42-jährigen
Angestellten nach dem Verlassen des Autobusses um Feuer
gebeten. Der Angestellte sagte, er habe keines. Daraufhin
rammte ihm der Junge die Klinge eines Klappmessers in die
Seite. Sein Opfer brach schwer verletzt zusammen. Der Junge
flüchtete nicht, obwohl es ihm im morgendlichen Gedränge
leicht gefallen wäre. Er war kaum mittelgroß, schmächtig, mit
dünnem, blondem Haar und einem blassen Kindergesicht.
Unbescholten. Und trotzdem ein Steher, der eisern bei seiner
Geschichte blieb. Er kenne den Mann nicht, habe ihn nie
zuvor gesehen. Er rauche erst seit zwei oder drei Wochen.
Sein Motiv? Er habe sich geärgert.
Die Geschichte machte den Chefinspektor wütend. Er glaubte
sie nicht. Er verhörte den Jungen stundenlang. Er ließ ihn von
Inspektorin Lerchenfelder verhören, die ein gefährliches
Temperament, aber auch ein großes Herz besaß. Er ließ ihn
von Heidenwandtner verhören, der groß und massig war, mit
einschüchternden, kleinen, schwarzen Augen. Er ließ ihn von
der sanften Hanna Schilling verhören, mit der er hin und
wieder schlief. Er ließ ihn sogar von Inspektor Prüller
verhören, der jede Art von Mitgefühl beim Eintritt in den
Polizeidienst abgegeben hatte und stolz darauf war. Der Junge
wich keinen Millimeter von seiner Aussage ab.

Falk erfuhr, dass er in der Schule eher als ruhiger Streber galt. Kaum jemand wusste, dass er mit dem Rauchen begonnen hatte, alle waren von der Bluttat völlig überrascht.

Nach einer Woche tauchte schließlich das Mädchen auf und sagte, vielleicht habe er es ihretwegen getan. Ein junges, hartes Mädchen mit einer sehr weiblichen Figur, die sie nicht versteckte. Seit Monaten schmachtete der Junge sie an. Sie empfand nichts für ihn. Sie ermunterte ihn nicht. Sie nahm ihn kaum wahr. Es gab andere, die sie weit mehr interessierten. An jenem Morgen war ein Bus ausgefallen und das Gedränge noch größer gewesen als sonst. Das spätere Opfer stand dicht an sie gepresst. Alle standen dicht an dicht. Sie habe den Druck seiner Hand gegen ihren Hintern gespürt. Ein ziemlich starker Druck. Aber er tat weiter nichts. Er versuchte nicht, sie zu begrapschen oder ihren Rock höher zu schieben. Es war einfach sehr eng gewesen.

Der Junge mochte das anders gesehen haben. Falk ließ ihn bringen.

Sie sah ihn eine Minute lang an. Dann lachte sie auf und sagte: „Du bist vielleicht ein Idiot!"

Da brach er zusammen. Er hatte tatsächlich geglaubt, der Mann habe sie sexuell belästigt. Und das ertrug er nicht. Am gleichen Tag starb der Angestellte in der Intensivstation. Der eifersüchtige, liebeskranke Jüngling würde für Jahre ins Gefängnis wandern. Er hatte mit den Zigaretten nur angefangen, weil er dachte, das würde ihr imponieren.

Falk schloss das Protokoll. Zwei Zeitungen lagen seit dem Morgen unberührt auf dem Tisch. Schlagzeilen wie üblich in diesem Frühsommer: Demonstrationen und Tote in Syrien, Tote im Irak, Tote nach Überschwemmungen in China. Er ließ die Zeitungen liegen. Er nahm seinen feuchten Regenmantel vom Haken, drehte das Licht ab und verließ das LKA mit dem dringenden Wunsch nach einer verrauchten Theke voller Biergläser und gesalzener Nüsse und Männer, die so angeheitert waren, dass sie auch über Witze lachten, die sie schon zehnmal erzählt oder gehört hatten.

2

Kirchen sind düstere Orte für eine Botschaft der Liebe, aber passende Orte für eine düstere Liebe. Der Mann saß in der vordersten Bank des Maria Saaler Doms, sehr aufrecht, regungslos, das Gesicht dem Hochaltar zugewandt, der Gnadenstatue, die 1787 nach der Abtragung des Gnadenaltars hier ihren Platz gefunden hatte. Es war sehr dunkel. Nur zwei Kerzen brannten und wetteiferten mit dem schwachen Schein des Monds. Das Licht reichte gerade aus, um zu erkennen, dass der nächtliche Besucher eine in die Stirn gezogene Baskenmütze trug und seine Lippen sich pausenlos bewegten, ohne dass ein Ton aus seinem Mund drang. Warum nahm er die Mütze nicht ab, wenn er zu dieser späten Stunde betete? Weit und breit fand sich keine neugierige Seele, die ihm diese Frage hätte stellen können.

Plötzlich stand der Mann auf, ging einige Schritte, blieb vor dem Altar stehen und verharrte dort eine Weile. Dann bekreuzigte er sich und verließ lautlos den Dom.

Wenige Hundert Meter entfernt lag der Brunnenwirt direkt an der alten Triester Bundesstraße. Seinen Namen verdankte er einer im 16. Jahrhundert errichteten Pferdetränke, deren gemauerten Trog mehrere Marmorblöcke aus der ehemaligen römischen Provinzhauptstadt Virunum zierten. Einer zeigte einen Frauenkopf im Profil, ein zweiter einen Liegenden, über den sich zwei Frauen beugten, ein dritter eine Inschrift, deren Konturen man nur mehr erahnen konnte.

Mit der Eröffnung der Klagenfurter Schnellstraße in den Achtzigerjahren verlor das Gasthaus schlagartig drei Viertel seiner Kunden. Der große Parkplatz für die Lastzüge der Fernfahrer wich einem Kinderspielplatz, der heruntergekommene Gastgarten unter den alten Kastanien wurde neu gestaltet, Ausflügler und Stammgäste aus der Umgebung ersetzten die Lücke, die das Wegbleiben der Durchreisenden hinterlassen hatte. Es ging friedlicher zu als in früheren Jahrzehnten. Aus den erleuchteten Fenstern strahlte

Behaglichkeit, fast jeden Abend wurde viel gelacht und nicht wenig getrunken.

Sonja machte ihre Abrechnung und freute sich über das stattliche Trinkgeld, das sie dem lauen Frühsommerabend verdankte. Die Küche hatte geschlossen, der Wirt saß mit ein paar Gästen am Stammtisch und spielte Karten. Das konnte sich bis in den frühen Morgen hinziehen und nicht selten war die Kasse danach leer.

‚Jeder wie er will', dachte Sonja. Sie hörte um elf auf und freute sich auf ihre Familie und das Bett. Mit einem fröhlichen Abschiedsgruß verließ sie das Lokal. Die Männer erwiderten den Gruß. Sie war ein nettes Mädchen, die Kellnerin: hübsch, lebenslustig, immer freundlich. Früher einer kleinen Liebelei nicht abgeneigt. Doch seit ihrer Hochzeit und der Geburt des ersten Sohnes ließ sie sich nicht einmal mehr auf einen harmlosen Flirt ein.

„Warum richtet sie das nicht?", fragte einer der Kartenspieler den Wirt und deutete dabei mit der Hand auf seinen Kopf. Beide wussten, dass er ihr linkes Ohr meinte, dass an der Spitze ein wenig verwachsen und mit der Kopfhaut verbunden war. Es fiel kaum auf, man sah es nur, wenn Sonja ihr schulterlanges blondes Haar aus dem Gesicht strich.

„Es stört sie nicht", erwiderte der Wirt. „Ihren Mann auch nicht. Ich erhöhe um fünf."

Sonja schloss ihr Rad auf und fuhr los. Von ihrem Zuhause trennten sie nur zwei Kilometer auf einer kaum befahrenen Seitenstraße. Aus dem nahen Wald tönte der Ruf eines Käuzchens, ein vielstimmiger Froschchor zeigte die Höhe des alten Teichs an, Dutzende Glühwürmchen suchten leuchtend ihr Glück. Zuerst freute sie sich daran, doch nach der halben Strecke merkte sie, dass der Vorderreifen platt war. Sie schimpfte leise, stieg ab und begann das Rad zu schieben. So würde es eben ein paar Minuten länger dauern. Von hinten näherten sich Motorgeräusch und Scheinwerferlicht eines Autos, Sonja trat zur Seite. Die größte Gefahr auf nächtlichen Landstraßen besteht darin, von einem Betrunkenen überfahren zu werden. Das dachte sie damals. Das Auto hielt neben ihr. Eine Männerstimme sagte durchs offene Fenster: „Guten Abend, Sonja. Hast du eine Panne?"

„Ach Sie sind's", lachte sie. „Ja, einen Platten vorne."

„Das tut mir leid. Kann ich dir helfen?"

„Nein danke, es ist ja nicht weit."

„Dann komm gut nach Hause. Auf ein baldiges Wiedersehen."

„Gute Nacht."

Der Kombi rollte an, nur um nach ein paar Metern erneut stehen zu bleiben. Der Fahrer stieg aus und ging ihr entgegen.

„Ich habe etwas für dich, das hätte ich beinahe vergessen."

„Was denn?", fragte Sonja.

„Das Buch, das ich dir versprochen habe. Weißt du nicht mehr?"

Er öffnete die Heckklappe. Sie lachte wieder. Hell und fröhlich, wie es ihrem Wesen entsprach.

„Das ist doch schon Wochen her. Dass Sie daran noch denken."

„Ich habe es damals gleich in den Wagen gelegt, irgendwo muss es liegen. Leuchtest du mir bitte?"

Sie lehnte ihr Rad an einen Baum gleich neben der Straße, nahm die Taschenlampe und leuchtete in den großen Gepäckraum. Außer einer Plane gab es da nichts zu sehen. Sonja wollte den Mann gerade fragen, ob er sich nicht täusche. In dem Moment fühlte sie einen Stich in die Schulter, dann einen Stoß in den Rücken. Sie fiel mit dem Gesicht nach vorne auf die Plane, den Aufprall spürte sie schon nicht mehr. Der Mann mit der Baskenmütze schob rasch ihren Unterkörper nach, deckte die Bewusstlose zu und schloss die Klappe. Er griff nach der Lampe und suchte sorgfältig den Boden ab. Man verlor allzu oft eine Kleinigkeit am falschen Ort. Er fand nichts, stieg ein und beschleunigte. Noch vor der Siedlung, in der Sonja mit ihrer jungen Familie lebte, bog er ab und verschwand in dem Gewirr aus schmalen Straßen und Wegen, die das Land überzogen wie ein achtlos darüber geworfenes Netz für gargantueske Fische. Er kannte sich gut aus. Nach einer Weile erreichte er sein Ziel und hielt vor der Zufahrt zu einem alten, großen Haus. Ein Tor öffnete sich, er durchquerte mit dem Auto langsam den dunklen Hof, gelangte auf den unteren Teil des Grundstücks, wendete und fuhr in eine Garage. Das Garagentor klappte herab und konnte ohne Fernbedienung von außen nicht geöffnet werden. An der Kette, die der Fahrer um den Hals trug, baumelte ein Medaillon. Er ließ es aufspringen und berührte mit einem Stift das rechte Auge eines winzigen Frauenbildnisses. Ein Teil der hinteren Garagenwand versank gemächlich im Boden, begleitet von einem leisen, dumpfen Grollen wie ferner Donner. Der Mann trat durch die Öffnung in ein Gewölbe, in dem allerlei Gerätschaften standen. Er wählte einen Transportwagen, den er hinter dem Kombi abstellte und zog die reglose Sonja samt der Plane nach hinten, bis sie über die Kofferraumkante in den Wagen plumpste. Er schob ihn in das Gewölbe und durch den anschließenden Gang zu einer offenstehenden Tür, die in eine kleine Zelle führte. Dort ließ er Sonja auf den Boden rollen und wickelte sie aus der Plane. Sie war sehr blass und atmete schwer, doch ihr Puls schlug regelmäßig. Mit einiger Mühe zog er sie aus. Nackt legte er sie auf eine breite, gepolsterte Holzbank, das einzige Möbelstück in der Zelle. Sein Gesicht färbte sich rötlich, als er nicht widerstehen konnte und den straffen Körper betastete, das sündhafte Fleisch berührte – doch er rief sich selbst zur Ordnung, sie sollte ihn nicht in Versuchung führen. Er schloss Eisenmanschetten um ihre Fuß- und Handgelenke und zog die Ketten fest an, zur Strafe, weil sie ihn doch versucht hatte. Außerdem würde es Schmerzen verursachen und ihre Angst steigern, noch weiter steigern. Das erleichterte seine Aufgabe. Kleider und Plane warf er in den Transportwagen und schob ihn hinaus, die Tür schloss er ab. Es half, wenn sie in völliger Dunkelheit erwachten. Beim Hinausgehen horchte er an der vergitterten Luke einer anderen Zelle. Sie schreckten immer auf, wenn sie das Grollen der beweglichen Wand vernahmen.

Und tatsächlich drang ein verhaltenes, kaum wahrnehmbares Wimmern an sein Ohr. Er bürdete sich wirklich zu viel Arbeit auf. Wer würde es ihm danken?

Später, im großen Wohnzimmer, riss er den Datumszettel des vergangenen Tages vom Kalender: 27. Juni 1999.

3

Jahre verstrichen. Ein Wagen tastete sich mit Standlicht eine Forststraße entlang, die durch den heftigen Regen mehr einem Bach glich als einem Weg. In den steilen Passagen schien der Puch G einen Wasserfall hinaufzuklettern. Einer der neumodischen SUVs hätte längst das Handtuch geworfen, doch mit Untersetzung und drei Differentialsperren pflügten die grobstolligen Reifen des Puchs unwiderstehlich ihre Bahn durch Wasser, Schlamm und tiefe Rinnen. Der Fahrer musste mit den Augen einer Katze und dem Orientierungsvermögen einer Fledermaus gesegnet sein, sonst wäre er bei der Minimalbeleuchtung längst einen der Abhänge hinabgestürzt. Tatsächlich benutzte er ein Nachtsichtgerät mit 50.000-facher Restlichtverstärkung. Auf einer Anhöhe hielt der Wagen an. Nach dem Verstummen des Motors übertönte das Prasseln des Regens die leisen Worte der Männer, die ihm entstiegen. Zwei Stirnlampen leuchteten auf. Die unruhigen Lichtkegel rissen Ausschnitte aus der Finsternis, nur um sie mit jeder Kopfbewegung wieder ins Schwarz zurückzustoßen. Die Männer trugen dunkle Kleidung, die sie von Kopf bis Fuß umhüllte wie eine zweite Haut. Sie glichen Tauchern vor dem Sprung in die See. Der Fahrer mit dem Nachtsichtgerät hielt ein kurzläufiges Gewehr im Arm. Einer öffnete die Heckklappe, holte eine Axt heraus und reichte sie weiter, er selbst griff nach einem kleinen Koffer und einer Tragtasche. Zu zweit entfernten sie sich etwa fünfzig Meter vom Weg, bis sie ihr Ziel erreichten. Der Regen schluckte fast alle Geräusche. Der Klang der Axthiebe drang nur schwach bis zum Wagen, neben dem der Bewaffnete Wache hielt. Nach einer halben Stunde kehrten die beiden zurück. Sie verstauten ihr Werkzeug, hoben einen gelben Plastiksack aus dem Kofferraum und verschwanden erneut im Wald. Neben einer jungen Fichte, deren Äste sie abgeschlagen hatten, legten sie den Sack auf den triefend nassen Boden. Sie banden den Draht auf, mit dem er verschlossen war und zogen die Leiche einer Frau hervor. Einer hob sie hoch und lehnte sie an den Stamm, der andere band sie mit einer dicken Leine daran fest. Er arbeitete sehr sorgfältig, ohne Hast. Anschließend sammelten sie Sack und Draht ein. Dann stellten sie sich nebeneinander vor die Tote und senkten die Köpfe. Nach dieser seltsamsten Verabschiedung, die der Wald jemals erlebt haben mochte, gingen sie zu ihrem Fahrzeug zurück und verschwanden, wie sie gekommen waren. Der Regen schwemmte die Reifenspuren gründlich weg. Nur die Leiche blieb zurück. Die Stunden vergingen und immer mehr Wasser fiel vom Himmel.

Dieser Regen hielt bereits seit Tagen an. Manchmal schüttete es, manchmal nieselte es, die Meteorologen freuten sich. Keine Fehlprognose zu befürchten. Das Satellitenbild zeigte eine gewaltige Wolkenmasse, die sich über ganz Mitteleuropa träge im Kreis schob.

Schmale Bäche rannen auf den Straßen, ein stetes Rieseln und Plätschern drang von Dächern und Traufen. Tief hängende Nebelschwaden verbargen die Wolken und sorgten für ein weißlich-graues Licht, das alle Konturen weichzeichnete und kraftlos machte wie die Träume alter Männer. Noch stärker wurde dieser Eindruck in den Wäldern, die nach Westen und Osten über Hügel und Gräben anstiegen. Unter den hohen Fichten und Föhren war die Sicht so stark eingeschränkt, dass ein Wanderer leicht glauben konnte, er habe sich in einer Tropfsteinhöhle aus dunklen Stämmen, Ästen und Unterholz verlaufen.

Hier, wo man an einem solchen Tag keinen Menschen erwartete, schritt ein Mann dahin, teils auf Wegen, teils quer durch den Wald. Kein einziges Mal blieb er stehen, um sich in der Tropfsteinhöhle zu orientieren. Er bewegte sich wie eine Maschine, Arme und Beine schwangen im gleichmäßigen Takt, das Wasser perlte an seinem dunklen Gummimantel ab, dessen Kapuze er über den Kopf bis weit ins Gesicht gezogen hatte. Seine vorgebeugte Gestalt und die düstere Bekleidung mochten bei anderen Naturfreunden ein mulmiges Gefühl auslösen – allein, es gab keine anderen. Niemand sonst kam auf die Idee, bei diesem Wetter durch die Landschaft zu laufen. Der Mann, Chefinspektor Lacher außer Dienst, begriff dies nicht als Nachteil und rechnete auch nicht damit, auf Menschen zu treffen. Als er die Frau sah, erstarrte er zu einer Statue. Er vermochte später selbst nicht genau zu sagen, für wie lange.

Die Nässe hatte ihr schütteres, graues Haar wie einen dünnen Helm an den schmalen Kopf geklebt. Ein grässlich deformierter Kopf, übersät mit Quetschungen und Rissen. An Stelle der Augen saßen schwarze, leere Höhlen im hageren, verschobenen Gesicht, einen dritten Abgrund bildete der aufgerissene Mund. Dünne, blutleere Lippen spannten sich über zertrümmerte Zahnreihen. Es sah aus, als ob sie schrie. Als ob sie immer noch schrie. Die Tote stand aufrecht an den frisch entasteten Stamm einer jungen Fichte gebunden. Mit einer blauweißen Schnur, vermutlich einer Wäscheleine, die sich wie eine Spirale von den Fußknöcheln bis zum Hals und dann noch einmal um ihre Stirn schlang. Sie trug nichts als ein fadenscheiniges, fleckiges Hemd, das sich wie eine zweite Haut an ihren Körper schmiegte und die Wunden, die man ihr überall zugefügt hatte, mehr betonte als verhüllte. Die abgeschlagenen Äste lagen zu einem Haufen geschlichtet neben ihren Füßen, die nackt und weiß auf dem dunklen Boden leuchteten. Vier Zehen, zwei an jedem Fuß, fehlten. Weitere Holzreste, Rindenstücke und morsche Stümpfe stapelten sich hinter der Leiche.

Lacher trat näher an die tote Frau heran und betrachtete sie eingehend. Neben den frischen Verletzungen wies sie eine Vielzahl alter Narben auf. Ihr linker Mittelfinger war verkürzt. Zuerst dachte er, man hätte das vorderste Glied entfernt, doch der Nagel war vorhanden. Es handelte sich um eine angeborene Missbildung. Eine Erinnerung stieg in ihm auf, die Erinnerung an ein verblasstes Foto, das einst auf seinem Schreibtisch gelegen hatte und dann an eine Pinnwand geheftet worden war. Ihm wurde schlagartig heiß, doch

zugleich lief ein kalter Schauder über seinen Rücken und er blickte um sich, musterte aufmerksam die kleine Lichtung, die an einen Forstweg grenzte, und spähte zwischen die Bäume. Er entfernte sich einige Meter in die Richtung, aus der er gekommen war und setzte sich auf einen Baumstumpf. Brachydaktylie! Seit Jahren hatte er das Wort weder gelesen noch verwendet. Das Fehlen eines Fingerglieds, in dieser Form sehr selten. Ein besonderes Kennzeichen. Er ließ die Tote nicht aus den Augen, Stück für Stück erinnerte er sich an jede Einzelheit, die er vor Jahren über sie in Erfahrung gebracht hatte. Wenn sie es war. Er erinnerte sich an die Einkaufstasche im Straßengraben, an den milden Herbsttag, an die Verzweiflung ihres Gatten, an das Weinen der kleinen Tochter. Ihm fiel der Name der Frau ein: Ines Koller. Viele Menschen verschwinden, viele kehren wieder zurück. Im Fall der jungen Mutter Koller hatte niemand ernsthaft daran geglaubt, dass sie freiwillig ihr Kind verlassen habe. Es fand sich aber kein Hinweis auf ein Verbrechen. Hundertschaften von Beamten waren durch die Wälder gezogen, Suchhunde und Hubschrauber eingesetzt, Dutzende Personen befragt worden: Freunde, Nachbarn, Bekannte, Arbeitskollegen, ehemalige Mitschüler und Lehrer, zuletzt beinahe jeder, der im Tal wohnte. Es gab vage Verdachtsmomente, die sich wieder auflösten, vage Spuren, die im Nichts endeten – und eine einzige Gewissheit: Ines Koller, die junge Apothekenhelferin, blieb wie vom Erdboden verschlungen. Sie war nicht die einzige gewesen in all den Jahren seiner Polizeiarbeit. Andere Fotografien erschienen in seiner Erinnerung, andere Bilder verzweifelter Angehöriger und vergeblicher Suchaktionen.
Nun, so lange danach, tauchte die Koller wieder auf. Nicht etwa in einem versteckten Waldgrab, das sie damals übersehen hätten, sondern als Opfer eines grausamen Mordes, der vor wenigen Tagen, vielleicht nur Stunden, begangen worden war. Zudem tauchte sie nicht irgendwo auf, sondern genau auf dem einsamen Spazierweg des damaligen

Hauptermittlers. Lacher ertappte sich bei dem Wunsch, dass es eine andere Frau sein möge, doch er glaubte nicht daran. Plötzlich vernahm er das Geräusch und es traf ihn bis ins Mark. Leise durchdrang es das gleichförmige Tröpfeln und Rieseln des Regens, ein knappes Knirschen, Splittern, Brechen und Krachen. Ganz kurz, dann von Neuem, drei-, vier-, fünfmal, immer nur für zwei, drei Sekunden, jedes einzelne Ereignis vom folgenden klar abgegrenzt. Er sprang auf und versuchte die Richtung zu bestimmen, aus der das Krachen kam. Dabei drehte er sich im Kreis wie ein einsamer Tänzer, der den Takt verloren hat. Doch das Knacken und Knirschen wiederholte sich nicht. Minutenlang noch drehte sich Lacher, schweißüberströmt, endlich sank er zurück auf den Baumstumpf, die Tote vor Augen. Er musste geträumt haben – oder halluziniert. Wer sollte in diesem Wald, bei diesem Wetter, auch Nüsse knacken? Ein leichter Schwindel erfasste ihn, er griff sich an die Schläfen. Eine warme Welle glitt durch sein Bewusstsein, die Erinnerung an die letzten Minuten verblasste und wurde zu einem weißen Fleck in seinem Gedächtnis. Er hob den Kopf. Wie als fernes Echo auf die erste, von der Welle fortgespülte Frage, stieg eine zweite in ihm hoch: Wer bindet in diesem Wald, bei diesem Wetter, eine zu Tode gequälte Frau an einen Baum?

Lacher erschauerte erneut. Ohne einen Grund nennen zu können, ahnte er, dass sich diese Geschichte für ihn zu einer höchstpersönlichen Angelegenheit entwickeln würde. Er tastete nach seinem Handy.

4

Das Bürofenster stand weit offen, weil der Regen heute senkrecht herabströmte. Ein Vorhang aus Wasser, hinter dem sich die Autos langsam über den Viktringer Ring schoben. Ein Korruptionsfall hatte die Schlagzeilen aus Syrien ins Innere der Zeitung verbannt. Falk hatte am Vorabend seine verrauchte Theke gefunden und lutschte nun scharfe Pastillen, um den pelzigen Geschmack aus dem Mund zu vertreiben. Auf dem Display seines Smartphones erschien ‚Lacher Anton‘.

„Lacher?", fragte er dennoch.

„ Bist du im Dienst?"

„Lange nichts von dir gehört", erwiderte der Chefinspektor.

„Ja, ich bin im Dienst."

„Könnt ihr mich orten?"

„Warum, hast du dich verirrt?"

Die Stimme seines Freundes und ehemaligen Kollegen klang angespannt.

„Ich weiß, wie ich hergekommen bin und ich finde auch wieder zurück, aber ich habe keine Ahnung, wie ihr herkommen sollt. Hubschrauber geht nicht im Wald und schon gar nicht bei dem Wetter. Ich bin irgendwo südlich der Linie Rauschelesee - Keutschacher See. Es gibt Forstwege, aber die muss man kennen."

„Was hast du gefunden?"

„Eine Frauenleiche, die jemand an einen Baum gebunden hat. Schwere Kopfverletzungen, ihre Augen fehlen und sie ist übersät mit Wunden."

„Woran ist sie gestorben?"

„Kann ich dir nicht sagen."

„Steht sie schon lange dort?"

„Gestern war sie noch nicht hier."

„Hast du jemanden gesehen?"

„Nein."

„Bleib in der Nähe. Ich gebe den Technikern Bescheid."

„Der Täter könnte den gleichen Weg genommen haben, auf dem ihr eintreffen werdet."

„Ich denke daran."

Lacher legte auf. Falk beauftragte die Ortung und alarmierte die Spurensicherung. Von seinen Inspektoren fand er nur Prüller. Er wies ihn an, einen Ortskundigen für die Gegend aufzutreiben. Es dauerte eine knappe Stunde, bis sie sich in mehreren Geländewagen durch den Wald zu den ermittelten Koordinaten tasteten.

Der Revierförster lenkte den Jeep mit Chefinspektor Falk, Inspektor Prüller und zwei jungen Beamten.

Lacher hatte die Autos gehört und erwartete sie auf dem Weg. Falk schüttelte ihm die Hand und betrachtete ihn mit diesem gelassenen, ein wenig skeptischen Ausdruck, der nicht angelernt war, sondern einfach seinem Naturell entsprach, beherrscht und unaufgeregt. Mit Ausnahmen. Ein Blick aus diesen ein wenig müden Augen wirkte auf die Umgebung dämpfend wie ein leichtes Beruhigungsmittel.

Der Chefinspektor fand, dass sein ehemaliger Stellvertreter verschlossener wirkte, auch blasser, aber das mochte auf die besonderen Umstände zurückzuführen sein. Zumindest trug er nicht mehr Augenringe wie Autoreifen, wie in der Zeit vor der Eskalation seiner persönlichen Krise.

Dr. Norobosco, der Professor, Star der Spurensicherung und Diva zugleich, trat zu ihnen.

„Also, wo ist die Tote?", knurrte er. Und zur ganzen Gruppe von Männern: „Trampelt nicht herum wie die Schafe, geht hintereinander!"

Lacher drehte sich um und stapfte zur Lichtung. Kurz darauf umstanden sie die festgezurrte Leiche. Mehrere der Männer holten tief Atem; der Förster, der ihnen gefolgt war, stammelte halblaute Verwünschungen.

Falk wies einen der Streifenpolizisten an, ihn zu seinem Wagen zu bringen. Der Arzt maß die Körpertemperatur der Toten, Norobosco umrundete sein Objekt mit der Gelassenheit eines Mannes, den nichts mehr rühren kann, was Menschen einander antun.

„Sie ist nicht hier getötet worden", bemerkte er nach einer Weile. „Jemand hat sie hergeschafft und aufgestellt wie eine Schaufensterpuppe. Mindestens zwei Personen. Eine musste sie halten, während die zweite sie mit dem Strick umwickelte. Sie kann noch nicht lange da stehen. Die Hackstellen an den Ästen sind frisch. Außerdem gibt es keine Insekten. Zu nass und zu kalt."

„Vor 24 Stunden war sie noch nicht hier", sagte Lacher.

Der Professor sah ihn an.

„Faktum?"

„Ich bin gestern um diese Zeit vorbeigekommen. Ich glaube nicht, dass ich sie übersehen hätte."

„Sehr unwahrscheinlich", stimmte Norobosco zu. Er schob sein Gesicht bis auf wenige Zentimeter an das der Leiche heran.

„Ganz allein war sie in den letzten Stunden doch nicht."

Der Doktor zückte aus dem Nichts eine Pinzette, fuhr in eine Augenhöhle des Opfers und holte vorsichtig einen zentimetergroßen, schwarzen Käfer hervor.

„Sie wird bereits bewohnt. Allerdings auch von einem Toten. Das ist seltsam."

Er ließ den Käfer in ein Tütchen fallen.

„Mitgefangen, mitgehangen."

Dann zog er das Hemd von der rechten Schulter der Ermordeten.

„Kommen Sie her, Falk. Sie meinetwegen auch, Lacher."

Auf dem Schulterblatt umschloss eine kreisrunde Narbe mehrere dunkelrote Schriftzeichen: **HIMII**

„Ein Brandmal", sagte der Chefinspektor leise. „Ich frage mich, mit wem wir es zu tun haben."

„Wer ihr das angetan hat, weiß ich nicht", bemerkte Lacher, „aber seht euch einmal ihre linke Hand an."

Norobosco betrachtete den verkürzten Mittelfinger und räusperte sich, eine leichte Röte stieg ihm ins Gesicht.

„Darauf wollte ich gerade kommen. Keine weitere Verletzung, ein Geburtsfehler."

„Brachydaktylie", flüsterte Lacher.

Falk warf ihm einen überraschten Blick zu.

„Soll mir das etwas sagen?"

„Möglicherweise schon. Du musst weit zurückdenken."

„Wie weit?"

„Acht, neun Jahre, glaube ich."

„Vor neun Jahren bin ich nach Kärnten zurückversetzt worden."

„In eine andere Abteilung, trotzdem: Erinnerst du dich an Ines Koller?"

Falk überlegte.

„Die Apothekengehilfin?"

„Genau."

„Die müsste viel jünger sein. Das ist doch eine alte Frau."

„Sie wäre jetzt Mitte dreißig. Hast du Fotos von den Überlebenden der Konzentrationslager gesehen? Da hat es Greise gegeben, die jünger waren."

„Sie ist nicht alt", bestätigte der Professor. „Die Haut ist übersät mit Narben, aber es ist eher die Haut einer Dreißig- als einer Sechzigjährigen."

„Sie hat Jahre in der Gewalt eines Folterknechts verbracht." Inspektor Prüller, der sich bislang ungewöhnlich still gegeben hatte, konnte nicht mehr an sich halten.

„Das gibt ein Fressen für die Medien. Eine schöne Zugabe, dass ein Ex-Bulle sie gefunden hat."

Lacher ignorierte ihn, wie er es seit jeher gerne getan hatte.

„Noch dazu ein Ex-Bulle mit einer ganz eigenen Geschichte", setzte Prüller nach.

Der Chefinspektor drehte sich um.

„Sie nerven, Inspektor. Schnappen Sie sich den Förster, er soll Ihnen alle Wege zeigen, auf denen man von hier in die Zivilisation gelangt. Irgendwo wird es bewohnte Häuser geben. Fragen Sie, ob jemand etwas bemerkt hat."

„In der vergangenen Nacht? Da war kein Hund draußen."

„In der vergangenen Nacht und in den Tagen davor. Nehmen Sie einen Kollegen mit. Ich erwarte Ihren Bericht."

Prüller unterdrückte, was ihm auf der Zunge lag, und ging zu den Autos.

„Danke", murmelte Lacher. „Es hätte nicht viel gefehlt und ich hätte ihm eine auf sein Schandmaul gegeben."

„Das hilft uns nicht weiter. Außerdem ist er stärker als du."

Mit jeder Minute im Regen sank die Laune des Professors in abgründigere Tiefen.

„Sind Sie fertig? Dürfen wir mit der Arbeit beginnen?"

Der Chefinspektor begnügte sich mit einem Nicken und verließ mit Lacher die Lichtung, wo die Forensiker gerade Planen spannten, um ihren Arbeitsplatz ein wenig zu schützen.

„Ist dir auf dem Weg hierher etwas aufgefallen?", fragte Lacher.

„Welchen Weg? Wir sind einen Fluss hinaufgefahren. Gehören Waldspaziergänge zu deinem neuen Job?"

„Ich habe Urlaub."

„Und da läufst du bei dem Wetter durch die Gegend? Freiwillig?"

Lacher zuckte die Achseln.

„Ich habe es jetzt gerne ruhig."

Immer noch ein braungebranntes Gesicht, blitzblaue Augen und eine blonde Mähne, aber an den draufgängerischen Skilehrertyp erinnerte nicht mehr viel. An den ausgebrannten Bullen, der nächtelang durch Klagenfurter Bars gezogen war, allerdings auch nicht.

Falk fragte: „Jeden Tag die gleiche Strecke?"

„Ja."

„Gestern war hier alles normal, nichts Auffälliges?"

Beide wandten sich nochmals der Leiche zu, die aus der Distanz wie ein heidnisches Opfer wirkte, das von alienhaften Gestalten in weißen Ganzkörperplastikanzügen umschwirrt wurde.

„Nichts."

„Jetzt beschützt du also eine Fabrik für Melkmaschinen. Wovor? Vor wütenden Kühen?"

„Es ist ein Technologieunternehmen, in dem viel Know-how steckt."

Das klang so hölzern, dass Lacher sich verschluckte und hustete. ‚Sicherheitsbeauftragter' bedeutete in seinem Fall eine bunte Mischung aus Privatsekretär, Chauffeur, Leibwächter und Mädchen für alles. Er lächelte freudlos, hob die Schultern und ließ sie wieder fallen. Sein Freund wechselte das Thema.

„Wer weiß eigentlich, dass du regelmäßig diesen Wald durchquerst?"

„Niemand. Ein paar Leute sehen mich wohl kommen und gehen, aber ich habe keinem gesagt, wohin ich gehe."

„Das ist interessant", sagte Falk. „Findest du nicht?"

Lacher fand es auch interessant und sogar ziemlich beunruhigend. Er begnügte sich mit einem zustimmenden Nicken.

„Fahren wir ins LKA."

„Wollte ich längst wiedersehen", meinte der Ex-Bulle und jetzige Sicherheitsbeauftragte.

5

Die Akte Koller lag bereit, als sie in Falks Büro ankamen, das sie vor einigen Monaten noch miteinander geteilt hatten. Sie betrachteten die alten Fotos und verglichen sie mit denen der Toten, die per E-Mail übermittelt wurden. Wenig später trafen Scans ihrer Fingerabdrücke ein und wurden überprüft.

„Sie ist es", sagte Falk.

Er zitierte aus der Akte: „Zuletzt gesehen am 12.09.2003 um 20 Uhr von einem Zeugen, der sie flüchtig kannte und an ihr vorüberfuhr, als sie gerade den Bus verließ. Abgängig gemeldet einige Stunden später von ihrem Ehegatten. "

Er hob den Kopf und sah Lacher nachdenklich an.

„Gefunden am 21. Juni 2012, etwa einen Tag nach ihrer Ermordung, wie der Arzt schätzt. Dazwischen liegen neun Jahre spurloser Abwesenheit. Wir haben keine Ahnung, wo sie diese Zeit verbrachte. Weißt du, was für mich das größte Rätsel ist?"

„Warum ausgerechnet ich sie entdeckt habe?"

„Nein, das wurde arrangiert. Die Täter kennen offenbar deine Gewohnheiten. Ich frage mich, warum sie den Mord überhaupt bekannt machen. Niemand hat mehr nach Koller gesucht, niemand steht unter Verdacht – und wer eine lebendige Frau neun Jahre lang quälen und gefangen halten kann, ohne dass jemand etwas bemerkt, der hat bestimmt kein Problem damit, bei Bedarf auch ihre Leiche unauffällig loszuwerden. Warum entscheiden sie sich für das Gegenteil und inszenieren es auf diese Weise?"

„Vielleicht wollen sie ihre Macht demonstrieren, ihre Überlegenheit. Sie zeigen uns, dass sie nichts und niemanden fürchten, dass ihnen niemand etwas anhaben kann."

Falk nickte, ohne überzeugt zu sein. Aber er fand selbst auch keine schlüssige Erklärung.

„Und dann kommst natürlich du ins Spiel. Weshalb ist ihre Wahl auf dich gefallen?"

„Sie wollen mich mit hineinziehen."

„Wieso? Du hast als Polizist in der Sache ermittelt. Vor Jahren und ergebnislos. Das ist kein Grund für eine persönliche Vendetta."

„Möglicherweise bin ich ihnen zu nahe auf den Pelz gerückt, ohne es zu wissen."

„Das ergibt keinen Sinn", bemerkte Falk. „Nicht nach der langen Zeit. Außerdem bist du kein Polizist mehr."

Zwei Fragen, keine Antwort. Der Chefinspektor umging das Rauchverbot in öffentlichen Gebäuden, indem er am offenen Fenster stand und sein bisschen Qualm in die Verkehrsabgase blies. Ein schwarzer Fleck auf der äußeren Verblechung markierte die Stelle, wo er die Zigaretten abtötete. Die Stummel warf er in den Papierkorb. Ein Stummelverbot in öffentlichen Gebäuden gab es seines Wissens noch nicht.

„Ines Koller 2003", sagte er leise. „Sie war nicht die einzige Abgängige."

Lacher lehnte sich in seinem Stuhl zurück und sah aus dem Fenster in den nassen Klagenfurter Nachmittag.

„Wenn sie jahrelang festgehalten wurde, könnte das auch auf andere zutreffen."

Falk verließ das Büro und fand Inspektorin Lerchenfelder vor ihrem PC.

„Wir brauchen eine Liste aller ungeklärten Vermisstenfälle mit Verdacht auf einen Verbrechenshintergrund."

„Für welchen Zeitraum?"

„Zehn Jahre. Besser fünfzehn."

Ihre Stierlöckchen vibrierten, als sie ihn ansah.

„Ich habe die Bilder gesehen. Das ist einfach krank."

„Noch schlimmer", murmelte er.

Fragend sah sie hoch. Er zögerte.

„Vielleicht ein lange durchdachter, böser Plan. Vielleicht. Aber das bleibt unter uns."

Inspektorin Lerchenfelder, die neben den Löckchen auch das Temperament eines Stiers besaß – verbunden mit dem Herz einer Löwin und der Fügsamkeit eines Skorpions – nickte knapp.

„Ich schicke Ihnen die Liste."

Falk kehrte in sein Büro zurück. Mittag war vorüber und außer den Pfefferminzpastillen hatte er noch nichts gegessen.

„Gegenüber gibt es einen neuen Imbiss, der auch ins Haus liefert."

„Geht er gut?"

„Blendend. Er hat aufgemacht, weil er unsere Kantine kennt. Ich nehme eine Schinkensemmel. Was willst du?"

„Hat er Leberkäse?"

Falk nickte und telefonierte. Dann druckte er eines der Fotos aus, eine Nahaufnahme der Schulter des Opfers.

„Was mag das Brandmal bedeuten? **HIMII** – eine Abkürzung? Ein Code mit Buchstaben und lateinischen Ziffern?"

„Die wären falsch angeordnet. Vielleicht die Anfangsbuchstaben eines Namens."

„Keine gute Idee in den Zeiten grenzenloser Datenbanken. Das soll Sorcek überprüfen."

Ein Lehrling aus dem Imbiss brachte die Semmeln und dazu zwei kalte Bierdosen.

Augenblicke später erschien Lerchenfelders Liste im E-Mail-Eingang.

Der Chefinspektor druckte auch sie aus, ein Exemplar reichte er weiter. Lerchenfelder hatte eine Tabelle angelegt.

Karin Posenig, abgängig seit 30.09.1997
Elisabeth Zetko, abgängig seit Januar 1999
Sonja Wallner, abgängig seit 27.06.1999
Ines Koller, abgängig seit 13.09.2003
Carina Poltzer, abgängig seit 14.05.2006
Sandra Huainig, abgängig seit 08.04.2008

„Wenigsten drei hatten eine geringfügige körperliche Missbildung", erinnerte sich Lacher. „Nichts Schwerwiegendes. Ein gemeinsamer Nenner, den wir nicht interpretieren konnten. Bei Wallner und Koller stand mit größter Wahrscheinlichkeit fest, dass sie nicht freiwillig verschwunden waren. Intakte Beziehung, kleine Kinder, kein Ärger im Beruf. Mitten im Alltag in Luft aufgelöst. Koller war vor ihrer Ehe mit einem verheirateten Mann liiert gewesen. Ein Kotzbrocken mit dubiosen Freunden. Es fand sich aber nichts Konkretes und keinerlei Verbindung zu den anderen Vermissten."

„Warum ist bei Zetko kein genaues Datum eingetragen?"

„Einer der Fälle, in denen das Verschwinden einer Person niemanden beunruhigt. Oder erst nach Tagen oder Wochen. Verdächtig wird es, wenn anscheinend nichts mitgenommen wurde. Voller Kleiderschrank, volles Kosmetikregal, Pass, Geld … Bei der Zetko war das so."

Inspektor Prüller, ziemlich durchnässt und aufgeregt, platzte herein.

„Wir haben einen Zeugen, dem letzte Nacht im Wald ein Jeep oder so was Ähnliches entgegengekommen ist."

„Um welche Zeit?", fragte Falk.

„Kurz nach halb zwei. Er war auf dem Heimweg vom Stammtisch, bestimmt nicht nüchtern. Jedenfalls wäre er fast in den anderen hineingefahren, weil es dort um diese Zeit noch nie Gegenverkehr gegeben hat, wie er behauptet."

„Eine Autonummer?"

„Nein. Die Scheinwerfer haben ihn geblendet."

„Hat er überhaupt etwas gesehen?"

„Nur, dass es sich um ein ziemlich eckiges und hohes Fahrzeug handelte. Vielleicht ein Mercedes G oder ein Pajero. Er glaubt, dass auch der Beifahrersitz besetzt war."

„Haben Sie sich an der Stelle umgeschaut?"

Prüller nickte.

„Gemeinsam mit dem Zeugen. Man erkennt, dass er vom geschotterten Weg auf die weiche Böschung geraten ist. Vom anderen Wagen gibt es keine Reifenspuren."

„Wie weit entfernt ist das vom Fundort der Leiche?"

Der Inspektor legte eine feuchte Karte auf den Tisch.

„Etwa einen Kilometer. Hier ist der Fundort, hier fand die Begegnung statt. Hier wohnt der Zeuge in einem kleinen Haus."

„Wohnt er allein?", fragte Lacher.

Ein Grinsen zuckte über Prüllers Gesicht wie eine kurze elektrische Entladung.

„Er ist verheiratet. Ich habe mit der Frau gesprochen. Es wundert mich nicht, dass er gerne spät heimkehrt."

„Danke, Inspektor. Lassen Sie sich von Lerchenfelder die Liste geben, die sie mir geschickt hat und sehen Sie die Akten durch."

„Wonach soll ich suchen?"

„Irgendwo gibt es ein Versteck, ein Geheimgefängnis. Wir werden uns alle Personen, die im Dunstkreis der alten Fälle aufgetaucht sind, unter diesem Aspekt noch einmal vornehmen."

„Darüber wird nichts in den Akten stehen", wandte der Inspektor ein.

„Wir haben jetzt einen guten Grund, die persönlichen Verhältnisse dieser Leute genauer zu durchleuchten. Einen Mord kann man überall begehen, für ein Verbrechen wie das an Ines Koller ist ein Appartement im Wohnblock nicht geeignet. Pajero- und Mercedes-G-Fahrer interessieren uns auch."

Prüller nickte, deutete einen Gruß an und trat ab. Der Chefinspektor musterte nachdenklich Lacher. Er saß ihm gegenüber, äußerlich ruhig, aber doch irgendwie aufgewühlt. Nicht anders als Hunderte andere, die schon vor ihm hier gesessen und versucht hatten, ihre Nervosität zu verbergen: Zeugen, Verdächtige, Täter, Unschuldige. Lag es allein daran, dass er nicht mehr bei den Bullen war? Steckte noch etwas Anderes dahinter?

„Nimm meinen PC", sagte Falk und räumte seinen Sessel.

„Schreib auf, was du in den letzten Tagen und Wochen getrieben hast. Jedes Detail, jede Kleinigkeit, die dir aufgefallen ist, du weißt schon. Ich nehme mir die Akte vor."

Augenblicklich verwandelte sich sein ehemaliger Kollege mit dem Platztausch von einem Außenstehenden zurück in den Bullen, der wieder tickte und funktionierte wie es ein Bulle eben tut.

Der Chefinspektor las und machte sich Notizen.

Zwischendurch kam eine SMS von Inspektor Mörtl, der rechten Hand des Professors: ‚Bis jetzt nichts Verwertbares. Profis. Leiche abtransportiert.'

Lacher gab sich erkennbar alle Mühe, doch das Ergebnis blieb mager.

„Ich habe nichts von einer Beschattung gemerkt. Keine neugierigen Typen, keine seltsamen Besucher oder Fahrzeuge."

„Keine Bulleninstinkte mehr, wie?"

Vom Leiter des LKA, Oberst Prettner, war nichts zu hören. Er befand sich auf Dienstreise, doch dieser Friede würde, wie der Chefinspektor wusste, nur noch Stunden dauern.

Um sieben wählte er die Nummer der Pathologie. Dr. Neuner meldete sich selbst.

„Ich habe erst angefangen, Chefinspektor. Solche Verletzungen sind mir bislang nicht untergekommen. Ihre Schädelfrakturen sehen aus, als wäre sie in eine Presse geraten, in einen überdimensionalen Nussknacker, der von allen Seiten gewaltigen Druck ausübt. Das dürfte die Todesursache gewesen sein: Gehirnblutungen. Mit der Aufnahme der anderen Wunden und Narben habe ich noch nicht einmal begonnen."

„Wie lange werden Sie brauchen?"

„Ich lege eine Nachtschicht ein. Das hier ist außergewöhnlich. Beängstigend."

Er machte eine Pause.

„Ich melde mich morgen."

Der Chefinspektor verzierte seine Notizen mit kindlich anmutenden Bleistiftmustern. Seine Gedanken drehten sich im Kreis. Er begann seine Kästchen, Dreiecke, Kreise und

Stäbchen auszumalen, es half nichts gegen das Gedankenkarussell. Er legte den Bleistift weg.

„Sie war eine ganz normale, junge Frau. Nicht übermäßig hübsch, durchschnittliche Ausbildung, fester Job, verheiratet, kleine Tochter. Entstammt einer ganz normalen Familie, Vater bei der Post, Mutter Verkäuferin, sie zahlen bestimmt immer noch die Raten für ihr Fertighaus. Finanziell gab es da nichts zu holen, es wurden auch nie Forderungen gestellt.

Ihr dunkelster Punkt, wenn man das so sagen kann, ist eine kurze Beziehung mit einem Waldbesitzer, der für seine Affären und Saufgelage bekannt ist. Nichts in ihrem Leben weist auf einen solchen Hass hin, wie er in dieser Tat zum Ausdruck kommt.

Und was immer das Motiv für ihre Entführung und Ermordung gewesen sein mag, warum suchen die Täter auf diese Art die Öffentlichkeit? Das ist nicht nachvollziehbar."

„Vielleicht doch – für Psychopathen."

„Äußerst gut organisierte Psychopathen. Wenn sie uns mit ihrer Inszenierung etwas mitteilen wollen, bin ich gespannt auf den nächsten Teil der Botschaft."

Falk korrigierte sich. „Eigentlich habe ich Angst davor."

6

Am späten Abend brachte der Chefinspektor seinen ehemaligen Stellvertreter mit einem Dienstwagen in den Süden der Stadt.

„Hast du Lust auf ein Bier?"

„Bei dir?"

„Ja."

Sie betraten den Wohnblock, der in den 1960ern noch zwischen Gemüsefeldern errichtet worden war. Bescheidene, anspruchslose Wohnungen für Leute, die damals vom Land in das Zentrum mit seinen Arbeitsplätzen strebten.

„Startest du deine Spaziergänge direkt von hier?"

„Ja. Hinter dem Parkplatz und ein paar Häuschen endet die Stadt."

Lachers Wohnung lag im Erdgeschoss. Nach dem Zerwürfnis mit Maja war er vorerst bei Falk untergekommen. Sein Beichtvater, den der trotz aller Eskapaden und Skepsis gläubige Katholik seit seiner Zeit im Stiftsgymnasium regelmäßig aufsuchte, hatte ihn dann auf die günstige Gelegenheit aufmerksam gemacht. Er war eingezogen und hatte wochenlang auf seinem einzigen Möbelstück geschlafen, einer Luftmatratze. Bis er eines Nachts erwachte und feststellte, dass die Matratze keine Luft mehr enthielt. Erst da hatte er sich aufgerafft und eine Einrichtung aus dem Katalog bestellt.

Davon wusste Falk nichts. Lacher verkroch sich in sein Schneckenhaus und mied jeden Kontakt mit Freunden aus seinem alten Leben. Falk registrierte die Spielkonsole neben dem Fernsehapparat und den hohen Stapel an Spielkassetten. Noch ein einsames Hobby.

Sie saßen auf rot lackierten Sesseln und tranken Bier. Ihr Schweigen unterbrachen sie nur für kurze Fragen und Antworten, aber es war ein einvernehmliches Schweigen.

„Wie geht es Maja?", erkundigte sich Falk und überlegte, ob sie seinem Freund erzählt hatte, dass er sie manchmal traf, nicht zuletzt, um über ihn zu sprechen.

„Maja? Gut, soviel ich weiß", erwiderte Lacher, der nicht gerne über seine Exfrau sprach. „Ich sehe sie nicht oft."

Sein Ausraster, die Auseinandersetzung, die Scheidung – sie hatten seit jenem Abend nie mehr daran gerührt. Damals hatte Lacher von dem Streit erzählt, der wegen Nikos viertem oder fünftem Studienwechsel eskaliert war. Niko, das verwöhnte Einzelkind mit dem Hang zum Wohlleben, hatte ihn fast zur Weißglut gebracht. Schließlich war Maja wütend aufgesprungen, um einen Reindling zu backen und dabei Dampf abzulassen. Und Lacher war wohl auch aufgesprungen, doch daran erinnerte er sich nicht. Seine nächste Erinnerung bestand im Anblick zweier betretener Bullen, Nikos entsetztem Gesicht, Majas angeschwollener Wange und ihres kühlen Blicks. Es war das Ende ihrer Ehe gewesen. Falk hatte sich in der Folge als treuer Freund in der Not erwiesen, dennoch hatte Lacher sich zurückgezogen.

„Wie exakt funktioniert die Handyortung dort draußen?"

„Ganz unterschiedlich, je nachdem, wie dicht das Netz von Sendemasten ist. In deinem Fall war sie recht genau, weil sich auf dem Höhenrücken mehrere Anlagen befinden."

„Das könnten auch andere ausgenützt haben ..."

„Wäre naheliegend. Illegale Ortung funktioniert mittlerweile recht einfach."

„Man hätte mich auch beobachten können. Ich war in Gedanken."

Falk fragte nicht nach. Er trank aus, zerdrückte die Dose und erhob sich.

„Es war ein langer Tag. Wir werden dich bestimmt noch brauchen. Ich melde mich. Danke für die Einladung."

„Tut mir leid, dass sie nicht früher kam", murmelte Lacher.

Als sie auf den Gang traten, schwang die Tür der gegenüberliegenden Wohnung auf. Lachers kleiner, vollkommen kahler Nachbar kam heraus. Er trug einen bunten

Seidenbademantel, aus dem nackte Beine ragten. Die Füße steckten in Plüschpantoffeln. Sie hatten bislang kein Wort miteinander gewechselt, sich nur gelegentlich zugenickt.

„Sie sind der Polizist, der die Leiche gefunden hat", stellte der Mann mit klarer, hoher Stimme fest. „Und Sie ein Kollege, ich habe Ihr Auto gesehen."

Falk nickte, sagte aber nichts.

„Ich war Polizist", verbesserte Lacher. „Woher wissen Sie von der Leiche?"

Mehrere Goldzähne blitzten auf, als der kleine Mann lächelte. „Im Grunde leben wir am Stadtrand wie ehemals im Dorf. Der Förster, der Sie geführt hat, wohnt nur zwei Straßen weiter. Er hat alle Wirtshäuser abgeklappert. Auch das, in dem ich zu Abend esse."

Der Förster, natürlich.

„Und?", fragte Falk, wenig ermutigend.

„Ich bin Dr. Erlmann, emeritierter Professor am Institut für Geschichte in Wien. Wollen Sie nicht eine Kleinigkeit mit mir trinken?"

Er erkannte die Müdigkeit in den Gesichtern der Bullen – einer aktiv, der andere nicht mehr, aber beide gleich müde – und setzte nach: „Vielleicht kann ich Ihnen helfen."

Falk und Lacher wechselten einen Blick. Sie konnten Hilfe brauchen, auch wenn sie nicht daran glaubten. Und wenn sie so eifrig angeboten wurde …

„Haben Sie Bier?", erkundigte sich Lacher resignierend.

„Ich habe alles!", beteuerte der Professor und machte eine einladende Geste. „Kommen Sie."

Seine Wohnung erwies sich in Größe und Anordnung als Spiegelbild jener seines Nachbarn. Doch sie war von Grund auf renoviert worden. Allein der Parkettboden musste mehr gekostet haben als Lachers gesamte Einrichtung. Darauf lagen Teppiche von alt und echt schimmerndem Glanz, die Möbel kombinierten Metall, Holz, Leder und Glas in verwegenen Farben und Formen. Teures Design. Teuer sahen auch die Bilder an den Wänden aus. Alles in allem recht beeindruckend. Falk fragte sich, warum jemand eine kleine Erdgeschosswohnung in einem bescheidenen Mietshaus dermaßen ausstaffierte. Dort, wo in Lachers Wohnung Kühlschrank, Herd und ein paar Wandregale eine Küche andeuteten, blitzte hier jede Menge polierten Edelstahls. In der Mitte der U-förmigen Kochnische ruhte eine dicke, massive Holzplatte auf einer massiven Metallsäule, flankiert von vier schlanken Barhockern. Der Gastgeber drückte auf eine der Gerätetüren. Lautlos schwang sie auf und gab den Blick auf eine Fülle von Getränken frei. Er stellte drei kleine Bierflaschen auf den Tisch. Sie setzten sich.

„Brauchen Sie Gläser?"

„Nein."

„Ist mir recht."

Er öffnete die Flaschen, sie stießen an und tranken.

„Ich weiß, dass Ihnen Fragen im Kopf herumgehen. Stellen Sie sie und dann darf ich meinerseits etwas fragen."

„Ich kann keine Antwort versprechen", erwiderte Lacher. Der Chefinspektor ließ ihm den Vortritt, weil es sich ja um seinen Nachbarn handelte.

Dr. Erlmann machte eine Bewegung, als würde er ein Staubkörnchen von der makellosen Platte wischen.

„Es interessiert Sie doch. Fragen Sie."

Lacher seufzte.

„Wissen Sie etwas oder wollen Sie nur plaudern?"

Das rundliche Gesicht des Gelehrten zeigte seine Missbilligung. Falk, aus einer Laune oder Eingebung heraus plötzlich interessiert, ging auf ihn ein.

„Was zieht einen emeritierten Wiener Universitätsprofessor in einen Klagenfurter Vorort?"

Sofort änderte sich Erlmanns Miene.

„Ich bin kein Wiener, ich wurde ganz in der Nähe geboren und habe hier die Volksschule besucht. Zum Wiener wurde ich erst mit 20."

Er lächelte versonnen.

„Nein, eigentlich nie. Manche werden es in einem halben Jahr, manche in einem ganzen Leben nicht."

Er nuckelte an seiner Flasche und erwartete mehr.

„Ihre Teppiche sind wertvoller als das ganze Haus. Warum haben Sie sich nach Ihrer Rückkehr gerade hier angesiedelt?"

Es war, als würde man ein Kätzchen mit Rahm füttern. Falk fragte, was der alte Mann hören wollte.

„Ich habe die Wohnung von meiner Großmutter geerbt, sie wohnte hier bis zu ihrem Tod – wenn auch etwas bescheidener."

Lacher mischte sich ein.

„Das ist ziemlich viel Nostalgie für einen reichen Mann ..."

Der Professor lachte.

„Sie haben recht. Es ist nicht meine einzige Bleibe. Ich besitze noch ein Appartement in Wien und einen renovierten Bauernhof mit Ausblick auf Karawanken und Längsee. Meine Freunde bezeichnen ihn eher als Villa Seltsam. Dort verbringe ich den Großteil meiner Zeit. Ich würde sie Ihnen gerne einmal zeigen. Auch meine Mittelaltersammlung."

Abgesehen von den feinen Lachfältchen um Augen- und Mundwinkel waren Gesicht und Kopf glatt und beinahe faltenfrei.

„Wie alt sind Sie?", fragte der Chefinspektor.

„76."

„Sie sind Single?"

„Meine Frau ist früh verstorben. Über meine persönlichen Beziehungen gebe ich übrigens keine Auskunft. Vielleicht ein andermal. Hier ist mein Ort zum Alleinsein."

Seine Augen funkelten vor Neugier.

„Aber jetzt bin ich dran. Sie müssen mir keine Geheimnisse verraten. Ich sage Ihnen, was ich gehört habe und was ich mir dazu überlege und Sie können zustimmen oder es verwerfen – natürlich dürfen Sie auch ausführlicher werden, als Wissenschaftler gehe ich selbst gern ins Detail. Das ist doch fair?"

Falk nickte. Erlmann stand auf und öffnete drei weitere Miniflaschen.

„Gehört habe ich von einer vielfach verwundeten Frauenleiche mit deformiertem Kopf, die an einen Baumstamm gebunden war. Sie trug nur ein Hemd oder einen Kittel. Zu ihren Füßen war Holz aufgeschichtet. Stimmt das?"

„Neben ihren Füßen. Was denken Sie darüber?"

„Mein Spezialgebiet ist die Mediävistik – das Mittelalter hat mich seit meiner Kindheit fasziniert. In mancher Hinsicht eine unvorstellbar grausame Zeit, obwohl ich nicht glaube, dass wir heute in einer weniger grausamen Zeit leben. Es kommt immer auf Ort und Umstände an."

„Ja", bestätigte Falk mit vagem Unbehagen. „Ort und Umstände erklären Manches."

„Sie wurde offensichtlich schwer gefoltert."

„Ja."

„Aber auch in der Folter gibt es Moden. Haben Sie den Eindruck, dass da ein moderner Folterknecht am Werk war?"

„Ich hatte den Eindruck, dass brutalste Gewalt eingesetzt wurde."

„Und das Holz zu Füßen der Leiche?"

„Der Täter hat den Stamm entastet und die Abfälle zusammengeschoben. Vermutlich lagen sie im Weg."

Nun glühte das Gesicht des Professors.

„Ich glaube, die Frau wurde auf altmodische Weise gefoltert, mit den Methoden des Mittelalters – und das Holz symbolisiert nichts Anderes als einen Scheiterhaufen!"

Lacher winkte enttäuscht ab, doch Falk hakte nach: „Sie denken, man wollte sie verbrennen? Mit frisch geschlagenem Holz, nach zwei Regenwochen?"

Sein Gegenüber hob den Zeigefinger und sah tatsächlich überzeugend professoral aus.

„Symbolisch, meine ich. Der Täter will etwas ausdrücken."

„Was? Dass sein Opfer eine Hexe ist?"

„Möglich. Zum Feuertod wurden aber nicht nur Hexen und Zauberer verurteilt. Auch Ehebrecher – vor allem

Ehebrecherinnen – Falschmünzer, sexuelle Abweichler und Ketzer wurden verbrannt. In früheren Kulturen auch Hochverräter. Die radikalste Auslöschung für all das, was man am meisten fürchtet."

„Und die Folter?"

„Stellt sicher, dass tatsächlich die Wahrheit ans Licht kommt. Der Richter will keinen Fehler riskieren. Immerhin geht es auch um sein eigenes Seelenheil."

Der kleine Professor strahlte vor Vergnügen über seine Hypothese. Er hielt den Bullen die Flasche entgegen, um mit ihnen anzustoßen.

Eine halbe Stunde später stellte Falk den Dienstwagen unter den Carport. In der Garage stand nur der alte Jaguar seines Schwiegervaters. Der Platz für Monikas Wagen war leer, nicht zum ersten Mal in den vergangenen Wochen. Sie hatte sein Verhältnis mit Hanna ohne große Mühe entdeckt. Er hatte sich auch keine große Mühe gegeben, es zu verbergen. Seine Motive dafür steckten in diesem seltsamen emotionalen Nebel, aus dem er momentan nicht herausfand. Auch seine Innenschau, die ihm ehemals viel über sein Befinden verraten hatte, erschien ihm unklarer denn je. Wüste und Wasser, frisches Grün und staubige Trockenheit flossen im täglichen Wechsel ineinander.

Sam, der schwarze Spaniel, erwartete ihn hinter der Haustür. Niemand – kein Mensch und kein anderer Hund – blickt vorwurfsvoller als ein Spaniel, der sich vernachlässigt fühlt. Der Chefinspektor versöhnte ihn mit einer halben Knackwurst. Die andere Hälfte aß er selbst mit einem Stück Brot. Er spülte das Mahl mit Wasser hinunter und legte sich aufs Sofa. Seine Träume kreisten um Ines Kollers letzte Stunden. Als Monika heimkam, fand sie ihn schweißgebadet. Sie rüttelte ihn wach und schickte ihn unter die Dusche. Sie ging später zu Bett. Da schlief er schon wieder.

7

Als der Chefinspektor am nächsten Morgen sein Büro betrat, stand Oberst Prettner am offenen Fenster und inspizierte die Verblechung der Fensterbank.

„Ist das Schimmel?", erkundigte er sich.

„Asche", korrigierte Falk.

„Ach so."

Der Leiter des LKA wandte sich um und sah seinen Untergebenen vorwurfsvoll an.

„Wo ist Lacher?"

„Zuhause, spazieren? Ich habe keine Ahnung."

Oberst Prettners Kopf, den lustige Beamte seiner Form wegen gelegentlich mit Bällen, Billard- oder Bowlingkugeln verglichen, verfärbte sich.

„Er hat vor Jahren die Ermittlungen geleitet, er hat die Leiche gefunden und jetzt ist er nicht hier?"

Falk hegte keine Antipathie gegen Kugeln. Sie entsprachen seinen Vorstellungen von natürlicher Harmonie. Er nickte.

Prettners Kugel verfärbte sich weiter.

„Und wieso, Chefinspektor?"

„Er ist nicht mehr bei der Polizei, Oberst. Und es lag kein Grund vor, ihn zu verhaften."

Sie sahen sich an. Falk in hellen Hosen und Sakko, Prettner in hellem Loden mit grünen Verzierungen. Zwei adrette Provinzbullen.

„Kennt sich außer ihm noch jemand so gut bei diesen alten Vermisstenfällen aus?"

„Kaum."

„Das meine ich auch. Aber nachdem er alles hingeschmissen hat, können wir ihn nicht einfach wieder aufnehmen."

Der Oberst dachte nach.

„Als Berater, das ginge vielleicht."

Er fischte das Handy aus seiner Tasche.

„Ich frage den Fred."

Fred, das Alphatier im Ministerium, im Ranking nur einen gefühlten Millimeter unter der Ministerin.

„Verzeihung, Oberst", sagte Falk. „Vielleicht sollten Sie zuerst Lacher fragen."

„Weshalb?"

„Vielleicht will er nicht."

„Will nicht?"

Prettners Welt schien für Momente aus den Fugen zu geraten. Doch er wäre nicht zum Leiter des LKA aufgestiegen, wenn er nicht über eine beträchtliche Flexibilität verfügt hätte.

„Lacher hat einen neuen, interessanten Job", log Falk. „Gut bezahlt, fixe Arbeitszeiten, wenig Stress. Er wäre dumm, wenn er ihn ohne längerfristige Perspektive aufgeben würde. Sowie dieser Fall beendet ist, steht er als Berater wieder mit leeren Händen da."

Sein Vorgesetzter musterte ihn mit zusammengekniffenen Augen.

„Eine Perspektive in der Art einer Rückkehr in den Dienst?"

„Ich bin mir nicht sicher, ob er dazu bereit ist. Sie sollten es trotzdem versuchen."

Die Mundwinkel des Obersts wanderten um einige Millimeter nach oben. Falk wurde nicht zum ersten Mal Zeuge dafür, dass eine intuitive Erkenntnis einen analytischen Geist ersetzen kann. Manchmal.

„Sie wissen selbst nicht genau, woran Sie mit ihm sind. Deshalb hätten Sie ihn lieber um sich, als irgendwo alleine da draußen. Schlau von Ihnen. Aber die Details können Sie ruhig mir überlassen, ich werde das klären."

Tatsächlich meldete sich Lacher schon eine Viertelstunde später per Handy.

„Ich bin dir als Berater zugeteilt."

„Fein."

Falk fragte nicht nach näheren Umständen oder Perspektiven.

„Wann kannst du im Büro sein? Ich möchte diesem Typen einen Besuch abstatten, mit dem die Koller eine Affäre hatte, bevor sie häuslich wurde."

„Ich beeile mich."

Während er auf seinen ehemaligen Kollegen und neuen Berater wartete, sammelte der Chefinspektor einige Informationen über den emeritierten Professor Erlmann, der so überraschende Theorien aufgestellt hatte. Ein überraschender Zufall auch, dass er gleich neben Lacher eine Wohnung besaß. Sein alter Freund schien die Zufälle momentan nur so anzuziehen.

Es traf zu, dass bereits die Großmutter des Professors in dem Haus gelebt hatte. Es traf auch zu, dass er ein Anwesen im Bezirk St. Veit besaß. Ein einsam gelegenes Objekt inmitten eines beachtlichen Grundstücks mit Weiden und Wäldern. Einsam. Einsam wie Lacher oder auf eine andere Art? Vielleicht unheimlich einsam?

Spontan wählte Falk die Nummer des Mediävisten und berief sich auf dessen vage Einladung vom Vorabend. Erlmann klang entzückt, beinahe überschwänglich. Er sei ohnehin ab dem frühen Nachmittag auf seinem Besitz beschäftigt und freue sich sehr auf den Besuch.

8

Ines Kollers Ehemann hatte damals ausgesagt, seine Frau habe ihm von Drohungen des Landwirts Holzer berichtet. Sie würde schon sehen, was dabei herauskäme, wenn sie ihn vor den Kopf stoße. Hintergrund war eine frühere Affäre mit dem Großbauern und Sägewerksbesitzer gewesen, die die junge Frau beendet hatte. Doch für den Tag ihres Verschwindens besaß Holzer ein Alibi, einen Jagdausflug mit Freunden, der in einem gewaltigen Besäufnis auf einer seiner Jagdhütten endete. Lacher schilderte dem Chefinspektor die Männerrunde, alle reich und maßlos selbstsicher. Man hätte auch eingebildet sagen können. Leute, die von Behörden im Allgemeinen und von der Polizei im Besonderen nichts hielten. Was letztlich übrig blieb, waren allerdings nur eine unklare Drohung, ein klares Alibi und Lachers unbewiesene Zweifel an der Glaubwürdigkeit der Jagdfreunde.

Der Dauerregen legte an diesem Vormittag eine Pause ein, ohne jedoch der Sonne eine Chance zu geben. Falk folgte den Anordnungen des Navi, Lacher grübelte vor sich hin. Ihr Ziel lag auf einer Anhöhe zwischen St. Veit und Liebenfels.

Sie hielten vor dem großen Wohngebäude, das eher einem Herrensitz ähnelte als einem Bauernhof: mächtiger Eingang, schönbrunngelbe Fassade, zahlreiche Fenster in beiden Geschossen, verziert mit weißen Stuckbögen, Blumenbeete vor der gesamten Front. Den Unterschied zum Herrensitz machte der riesige Stall gleich hinter dem Wohnhaus.

Falk klopfte einmal und betätigte den geschmiedeten Türgriff. Wie auf dem Land noch üblich, war die Tür nicht versperrt. Sie betraten eine lange Diele und folgten dem Bratenduft zur Küche. Wieder klopfte Falk.

„Herein!", rief eine Frau.

Sie war alleine in der Stube und schob gerade ein langes Scheit in den Herd, auf dem mehrere zugedeckte Töpfe standen.

Aus ihrer gebückten Stellung blickte sie über die Schulter zur Tür, den Besuchern entgegen. Sie schloss die Ofenklappe und richtete sich auf. Eine große, kräftige Frau mit üppigen Formen in einem dirndlartigen Kleid. Lacher erkannte sie nur wieder, weil er niemand anderen in dieser Küche erwartet hatte. Vor neun Jahren war sie ein schüchterner Schatten ihrer selbst gewesen, verängstigt, mit zu Boden gesenktem Blick, unterdrückt vom alles beherrschenden Ehemann. Das Erkennen beruhte auf Gegenseitigkeit.

„Sie sind der Polizist", sagte Maria Holzer zu Lacher. „Und Sie?"

„Ebenfalls Polizist", erwiderte Falk knapp. Die Frau war auf ihre Art attraktiv, zählte aber zu den Menschen, die immer etwas lauter reden als erforderlich und gerne einen halben Schritt zu nahe an ihre Gesprächspartner herantreten. Zur Erleichterung des Chefinspektors betrachtete sie Lacher als ihren natürlichen Gesprächspartner, der prompt ein wenig zurückwich.

„Was gibt es diesmal?"

Es klang, als ob die Bullen jede Woche ungebeten hereinschneiten.

„Das ist Chefinspektor Falk. Wir würden gerne mit Ihrem Mann sprechen."

Unvermittelt verzog sich ihr Mund zu einem breiten Lächeln.

„Das wird schwierig."

„Ist er nicht hier?"

„Doch, oben."

Falk mischte sich ein.

„Dann rufen Sie ihn bitte herunter."

Ihr Lächeln blieb unerschütterlich.

„Er liegt seit bald vier Jahren oben, Schlaganfall mit 51."

„Können Sie uns zu ihm führen?", fragte Falk.

„Gerne", sagte sie. Es klang, als ob sie es genau so meinte.

„Ich habe ihn neben mein Schlafzimmer gelegt", erklärte sie im Plauderton, während sie die Treppe hochstiegen. „So ist es einfacher."

Sie öffnete die Tür zu einem Zimmer, dessen Einrichtung nur aus einem Bett, einem Holzsessel, einem Schrank und einer großen Kommode bestand. Auf der Kommode türmte sich neben einer Bettpfanne eine Vielzahl von Medikamenten. Im Bett lag ein Mann, der gewiss nichts mehr mit dem rüpelhaften, arroganten Holzer von früher gemein hatte. Ein hageres, graubärtiges Gesicht, der Kopf kahl, die Haut grünlich, aus den Ärmeln des Pyjamas ragten Greisenhände. Auf einer davon saß eine Fliege, die sich bei ihrem Eintreten in die Luft schwang, um gleich darauf auf der Nase des Kranken zu landen. Der blickte die Besucher an und bewegte die Lippen, doch kein Ton drang hervor. Wie eine fröhliche Fremdenführerin erläuterte seine Gattin: „Er sieht und hört alles, kann aber nichts mehr von sich geben. Außer dem, was dort reinpasst."

Ihre Hand machte einen lässigen Schwenk in Richtung Bettpfanne. Lacher sah sich im kahlen Raum um.

„Kein Radio, kein Fernseher?"

„Er hasst das", sagte sie, nun schon beinahe strahlend. „Ich weiß es. Jede Sendung, die ich früher sehen oder hören wollte, hat er abgedreht – als er dazu noch in der Lage war."

Sie fing Falks Blick auf und hielt ihm mühelos stand. Die Frau und die Bullen schwiegen. Plötzlich raffte sie ihr Kleid bis zur Hüfte hoch und stellte einen Fuß auf den Sessel. Sie trug weiße Kniestrümpfe. Etwa von der Mitte ihrer Oberschenkel bis zum Slip war die Haut übersät mit dünnen, dunklen Kreuzchen.

„Fahren Sie drüber", forderte sie rau. „Los, machen Sie schon!"

Widerwillig, aber seltsam fasziniert, strich Falk mit den Fingerkuppen über das Muster. Es fühlte sich an wie geprägtes Papier.

„Das sind die Spuren seiner Zwickerln, wie er sie nannte. Die gab er mir, wenn er mich zwischendurch für irgendwas bestrafen wollte. Und wehe, ich ließ mir etwas anmerken. Dann fielen ihm ganz andere Strafen ein."

Sie nahm den Fuß herunter und ließ den Rock wieder fallen.
„Er hat mich geheiratet wegen meiner Mitgift und vom ersten
Tag an behandelt wie sein Eigentum. Und ich war dumm
genug, seinen Antrag anzunehmen, nur um von daheim
wegzukommen."
Um den Bullen das ganze Ausmaß ihrer Rache vor Augen zu
führen, stieß sie auch noch die Tür zu ihrem eigenen
Schlafzimmer auf und ging hinein. Die Polizisten folgten ihr.
Ein riesiges Doppelbett beherrschte den Raum, auf beiden
Nachtkästchen lagen Zeitschriften, vor dem Fußteil standen
sauber ausgerichtet je ein Paar Damen- und Herrenpantoffeln.
„Georg schläft nachts nicht viel, da bin ich gerne in seiner
Nähe."
„Wer schläft noch hier?", fragte Lacher.
„Jürgen", erwiderte sie ganz unbefangen. „Jürgen Grabher.
Der Geschäftsführer der Säge. Erinnern Sie sich nicht an
ihn?"
„Holzers Knecht", murmelte Lacher.
„Genau, so hat er ihn spaßhalber immer genannt, vor allem in
Gesellschaft, wenn alle es hörten."
Sie blickte auf ihre Uhr und sagte in gespieltem Erschrecken:
„Jetzt muss ich aber wieder in die Küche, mein Braten! Sie
können gern noch bei meinem Mann bleiben."
„Danke."
Falk kehrte ins Zimmer des gelähmten Patienten zurück,
Lacher folgte ihm. Frau Holzer hatte damit anscheinend nicht
gerechnet.
„Regen Sie ihn nicht auf!", mahnte sie.
„Keine Sorge", brummte Falk. „Kümmern Sie sich nur um
den Braten."
Sie zögerte kurz, verließ ihr Schlafzimmer durch die Gangtüre
und ließ sie laut ins Schloss fallen.
„Bestimmt lauscht sie."
Falk hob nur die Schultern, zog den Sessel neben das
Krankenbett und setzte sich. Holzers braune Augen folgten
seiner Bewegung. Die Fliege hockte nun auf seiner Stirn, der

Chefinspektor verscheuchte sie. Sie flog direkt zur Bettpfanne.

„Können Sie die Lider bewegen?", fragte er leise. Holzer ließ sie zum Beweis ein Dutzend Mal auf- und zuklappen.

„Ein Mal schließen bedeutet ja, zwei Mal nein. Verstehen Sie das?"

Der Patient gab das Ja-Zeichen.

„Sie erinnern sich an Ines Koller?"

Eine kurze Pause folgte, dann das Ja.

„Hatten Sie damals ein Verhältnis mit ihr?"

Nein. Dann ja.

„Kein Verhältnis, aber Sie hatten Sex mit ihr?"

Ja.

„Seit Jahren wurde sie vermisst, jetzt haben wir sie gefunden, ermordet."

Holzer zwinkerte in Serie, was wohl Aufregung bedeutete.

„Aber sie wurde nicht vor Jahren ermordet, sondern erst vorgestern, verstehen Sie?"

Nein.

„Irgendjemand hielt sie all die Zeit gefangen. Verstehen Sie jetzt?"

Ja.

„Wissen Sie etwas darüber?"

Eine Sekunde reihte sich an die andere, es wurden 10, 20, 30, während die Bullen in den stumpfen Augen des Kranken zu lesen versuchten, schließlich die Antwort: Nein.

„Sicher nicht?"

Nein.

„Hatte einer Ihrer Freunde etwas damit zu tun?"

Holzer schloss die Augen. Sie warteten.

„Er hat wohl keine Lust mehr", stellte Lacher fest.

„Na gut", sagte Falk. „Wir gehen jetzt. Soll ich wiederkommen?"

Eine Träne löste sich aus einem Augenwinkel und versickerte im grauen Gestrüpp.

„Also dann."

Sie verließen den Raum und vernahmen hastige Schritte auf der Treppe, dann das Schließen einer Tür. Als sie in die Küche kamen, saßen zwei Männer am großen Tisch, die Bäuerin beschäftigte sich mit ihren Töpfen. Einer der Männer war Jürgen, Holzers Knecht. Ein korpulenter, dunkler Typ, der glatt für einen Scheich aus dem Nahen Osten durchgegangen wäre, obwohl er aus dem tiefsten Metnitztal stammte. Von einem armseligen Hof, den in tausend Jahren nicht der Schatten eines Arabers gestreift hatte. Der andere Mann war so schmächtig, dass er daneben fast verschwand. Grabher stand auf, trat mit einem jovialen Lächeln auf Lacher zu und schüttelte zuerst ihm, dann Falk die Hand. Er deutete auf den schmächtigen Mann, der sitzen geblieben war.
„Hermann Dregger, mein Assistent."
Der Schmächtige nickte ihnen schüchtern zu, unsicher, ob ihm so viel Vertraulichkeit zustand. Falk überlegte, ob der Assistent in einer Art Wiederholungsschleife nun Grabhers Knecht war, so wie der selbst sich von Holzers Knecht zum Gefährten seiner Frau aufgeschwungen hatte. Er stellte sich vor, wie die neuen Herrscher des Hofs es genießen mochten, sich lautstark im Schlafzimmer zu lieben, während ihr ehemaliger Tyrann nur wenige Schritte entfernt lag und nicht anders konnte, als ihnen dabei zuzuhören. Grabher lächelte beharrlich weiter.
„Der Alte wird Ihnen nicht viel geholfen haben. Worum geht es denn?"
„Haben Sie von der Toten im Wald gehört?"
„Aus der Zeitung, ja. Schreckliche Sache."
„Es handelt sich um Ines Koller."
Frau Holzer gab einen undefinierbaren Laut von sich, Holzers ehemaliger Knecht wirkte erschüttert.
„Die damals verschwunden ist? Das ist Jahre her."
„Sie wurde eindeutig identifiziert."
„Damit kann er nichts zu tun haben", sagte die Frau und deutete mit dem Zeigefinger zur Decke.

„Mit dem Mord nicht", stimmte Falk zu. „Aber vielleicht mit ihrer Gefangenschaft."

Grabher schüttelte den Kopf.

„Das glaube ich nicht. Holzer bekam auch so, was er wollte. Mit viel weniger Mühe. Außerdem wurde sie gefoltert, oder? Ich meine, mit richtigen Folterinstrumenten, nicht nur geschlagen. Darauf stand er nicht."

„Worauf stand er denn?"

Holzers Knecht wollte etwas sagen, blickte dann aber zu Boden und schwieg. Die Wangen der Bäuerin glühten.

„Du kannst es ruhig sagen. Sex wollte er. Zu jeder Tages- und Nachtzeit, rauschig oder nicht, allein oder im Rudel."

„Ging er fremd?"

Sie schnaubte.

„Das tun sie doch alle. Was meinen Sie, was los war, wenn er mit seinen Freunden gesoffen hat?"

„Warum haben Sie ihn nicht verlassen?"

„Weil er mich umgebracht hätte. Er hat es mir oft genug angedroht, ich habe ihm geglaubt. Außerdem ist da der Hof."

„Ines hat ihm den Laufpass gegeben."

Ein ungläubiges, vielleicht wissendes Lächeln huschte über ihr Gesicht.

„Das hat sie ihrem Mann erzählt. Ich weiß nicht, ob es stimmt."

„War Holzer gefährlich?"

„Ja. Nach außen spielte er den reichen Bauernflegel – einen, der von Kindheit an gelernt hat, dass er mit seinem Geld alles richten kann. Genau so haben die Leute ihn gesehen. Sein Geld interessierte sie, ihn haben sie für dumm gehalten."

„Aber das stimmte nicht."

„Nein, er war bösartig und gemein. Das bekamen alle zu spüren, die ihm zu nahe gekommen sind. Ich hätte ihm zugetraut, Ines verschwinden zu lassen. Doch Jürgen hat recht: Schläge, Gewalt, vielleicht sogar Totschlag, mag sein. Jemanden heimlich jahrelang gefangen halten – das ist viel Aufwand, das wäre ihm zu mühsam gewesen."

„Sie bestätigten damals seinen Jagdausflug, aber Sie sagten kein Wort mehr als unbedingt nötig. Was wussten Sie darüber?"

Sie zog eine Grimasse.

„Jagdausflug bedeutete, dass ein paar von der Bande auf eine ihrer Jagdhütten fuhren und dort tranken. Und Frauen mitnahmen."

„Was für Frauen?"

„Manchmal Nutten, aber viel lieber junge Dinger, die sich von dicken Wagen und einem Bündel Geld blenden lassen. Davon gibt es genug. Er hatte immer eine Klammer mit einem Dutzend Fünfhundertern dabei. Wenn er damit wedelte, lachten alle über seine blöden Witze und waren sehr beeindruckt."

„Seine Freunde schwuren, dass sie allein waren und Ihr Gatte sich nie von der Gruppe entfernt habe."

Sie seufzte, genervt von der Naivität des Bullen.

„Die sind doch von einem Schlag. Ob es stimmt oder nicht, Hauptsache, alle halten zusammen."

„War Ines Koller damals dabei?"

„Ich wollte, ich wüsste es. Würde man ihn in seinem Zustand ins Gefängnis stecken?"

Ihre Augen blitzten vergnügt bei der Vorstellung. Jürgen hatte sich zu seinem Assistenten an den Tisch zurückgezogen, plötzlich viel weniger selbstbewusst, fast als ob er alte Zeiten witterte. Der Assistent schien es zu merken. Im Blick, mit dem er seinen Chef für den Bruchteil einer Sekunde bedachte, glaubte Falk, eine unbändige, hämische Gefühlsregung zu erkennen. Freude, oder Verachtung? Wirklich nur für den Bruchteil einer Sekunde, denn sofort senkte er den Kopf wieder. Der Braten duftete, die Scheite knisterten, aber der Ofen strahlte so viel Wärme ab, dass sich auf Falks Stirn und Nacken Schweißperlen bildeten.

„Seit wann ist Ihr Gatte bettlägerig?"

„10. Oktober 2008", erwiderte sie prompt. „Der schönste Tag in meinem Leben. Er lag nach einer ausgedehnten Saufpartie im Bett, unfähig, ein Wort zu sprechen oder ein Glied zu rühren. Gerade essen und trinken kann er noch. Ich habe dem Pfarrer, den ich nicht ausstehen kann, Geld für die größten Kerzen gegeben. Alle, die meinen Mann kannten, hielten das für übertrieben. Ein paar haben wohl erraten, dass ich nur dankbar war."

Falk warf ihr einen düsteren Blick zu.

„Sehen Sie zu, dass er wenigstens ein Radio bekommt."

Er und sie hatten im gleichen Moment die gleiche Idee.

„Spielen Sie nicht nur Sachen, die er nicht leiden kann."

„Aber nein", versicherte sie. „Kommen Sie wieder?"

„Vielleicht."

Sie nickten der Frau und den Männern zu und verließen das Haus.

Im Auto fragte Lacher: „Kommen wir wieder?"

„Weiß er etwas?"

„Hm, ich glaube, er will, dass wir es glauben."

„Damit wir wiederkommen?"

„Ja."

„Nur deshalb, bist du dir sicher?"

„Nein."

Eine Weile schwiegen sie, während Falk den Wagen durch tiefe Pfützen und Lacken steuerte, die Überbleibsel des Dauerregens. Lacher sprach aus, was der Chefinspektor dachte.

„Neun Jahre können Menschen verändern. Vielleicht sind Holzers Kumpane heute nicht mehr so hartgesotten wie damals."

„Wir holen sie uns", sagte Falk.

Das erwies sich als schwierig. Außer Holzer hatten noch drei Männer am ominösen Jagdausflug teilgenommen. Einer war bald danach bei einem Verkehrsunfall ums Leben gekommen, einer hatte seinen Besitz in der Zwischenzeit verkauft und Kärnten verlassen. Nur der jüngste, ein Landwirt namens Hans Feirer, ließ sich ausfindig machen.

„Was gibt's?", bellte er ins Telefon.

Falk verzog das Gesicht und hielt sein Smartphone weiter weg vom Ohr.

„Wir ermitteln in einem Mordfall und müssen Sie vernehmen."

Aus dem Lautsprecher ergoss sich eine Schimpftirade.

„Herr Feirer!", rief der Chefinspektor. „Sollen wir Sie abholen?"

Der Mann am anderen Ende schien vor Wut zu explodieren.

Falk legte auf und schickte eine Streife los. Die Partys in den Jagdhütten fielen ihm ein.

„Seid vorsichtig, er ist Jäger."

Es dauerte zwei Stunden, bis einer der Beamten in sein Büro kam.

„Wir haben ihn dabei, Chefinspektor."

„Wie hat er sich aufgeführt?"

„Zuerst dachten wir, er platzt. Aber als er merkte, dass wir es ernst meinen, beruhigte er sich. Auf der Fahrt hat er kein Wort gesprochen."

Feirer entpuppte sich als dürrer, kleiner Mann von knapp fünfzig. Aus dem Aufschlag seiner Lodenjacke ragten der Kragen eines schmutzigen Hemds und daraus ein dünner Hals mit einem schmalen Kopf, der ständig in Bewegung war. Das erweckte zunächst den Eindruck von Nervosität, doch der Blick aus steingrauen Augen passte nicht dazu. Falk saß am Tisch im Vernehmungsraum, Feirer ihm gegenüber, Lacher lehnte seitlich hinter ihm an der Wand.

„Wo waren Sie in der Nacht von Mittwoch auf Donnerstag?"

„Haben Sie mir etwas vorzuwerfen?"

„Das wird sich herausstellen."

„Wenn es soweit ist, erzählen Sie es mir. Dann wird sich auch herausstellen, wo ich war."

„Warum sagen Sie es uns nicht einfach?", fragte Lacher.

Der bewegliche Kopf ruckte augenblicklich in seine Richtung.

„Weil es Sie einen feuchten Dreck angeht."

„Mag sein, aber in einem Mordfall kümmert uns auch feuchter Dreck. Jede Art von Dreck."

„Ich hab mit keinem Mordfall was zu tun."
„Dann sagen Sie uns eben, wo Sie sich aufgehalten haben."
„Ich lasse mich nicht gerne ausfragen."
Falk hob seine Schultern und ließ sie wieder fallen.
„Kann ich gehen, wenn ich es sage?", fragte Feirer.
„Sie sind doch gerade erst gekommen."
„Manche Leute haben ja was zu tun."
„Das stört uns nicht. Wir verschwenden gerne unsere Zeit mit
Typen, die nicht zur Sache kommen."
Feirers Kopf zuckte böse vom einen zum anderen.
„Meinetwegen. Ich war auf dem Hof."
„Und wer bestätigt das?"
„Meine Frau."
Falk rümpfte die Nase.
„Nicht gerade Triple A."
Der dürre Bauer fuhr zornig auf.
„Wer soll es denn sonst bestätigen?"
„Vielleicht haben Sie ja mit ein paar Kumpels gefeiert – wie
vor Jahren mit Holzer."
„Holzer feiert nicht mehr. Das ist vorbei."
„Ja, aber vor neun Jahren hat er noch mit Ihnen gefeiert.
Genau an dem Abend, als Ines Koller verschwand."
„Ach, daher weht der Wind", murmelte Feirer. Plötzlich
lachte er laut los.
„Ihr kapiert es nie! Wenn eine Frau Holzer Probleme machte,
hat er sie nicht mehr gekannt, so einfach war das."
„Er hat sie bedroht."
„Das hat ihr Mann behauptet."
„Sie hat es auch anderen gegenüber erwähnt."
„Und wenn. Dann wollte er sie halt ein bisschen erschrecken.
Nur weiß ich nicht, was das mich angeht."
„Waren bei dem Ausflug Frauen dabei?"
Wieder zuckte der nervöse Kopf von einem zum anderen.
„Wer erzählt denn sowas?"
„Holzers Frau", sagte Lacher.

„Dieses Weib!", meinte Feirer anerkennend. „Die zahlt es ihm jetzt sauber heim."

„Waren Frauen dabei?"

„Was macht das für einen Unterschied?"

„Schnaps und Sex können drei Männer schon so ablenken, dass sie den vierten aus dem Auge verlieren."

„Machen Sie sich keinen Kopf. Von der Ferstl-Hütte ins Tal fährt man eine Stunde. Ich weiß nicht, wie lange man für eine Entführung braucht, aber dann musst du auch wieder auf den Berg zurück. So lange war er nicht weg."

„Wie lange war er denn weg?"

Feirer erstarrte mit einem Mal zu vollkommener Regungslosigkeit, die Augen zu schmalen Schlitzen verengt, ein Reptil – und kein gutartiges.

„Wer hat denn gesagt, dass er weg war?"

„Sie, gerade eben. Also, wie lange war er weg?"

„Das ist ein übler Trick", schimpfte der kleine Mann. „Damit kommt ihr nicht durch."

„Hören Sie zu", sagte der Chefinspektor. „Damals war es ein Vermisstenfall ohne konkreten Verdacht. Jetzt ist es jahrelange Freiheitsberaubung, Folter und Mord. Das heißt, wir sitzen Ihnen so lange im Genick, bis wir eine komplette, glaubwürdige Aussage haben. Wenn es zügig funktioniert, sind wir nicht kleinlich. Andernfalls fahren wir das volle Programm. Von Behinderung der Justiz über Verkehrskontrollen bis zur Betriebsprüfung. Sie haben die Wahl."

Feirer ließ sich das durch den Kopf gehen.

„Für sowas zahlt man auch noch Steuern", murmelte er, ohne wirklich bei der Sache zu sein. Er entschied sich rasch.

„Von mir aus. Holzer ist nicht mehr im Spiel. Wenn ich erzähle, was ich weiß, lasst ihr mich in Ruhe?"

„Kommt darauf an, wie tief Sie mit drinstecken."

Der schmale Kopf wackelte abwehrend.

„Ich habe gar nichts getan. Aber Holzer war wirklich weg, etwa für eine Stunde."

„Wo?"

„Drei Frauen sind mitgefahren. Zwei Huren und ein junges Weibsbild. Zuerst ganz lustig, bis er sich an sie rangemacht hat. Sie ist hysterisch geworden, schrie herum, ihr Mann würde sie umbringen, dann hat sie zu heulen begonnen. Holzer hat ihr eine geklebt und sie dann runtergefahren."

„Dafür war er sehr schnell wieder da."

„Er hat erzählt, er habe sie auf dem halben Weg hinausgeworfen, um ihr eine Lektion zu erteilen."

„Sie haben ihm geglaubt?"

Feirers Blick zuckte wieder kampflustig zwischen den Bullen hin und her.

„Ich habe nicht darüber nachgedacht, es passte zu ihm."

„Die junge Frau war nicht zufällig Ines Koller?"

„Großer Gott, nein. Ich bin ihr Tage später wieder begegnet. Hat getan, als ob sie mich nicht kennen würde. Läuft mir jetzt noch von Zeit zu Zeit über den Weg."

Falk griff nach einem Bleistift.

„Ihr Name?"

Der Kleine kratzte sich ausgiebig hinterm Ohr.

„Martina irgendwas. Ich glaube, den Nachnamen hab ich nie gehört. Wohnt in St. Veit, in einer Siedlung in der Nähe vom Freibad. Wir liefern dort manchmal Brennholz."

Im Melderegister fanden sich zwei Martinas in dieser Gegend, eine davon über sechzig, die schied aus. Sie löcherten ihn noch eine Weile, aber es kam nichts mehr dabei heraus.

„Sollen wir Sie zurückbringen?"

„Mit der Funkstreife?", schnaubte Feirer. „Vielen Dank. Ich kann mir in der nächsten Zeit genug anhören, weil Sie mich damit abgeholt haben."

„Das tut uns leid", sagte Falk mit unbewegter Miene.

„Sie mich auch!", knurrte der Bauer und verließ den Raum wie ein gereizter Kampfhahn.

„Der ist immer noch hartgesotten", bemerkte Lacher.

„Ein kleiner Suzuki-Geländewagen ist auf ihn zugelassen. Klein, aber eckig."

„Beinahe jeder Jäger hat etwas in der Art."
Falk nickte und erhob sich.
„Fahren wir zu Neuner."
„Ohne Mittagessen?"
„Vor einem Besuch in der Pathologie?"

9

Dr. Neuner, ein ruhiger, rothaariger Hüne von zwei Metern begrüßte sie ernster als gewöhnlich. Er zog das Laken von der Toten.

„Todesursache waren tatsächlich Blutungen im Gehirn nach einem Schädelbruch, der durch massive Druckanwendung verursacht wurde."

Er deutete auf Quetschungen, Risswunden und Druckstellen, die sich wie ein Band um Stirn, Schläfen und Hinterkopf zogen. Stumm betrachteten sie die Wunden bis der Pathologe sie wieder mit dem Tuch bedeckte.

„Der Endbericht wird länger dauern als gewöhnlich. Ich habe aber einen Auszug vorbereitet."

„Danke. Haben Sie eine Vorstellung, nach welchem Mordwerkzeug wir suchen sollen?"

„Ich tippe auf eine Art Eisenklammer mit einem Gewinde und einer Schraube. Etwas wie eine Schlauchschelle, nur entsprechend groß und robust."

„Wie sind die Verletzungen im Mund zu erklären?"

„Ebenfalls durch massiven Druck, aber expandierend. Die zahlreichen Narben stammen von unterschiedlichen Schnitt- und Schlaginstrumenten. Die bekommt man überall. Für einen Folterknecht mit Fantasie muss die Werkzeugabteilung eines Baumarkts die reine Fundgrube sein."

Falk nahm eine dünne Mappe entgegen.

„Sind Fotos auch dabei?"

„Ja."

Der Chefinspektor zögerte.

„Wir haben mit einem Mediävisten gesprochen. Er tippt auf mittelalterliche Methoden."

„Daran habe ich auch gedacht", gab Dr. Neuner zu. „Die Mundverletzungen könnten gut von einer Maulbirne stammen. Ich habe es nicht schriftlich erwähnt, weil mir die Vergleichsmöglichkeiten fehlen. Man müsste Versuche durchführen. In den aktuellen medizinischen Datenbanken findet sich nichts zum Thema."

Sie verabschiedeten sich und machten in stummem Einverständnis einen zehnminütigen Rundgang in der frischen Luft, ehe sie wieder ins Auto stiegen.

10

Prof. Erlmanns Gut verfügte über eine traumhafte Lage und Aussicht. Die jetzt hochgespannte Wolkendecke erlaubte den Blick über sanft abfallende Wiesen, den Längsee mit seinen unverbauten Ufern, dahinter das Stift St. Georgen, bis hin zur schroffen Kette der Karawanken am fernen Horizont. Das Gebäude wirkte nicht minder atemberaubend, allerdings aus anderen Gründen. Sein Planer dürfte über beträchtliche psychedelische Erfahrungen verfügt haben. Herausgekommen war eine Kreuzung aus altem Kärntner Bauernhof, griechisch-römischen Anbauten mit reichlich eingestreuten Säulen, die Zwischenräume verglast, und zwei neugotischen Türmchen, die vollkommen unmotiviert meterhoch aus dem alten Bestand herausragten. Der Chefinspektor und sein neuer Berater staunten.

„Mein ehemaliger Nachbar", sagte Lacher, „durfte nicht bauen, weil die geplante Dachneigung der Behörde um fünf Grad zu steil war."

„Fünf Grad sind fünf Grad", bemerkte Falk trocken. „Das hier entzieht sich solchen banalen Maßstäben."

Sie ließen den Wagen auf einem Kiesparkplatz zurück und näherten sich dem Objekt zu Fuß.

„Skurril, aber bestimmt nicht billig. Laut Grundbuch gehören 12 Hektar Grund dazu."

„Wie kann sich ein emeritierter Professor das leisten?", überlegte Lacher. „Plus einer Bleibe in Wien und meiner Nachbarwohnung – ich meine, ihrer Ausstattung."

„Indem er als junger Geschichtsstudent die Tochter einer Wiener Industriellenfamilie heiratet. Vermutlich zur großen Begeisterung der Familie. Die Tochter ist vor mehr als zwanzig Jahren gestorben und hat einen armen Kärntner Landesflüchtling als reichen Mediävisten zurückgelassen."

„Welchen Hobbys er jetzt auch immer nachgehen mag, viel Platz und Ruhe findet er hier."

Neben dem Hauptgebäude wurde ein kleineres Haus sichtbar.

„Garagen und darüber Zimmer, vermutlich für das Personal. Das wird er nötig haben. Ist das ein Bentley?"

„Es sind sieben Fahrzeuge auf seinen Namen zugelassen."

„Auch ein Mercedes G?"

„Nein. Geländetauglich ist nur ein alter Jeep."

Vor dem säulengetragenen, verglasten Vestibül mit Dreiecksgiebel und Fries blieben sie stehen.

„So etwas gehört ja wirklich verboten", sagte Lacher bewundernd. Falk litt fast schmerzhaft unter der Empfindung, dass das wuchtige Steinhaus und sein antiker Vorbau sich gegenseitig abgrundtief hassten. Eine gebaute Tragödie.

Aus irgendeinem der zahllosen Fenster musste Erlmann ihr Kommen erspäht haben. Er trat aus der zweiflügeligen Holztür und eilte durch die Vorhalle zur äußeren Glastür. Er trug Trachtenschuhe, rote Stutzen und eine knielange Lederhose, dazu einen dicken, blauen Pullover und auf dem kahlen Kopf einen flachen Strohhut, wie ihn die venezianischen Gondolieri verwenden.

Mit einem breiten Lächeln öffnete er und schüttelte seinen Besuchern die Hände.

„Sie haben noch nie so etwas Scheußliches gesehen, nicht wahr?", rief er begeistert.

„Noch nie", gab Lacher zu. „Wie haben Sie die Bewilligung erhalten?"

„Da müssen Sie den Bauherrn fragen, lieber Nachbar. Leider liegt er schon über ein Jahrhundert unter der Erde."

„Es sieht ganz neu aus, vom ursprünglichen Teil abgesehen."

„Ich habe renoviert! Was meinen Sie, in welchem Zustand das Kunstwerk vor zwanzig Jahren war. So als ob es Jahrzehnte niemand hätte haben wollen."

„Schwer vorstellbar", gab Falk zu.

„Ja", bestätigte Erlmann. „Ein Glück, dass der Vorbesitzer, ein Enkel des Bauherrn, aus Familienstolz jeden potentiellen Käufer hinauswarf, der das Schmuckstück nicht erhalten wollte."

„Warum hat er dann überhaupt verkauft?"

„Weil er einen würdigen Nachfolger suchte. Die Gefahr, dass die erste Handlung eines neuen Eigentümers im Erwerb einer Ladung Dynamit bestand, war ja nicht von der Hand zu weisen. Ich sammle aber Unikate. Jedes Kleidungsstück, das Sie an mir sehen, hat eine spannende Geschichte, manchmal auch eine traurige. Und ich wohne in einem Unikat. Aber Sie wollen über ernstere Dinge sprechen, kommen Sie."

Er führte sie in eine geräumige Stube, die sich mit gemauertem Herd, Eckbank und Holztisch von der Küche der Holzers wenig unterschied. Mit großer Wahrscheinlichkeit handelte es sich aber um die einzige Bauernstube im Sonnensystem, die von einem runden Turm durchbohrt wurde. Er nahm den Westteil des Raums ein und stand im Weg, wenn man zur Sitzecke wollte.

Falk umrundete die steingewordene Halluzination und nahm Platz. Ohne zu fragen stellte Erlmann drei Bierfläschchen auf den Tisch. Der Chefinspektor schob ihm die Mappe des Pathologen hin. Falls er eine heftige Reaktion erwartet hatte, wurde er enttäuscht. Zunächst betrachtete der emeritierte Professor mit großem Interesse die Fotos, deren Anblick manchen abgebrühten Schlachthofarbeiter aus dem Gleichgewicht gebracht hätte, dann studierte er die lange Liste der Verletzungen.

„Das ist wirklich bemerkenswert", befand er schließlich. „Ich habe also recht gehabt."

„Mit der Maulbirne?", fragte Falk.

„Ja!", rief Erlmann entzückt. „Sie sind auch darauf gekommen. Und natürlich mit dem Kopfeisen. Das muss solche Spuren hinterlassen."

Lacher betrachtete ihn fassungslos.

„Sie haben solche Abdrücke schon einmal gesehen?"

„Nein, leider nicht. Aber ich besitze zwei Kopfeisen!"

„Würden Sie uns die zeigen?"

„Ich werde Ihnen meine ganze Sammlung zeigen. Aber zuerst ein Begrüßungsschluck."

Die Gästerolle behagte Falk nicht besonders, doch in gewisser Weise hatte er sie selbst gewählt, weil weit und breit noch kein Ansatzpunkt für eine Bullenrolle vorlag. Der Mediävist und sein Auftreten interessierten ihn. Ohne Zweifel hatte er viel Sinn für Inszenierungen. Er geleitete die Bullen durchs Haus wie ein geborener Fremdenführer.

„Beachten Sie diesen Dolch. Er stammt aus dem Besitz der Borgias. Ich habe aufwändige Untersuchungen durchführen lassen, wie in den besten Kriminallabors. Tatsächlich konnten mikroskopische Spuren von Menschenblut nachgewiesen werden."

„Vielleicht hat sich jemand damit in den Finger geschnitten", bemerkte Lacher. Erlmann kicherte.

„Aber Herr Nachbar, doch nicht bei Borgias."

Seine Schaustücke hatte der Professor in den Wohnräumen verteilt, die meisten in kleinen Vitrinen oder an der Wand hängend. Sie folgten keinem erkennbaren System. Hier ein Paar Schuhe von beängstigendem Alter, dort einige Miniaturen, Schmuckstücke, Rüstungsteile und Waffen. Aber auch Gegenstände aus dem Alltag, einfache Trinkgefäße, Werkzeuge, Töpfe.

„Wo ist das Kopfeisen?", fragte Lacher, der sich trotz seiner Beraterfunktion mehr als Bulle denn als Gast sah. Außerdem störte ihn auf einer nicht näher definierbaren Ebene, dass ausgerechnet dieser Mann mit seinem irren Haus und den sieben Autos sein Wohnungsnachbar im Billigblock war. Falk spürte sofort, wie sich der Professor, verärgert über Lachers Direktheit, zurückzog.

„Das eilt nicht", warf er ein. „Wie viele Leute brauchen Sie, um diesen Besitz in Ordnung zu halten? Sieht nach jeder Menge Arbeit aus."

„Ist es auch", bestätigte Erlmann, wieder halb versöhnt.

„Insgesamt drei. Eine Frau fürs Haus, eine für den Garten und ein handwerkliches Universalgenie, das sich mit Autos ebenso auskennt wie mit verstopften Regenrinnen und stumpfen Rasenmähermessern."

„Wohnen sie im Nebengebäude?"

„Manchmal, wenn Gäste hier sind. Normalerweise nicht. Ich bin lieber für mich. Wir geraten einander so wenig wie möglich in die Quere. Nun, Sie sind neugierig auf meine kleine Spezialsammlung. Kommen Sie."

Er dirigierte sie zum zweiten Turm, der etwas diskreter, nämlich an der Schmalseite eines Speisezimmers, errichtet worden war. Eine eng geschwungene Steintreppe führte in das Turmzimmer. Schmale, hohe Fenster gewährten einen überwältigenden Ausblick in alle Richtungen. Falk hätte aus dem Raum ein Nest gemacht. Mit dem bequemsten Sessel, der aufzutreiben war, mit Bücherregalen und einer kleinen Musikanlage. Doch ringsum standen halbhohe Pultvitrinen und darin lagen, sorgfältig unter Glas angeordnet, alle Schrecken, die sich Menschen vor Jahrhunderten ausgedacht hatten, um andere Menschen zu quälen.

„Hier ist natürlich nur Platz für die kleinen Geräte", merkte der Mediävist entschuldigend an. „Doch sie vermitteln durchaus eine Vorstellung von der Fantasie der Grausamkeit, die sie verkörpern. Allein diese Zangen …"

Sie betrachteten die Zangen, Daumen- und Knieschrauben, Mundsperren, Eisenringe, Halskrausen mit nach innen gerichteten Dornen, mit scharfen Zacken besetzte Zwangsgürtel, Schädelschrauben, Geißeln und Scheren.

„Das wird Sie besonders interessieren", plauderte Erlmann unbefangen weiter. „Die Kopfpressen oder Kopfeisen."

Er nahm eines der martialischen Geräte heraus und reichte es dem Chefinspektor, ein anderes Lacher.

„Die sind ganz leichtgängig", sagte der erstaunt. Der Professor schmunzelte.

„Mein Universalgenie hat es geschafft, den Rost zu lösen. Sie könnten es jederzeit benutzen. Vielleicht reicht es aber schon, eines in Ihrem Verhörraum gut sichtbar zu platzieren. Wie Sie vielleicht wissen, sahen die Regeln der inquisitorischen Untersuchung vor, den späteren Opfern alle Folterwerkzeuge vor ihrer Anwendung genau zu erklären. So konnten sich die

Bedauernswerten eine Nacht lang ausmalen, was sie erwartete. Angewandte Psychologie, würde man heute sagen." Er ging zu einem anderen Kasten.

„Auf diese Maulbirnen bin ich besonders stolz. Sie sind schwer zu bekommen."

„Krankhaft", bemerkte Lacher rau. Es war nicht ganz klar, wen oder was er damit meinte. Erlmann bezog es nicht auf sich. Er begann zu dozieren.

„Die Anwendung von Folter ist einer der wenigen Punkte, die uns vom Tier unterscheiden. Das niedliche Kätzchen, das mit der nicht minder niedlichen Maus spielt, hegt nicht die Absicht, sie zu quälen. Es würde sich auch mit einem Wollknäuel begnügen. Nur der Mensch hat das Privileg, mit Kalkül zu quälen. Oder aus Wollust oder einfach zum Zeitvertreib."

Nachdenklich hielt er das Kopfeisen in der Hand. Mit einem Mal kam ihm ein Gedanke, der ihn ungemein amüsierte. Er lachte lauthals, wischte sich die Augen trocken und entschuldigte sich.

„Ich vergesse vollkommen, dass Sie Polizisten sind. Bestimmt suchen Sie dringend nach einer Tatwaffe. Und da stehe ich und halte so ein Eisen in der Hand. Für die vergangene Nacht habe ich ein Alibi, das sind Sie selbst. Aber die Nacht zuvor habe ich hier verbracht – und wie ich mit Bedauern zugeben muss: alleine."

Die Bullen lächelten matt. Sie schlugen die Einladung zu einem weiteren Fläschchen aus, der Mediävist begleitete sie bis vors Haus. Innen gewöhnte man sich rasch an die unorthodoxe Bauweise, die Außenperspektive blieb atemberaubend.

„Wissen Sie, was Ihren Vorvorgänger dazu bewogen hat, einen alten Bauernhof so zu …", Falk suchte das passende Wort, „… so zu verändern?"

„Er war ein Kollege von mir, ein Privatgelehrter, wie es sie damals noch gab. Teils brillant, teils dilettantisch, aber jedenfalls mit genügend Mitteln ausgestattet. Seine erste

Leidenschaft bildete die Epoche des Barock, die zweite die Antike. Er empfand das Bedürfnis, dies auf seinem Heimathof zum Ausdruck zu bringen. Das ist dabei herausgekommen."

„Wie tief reichen die Türme in die Erde?"

„Sehr tief. Ich habe dort einen Weinkeller eingerichtet, etwas Haustechnik eingebaut, alte Möbel verstaut. Sehr praktisch. Aus den Augen, aus dem Sinn."

„Macht er sich über uns lustig?", fragte Lacher, als sie sich auf den Weg zum Auto machten.

„Vielleicht. Vielleicht ist er aber nur schrullig. Richtig schrullig, meine ich."

„Die Eisen, die er uns gezeigt hat, können es nicht gewesen sein."

„Nein, unser Folterknecht hat ein glattes verwendet. Die nach innen weisenden Kreuze hätte man erkannt."

„Das weiß er ebenso wie wir. Auf 12 Hektar kann man einiges verbergen. Wie er sagte: Aus den Augen, aus dem Sinn."

An der Wand des Nebengebäudes lehnte ein Mann. Er trug einen mit dunklen Flecken übersäten Arbeitsoverall und einen schwarzen Jägerhut mit einigen Federn und Abzeichen. Zwischen seinen Zähnen hing eine gekrümmte Pfeife mit einem riesigen Pfeifenkopf. Falk hatte zuletzt so eine gesehen, als er mit seinen Eltern auf einer Wanderung in eine Sennhütte geraten war. Er wusste nicht mehr, warum sie dort Schutz suchten – vielleicht wegen eines Gewitters. Umso deutlicher erinnerte er sich an die alte Frau mit dem Gesicht eines verschrumpelten Apfels, die ihnen Milch anbot. Anschließend setzte sie sich wieder vor den Ofen und sog am Mundstück ihrer Monsterpfeife. Seine Mutter hatte das bestimmt missbilligt, doch er mit seinen acht oder neun Jahren war sehr beeindruckt gewesen.

„Das Universalgenie", sagte der Chefinspektor. „Der Mann, der Kopfeisen leichtgängig macht. Reden wir mit ihm."

Sie gingen zum Nebengebäude.

„Falk vom Landeskriminalamt", stellte sich der Chefinspektor vor. „Das ist mein Kollege Lacher."

Der Mann mit der Pfeife konnte ebenso gut vierzig wie sechzig sein. Er blieb so regungslos an die Wand gelehnt wie eine Riesenechse, die gerade nichts Dringendes vorhat. Allein seine Augen verrieten, dass er die Bullen überhaupt wahrnahm. Interesse verrieten sie keines.

„Sie arbeiten für Prof. Erlmann?"

Falk deutete das vage Brummen als Zustimmung.

„Ob Sie wohl so freundlich sind, uns Ihren Namen zu verraten?"

Nun blieb dem Typen nichts anderes übrig, als die Pfeife aus dem Mund zu nehmen. Gern tat er es nicht.

„Gert Schreiner. Wieso?"

„Der Professor hat Sie gelobt. Er meint, Sie seien ein Universalgenie, das sogar mittelalterliche Kopfeisen funktionsfähig macht."

„Ist ja nichts Verbotenes."

Lacher hatte sich bis an die Hausecke entfernt.

„He Falk", sagte er. „Schau dir das einmal an."

Der Chefinspektor folgte der Aufforderung.

„Wenn das kein lupenreiner Puch G ist."

Tatsächlich parkte hinter dem Gebäude ein olivgrüner, auf Hochglanz polierter Geländewagen. Auch Schreiner, mittlerweile die Pfeife wieder im Mund, hatte sich von seiner Wand gelöst und kam heran.

„Ich wusste gar nicht, dass Prof. Erlmann einen besitzt", bemerkte Falk.

„Tut er nicht", sagte das Universalgenie. „Das ist meiner." Es klang sehr stolz.

„Sind die nicht sauteuer?", fragte Lacher.

„Der nicht. Ich habe ihn vom Bundesheer mit 300.000 Kilometern übernommen. Nach ein paar Hundert Fahrern, die von solchen Autos nichts verstehen, hab ich ihn zum Schrottpreis bekommen."

„Jetzt sieht er aus wie neu."

Die Riesenechse war aus dem Mann gewichen, er strahlte wie ein zwölfjähriger Barcelona-Fan, auf dessen Geburtstagsparty Messi den Überraschungsgast gibt.

„Da steckt ein Jahr Arbeit dahinter. Ich habe ihn bis zur kleinsten Schraube zerlegt, repariert und wieder zusammengebaut."

Falk liebte seinen Cinquecento, aber er empfand schon das Nachtanken als technische Belästigung. Lacher verstand sich besser auf die Psyche von Autonarren. Er fachsimpelte fünf Minuten mit dem völlig ausgewechselten Schreiner. Der Chefinspektor nutzte die gute Stimmung, um Namen und Adressen der beiden weiblichen Bediensteten zu erfahren.

„Prof. Erlmann hat die vorletzte Nacht hier verbracht, nicht wahr?"

„Ja, ich auch."

Falk war überrascht.

„Er sagte, er sei allein gewesen."

„Dann hat er gar nicht bemerkt, dass ich hier geblieben bin. Es gab Ärger mit den Abflüssen – der viele Regen. Ich bin erst nach zehn ins Bett gekommen."

„Haben Sie danach noch etwas gehört?"

„Ich trage Ohrenstöpsel, damit ich nichts höre."

Als sie den Dienstwagen starteten, winkte Schreiner ihnen nach.

„Ein Puch G", sagte Falk.

Lacher schüttelte den Kopf.

„Vergiss es. Glaubst du wirklich, dass der sein Baby mitten in der Nacht durch ein schlammiges, steiles Flussbett im Wald jagt? Der wickelt es bei dem Wetter in Wolldecken, sogar wenn es in der Garage steht."

„Trotzdem ist es ein Puch G", beharrte Falk. „In einem Haushalt, der mit Kopfeisen und Maulbirnen aufwarten kann." Nach nur zwei- oder dreihundert Metern bog er in einen Forstweg ein und stellte den Wagen erst ab, als er von der Zufahrtsstraße nicht mehr zu sehen war.

„Hier müsste es sein."

„Was?"

„Der Hochsitz. Ich habe ihn vom Turm aus entdeckt."

Gefolgt von Lacher ging er in den Wald, wo sie rasch auf eine mit jungen Bäumen bepflanzte Lichtung gerieten. An der Grenze zum Altbestand im Norden stand tatsächlich ein verkleideter Hochsitz, angelehnt an eine mächtige Föhre. Vom Fuß der Leiter aus war Erlmanns Anwesen durch ein tiefer gelegenes Waldstück verdeckt.

„Ich glaube, von dort oben hat man einen prächtigen Blick auf das Haus."

Lacher wollte hochklettern, Falk hielt ihn zurück.

„Nicht jetzt. Man könnte uns bemerken. Brechen wir auf."

„Willst du ihn überwachen?"

„Es würde mich sehr interessieren, ob er Besuche bekommt. Und wer die Besucher sind."

„Falls überhaupt welche kommen. Klingt nach einem spannenden Job."

„Ja", sagte Falk. „Merk' dir die Stelle, damit du die Kollegen einweisen kannst."

„Und wenn ein Jäger kommt?"

„Wenig wahrscheinlich. Der Jungwald ist schon zu hoch, der Stand ist nicht mehr interessant."

11

Das Häuschen lag im Süden St. Veits. Eine hübsche, mollige Blondine um die 30 öffnete die Tür. Sie hatte eine Stupsnase und leuchtend blaue Augen.

„Wollen Sie zu meinem Mann?", fragte sie anstelle einer Begrüßung. „Wegen des Autos?"

„Wir sind von der Polizei", sagte Falk. „Sind Sie Martina Neuberger?"

„Ja, aber was wollen Sie denn?"

„Wir möchten mit Ihnen sprechen. Wegen einer Angelegenheit, die schon länger zurückliegt. Dürfen wir eintreten?"

„Mein Mann kommt erst später, aber ... Haben Sie einen Ausweis?"

Sie studierte ihn genau, ehe sie die Tür freigab.

Die Wohnung schien von der Garderobe bis in die Wohnküche einem Ikea-Katalog zu entstammen. Lacher, der seine Bleibe immer noch nicht ganz fertig möbliert hatte, kannte sich aus. Das große Fenster der Wohnküche gewährte Ausblick auf einen Kinderspielplatz am Rand einer Weide, auf der einige Schafe grasten.

Die Hausfrau war auf alltägliche Weise nervös – wie die meisten Leute, die unerwartet von zwei Polizisten besucht werden. Sie bot Kaffee an und stellte die Tassen vor den Männern ab, selbst nahm sie keinen.

„Wir müssen eine Zeugenaussage überprüfen", eröffnete der Chefinspektor. „Zu einem Vorfall vor neun Jahren. Der Zeuge behauptet, dass Sie mit ihm und drei anderen Männern etwas getrunken hätten und dann auf eine Jagdhütte mitfuhren, um dort weiter zu feiern. Können Sie sich daran erinnern?"

Martinas Gesicht wurde bleich, fast grau.

„Nein", flüsterte sie. „Es ist so lange her."

Falk wechselte einen Blick mit Lacher.

„Der Zeuge meint, Sie wollten gehen, weil der Besitzer der Hütte zudringlich wurde – dann sei er mit Ihnen ins Tal gefahren, aber nur die Hälfte des Wegs."

Sie fing sich wieder.

„Ihr Zeuge hat Recht. Die andere Hälfte musste ich laufen."

„Er hat Sie einfach ausgesetzt?"

„Ja", sagte sie.

„Wohin ist er danach gefahren?"

„Zurück auf den Berg."

„Sonst ist nichts vorgefallen?", fragte der Chefinspektor.

Die Vergangenheit hatte sich wie ein Schleier über ihr Gesicht gelegt.

„Nein."

Plötzlich schlug sie die Hände vor den Mund und schluchzte auf. Es war ein kurzer Ausbruch. Sie nahm die Hände wieder herunter und sah die Männer an. Eine Weile schwiegen sie.

„Hat er Sie ..."

Sie nickte.

„Gleich neben dem Auto im Straßengraben. Dann hat er mir einen Hunderter hingeworfen und gesagt, das hätte ich auch bequemer haben können."

„Warum haben Sie ihn nicht angezeigt?", fragte Falk.

„Wer hätte mir geglaubt? Ich bin ja freiwillig mit. Aber vor allem wegen Hubert, meinem Mann", flüsterte sie. „Er hätte ihn erschlagen. Und mich hätte er sitzen lassen, allein weil ich bei denen eingestiegen bin. Wir hatten zuvor Streit gehabt und ich einen Schwips, sonst wäre es nie so weit gekommen. Ich habe dafür gebüßt."

„Wer waren die anderen Frauen?"

„Ich kannte sie nicht. Aber sie waren nicht zum ersten Mal dabei und hatten keine Hemmungen."

„Ist Ihnen Ines Koller ein Begriff?"

„Die damals entführt wurde? Hat *er* etwas damit zu tun?"

„Das wollen wir herausfinden."

Sie putzte sich die Nase, wischte die Tränenspuren weg und sprach mit normaler Stimme weiter.

„Darüber weiß ich nichts. Ist die Aussage Ihres Zeugen damit bestätigt?"

„Ja."

„Dann gehen Sie bitte. Die Nachbarn registrieren alles. Falls einer nach Ihrem Besuch fragt, sage ich, jemand hat mich als Beteiligte an einem Unfall angegeben, aber es handelt sich offenbar um eine Verwechslung."

Sie verstaute die gebrauchten Tassen im Geschirrspüler und wischte den Tisch ab. Als sie in der offenen Tür standen, sagte Lacher: „Holzer hatte vor Jahren einen Schlaganfall. Er kann seither weder sprechen noch sich bewegen."

Zum ersten Mal lächelte sie.

„Ich weiß."

Sie fuhren nach Klagenfurt zurück und aßen in einem Gasthaus an der Stadteinfahrt. Im LKA trennten sie sich. Falk befasste sich mit der Flut an Berichten, die sich auf seinem Schreibtisch stapelten. Die Maschinerie war ins Laufen gekommen und produzierte zunächst einmal jede Menge Papier, ergänzt durch Dutzende Anrufe und E-Mails. Lacher organisierte die Überwachung und fuhr nach Einbruch der Dämmerung mit einem Beamten zum Hochstand, wo er ihn samt Nachtsichtgerät seinem Schicksal überließ. In Begleitung einiger alter Akten machte er sich auf den Weg zu seiner Wohnung.

12

Sein Eifer erlahmte binnen Minuten. Schlapp hockte er vor
endlos vielen aneinandergereihten Wörtern, Zeile um Zeile,
Seite um Seite. Es war hoffnungslos. Er schob es auf den
Mangel an Bewegung. Seit seiner persönlichen Zeitenwende
lief er mindestens zwei Stunden täglich durch die Gegend,
während des Urlaubs noch viel länger. Er sprang auf und
verließ das Haus. Seine Schritte lenkten ihn wie von allein
nach Süden, zuerst durch die Felder der Peripherie, dann die
ansteigende Straße entlang. Wann hatte er seinen Beichtvater
zuletzt besucht? Vor zwei, drei Monaten?
Ein wenig außer Atem stand er schließlich vor dem großen,
gepflegten Haus. Er wusste nicht, zum wievielten Mal er
bereits die Ruftaste der Sprechanlage betätigte. In gewisser
Weise bedeutete es für ihn immer ein Nach-Hause-Kommen.
Mit der gewohnten Verzögerung drang Gudruns knappes
„Bitte?" aus dem Lautsprecher. Er nannte seinen Namen. Es
dauerte lange, ehe er ihren schlurfenden Schritt hinter der Tür
vernahm und automatisch ein Lächeln aufsetzte, als sie ihn
durch den Spion musterte. Die massive Tür schwang auf, aus
dem Halbdunkel der Diele klang ihre vertraute Stimme.
„Kommen Sie rein."
Gudrun war mit allen Schülern per Sie gewesen, sogar mit den
Erstklässlern, die sie damit ordentlich verschreckt hatte.
„Danke", murmelte er und trat ein. Sie schloss die Tür hinter
ihm, versperrte sie doppelt und hängte die Kette vor, wie sie
es immer tat, auch wenn nur ein Bote Lebensmittel brachte
und bis in die Küche trug.
„Gehen Sie hinauf", sagte sie. „Sie kennen den Weg."
Er nickte der kleinen, gebeugten Frau zu, die ihr graues Haar
zu einem strengen Knoten gesteckt hatte. Ja, Lacher kannte
den Weg. Die Treppe war schmal und steil, die dunklen
Auftritte von Generationen ausgetreten und abgeschliffen. An
den Wänden hingen Bilder in schweren, vergoldeten Rahmen,
die Motive allesamt religiös. Maria mit dem Christuskind,

Christus am Kreuz, Stationen des Kreuzwegs, die Kreuzigung des Petrus, der Heilige Sebastian, gebunden, von zahllosen Pfeilen getroffen. Die Mischung aus weiß gestrichenen Wänden, altem Holz und düsteren Gemälden verfehlte auch diesmal ihre Wirkung nicht. Sogar der Geruch von kaltem Weihrauch hing in der Luft.

Noch immer lief ihm in dieser Umgebung ein Schauder über den Rücken. Eine diffuse Angst, gehüllt in eine diffuse Erwartung von etwas unvorstellbar Großem. Das war selbst in der Zeit so gewesen, als er jede Nacht eine andere Frau in seinen Armen gehalten hatte und sich schon am nächsten Tag nicht mehr an ihre Namen, nicht einmal mehr an ihre Gesichter erinnerte. Das Gefühl für die Existenz einer grundsätzlich anderen, zugleich nahen und fernen Welt, hatte ihn nie verlassen. Falk würde das nicht verstehen. Er war auch in keiner tiefgläubigen Familie aufgewachsen, hatte nicht einen erheblichen Teil seiner Kindheit in der Kirche verbracht und vor allem kein Stiftsgymnasium besucht.

So wie dort empfand er auch in diesem Stiegenhaus den Kontrast zwischen dem christlichen Ideal und der bildlich ausgelebten Lust an Grausamkeit seit jeher als irritierend und dennoch seltsam anziehend - was seine Irritation noch weiter verstärkte. Auf dem oberen Treppenabsatz folgte ein kurzer Gang, der vor der Wohnzimmertür endete. Er klopfte, wartete kurz und trat ein. Hochwürden Lobnig saß am großen Tisch, vor sich ein Buch, eine halbvolle Weinkaraffe und ein Glas. Auch er wie aus einem Gemälde, aber einem freundlichen, flämischen. Ein älterer, rotbäckiger Herr mit weißem Haarkranz, der sich des Lebens freute. Gekleidet war er wie stets in eine schwarze Soutane, die früher über dem Bauch ein wenig eng gewesen war. In den letzten Jahren hatte er abgenommen, das Alter machte sich in vielen Kleinigkeiten bemerkbar.

Dennoch: Der betagte Priester passte wie sorgfältig ausgesucht in das Zimmer mit der Holzdecke, den Fenstern in ihren Bogennischen und dem großen Ofen, aufgebaut aus altmodischen grünen Kacheln, gekrönt von einer gemauerten, weißen Kuppel, aus der wiederum glasierte, grüne Halbkugeln ragten. Unzählige Bücher in verglasten Vitrinen reihten sich entlang der Wände, es blieb nur Platz für zwei Kunstdrucke. Ein Selbstportrait Schieles und Andy Warhols Marilyn, orange auf weiß. Lacher wusste, dass Lobnig eigentlich kein Liebhaber der Moderne war, doch der Priester gab sich gern ein wenig unkonventionell, eine milde Form von Eitelkeit – die Wahl der Drucke sollte dies unterstreichen. Er hob grüßend die Hand.

„Nett, dich zu sehen, mein Sohn. Du kennst den Hausbrauch, ich stehe nicht mehr so gerne auf. Nimm dir ein Glas und setz dich zu mir. Das ist ein feiner Burgenländer."

Seine Stimme war immer noch voll, würde aber nicht mehr, wie früher, den hintersten Winkel eines Doms ausfüllen. Lacher holte ein Glas aus dem venezianischen Schrank, gab dem Priester die Hand und sagte: „Entschuldigen Sie die Störung, Hochwürden."

Lobnig schenkte ihm ein und hob sein eigenes Glas.

„Du bist mir immer willkommen, das weißt du."

Sie stießen an und tranken.

„Kennen Sie einen Professor Erlmann, Hochwürden?"

Lobnig musste keine Sekunde überlegen.

„Natürlich kenne ich Erlmann. Er besucht mich manchmal. Von ihm habe ich ja erfahren, dass in dem Haus eine Wohnung frei war."

Natürlich. Lacher vergaß gelegentlich, dass Hochwürden im Lauf der Jahrzehnte mehr Kontakte geknüpft hatte als emsige Networker mit allen Mitteln moderner Kommunikation. Echte Kontakte, keine virtuellen Pseudofreundschaften.

„Vielleicht bist sogar du ihm früher begegnet", fuhr Lobnig fort – nicht ohne Stolz auf sein phänomenales Gedächtnis. „Er forschte eine Zeit lang im Stift. Ich habe ihm damals Zutritt zur Bibliothek verschafft."

Er schmunzelte.

„War nicht ganz einfach. Erlmann ist bekennender Atheist und der damalige Direktor betrachtete ihn mehr als den leibhaftigen Teufel denn als Wissenschaftler. Das traf seiner Ansicht nach allerdings auf die meisten Gelehrten zu."

„Sie meinen, das war zu meiner Zeit?"

Der Priester schloss für Sekunden die Augen.

„Ja, bestimmt. Du warst in der dritten oder vierten Klasse. Er hatte allerdings kaum Kontakt zu uns, weder zu den Lehrern und schon gar nicht zu den Schülern. Der Direktor fürchtete die Ansteckungsgefahr, du verstehst."

Der alte Herr schloss erneut die Augen, diesmal um dem Wein nachzuschmecken.

„Nicht übel, wirklich nicht übel. Aber du hast Sorgen. Was ist passiert?"

Lacher fühlte sich schlagartig um Jahre zurückversetzt, in einen anderen, von Kerzen erhellten Raum. Und unwillkürlich verfiel er auch in einen anderen Tonfall und eine andere Wortwahl.

„Etwas Böses ist geschehen, so böse, dass ich es mir nicht erklären kann. Eine junge Frau wurde entführt, lange Zeit grausam gequält und schließlich brutal ermordet."

„Gott sei ihrer Seele gnädig", flüsterte der Priester.

Sie bekreuzigten sich.

„Ich war leitender Ermittler, als sie verschwand. Jetzt habe ich sie gefunden. Der Täter hat sie für mich präsentiert."

„Eine Warnung – oder sogar eine Drohung?"

„Aber weshalb? Ich bin nicht mehr bei der Polizei, ich hatte die Frau fast vergessen."

Beide überlegten.

„Vielleicht will er mir etwas anhängen."

„Aus Rache?"

„Ich weiß nicht."

„So oder so: Wenn du sein Ziel bist, müsstest du ihn eigentlich kennen. Man wird nicht grundlos zum Ziel. Schürfe in deinen Erinnerungen, irgendwo wirst du einen Hinweis finden."

„Ich müsste den Grund wenigstens verstehen können."
Lobnig zwinkerte Lacher aufmunternd zu.
„Menschen sind vielschichtig, mein Sohn. Manchmal triffst
du aus Versehen einen Punkt, der in einem verwundeten Geist
die schlimmsten Folgen auslösen kann."
„Und merke es vielleicht gar nicht?"
„Genau."
„Das hilft mir nicht weiter", sagte Lacher.
Den alten Priester störte das offenkundig überhaupt nicht.
„So geht es uns immer wieder", bemerkte er fröhlich.
„Vertraue einfach auf Gott. Ich erwarte Besuch, unsere alten
Freunde, willst Du mit uns essen?"
„Danke Hochwürden, ich muss noch etwas erledigen."
„Ach, es sind doch gute Jungen. Nur mittlerweile halt
erwachsen, aber ganz wie du willst. Ich hoffe, du besuchst
mich bald wieder."
Als Gudrun vor Lacher die Diele betrat, läutete es eben an der
Tür. Die Alte murmelte etwas, das nach ,Taubenschlag'
klang, spähte durch den Spion und öffnete. Weyer stand auf
der Schwelle und grinste sie an. Wenn sich Lacher während
der Schulzeit über seinen Kumpel und Rivalen geärgert hatte,
bezeichnete er ihn als ,Weyer mit dem fetttriefenden Lächeln'
– und dem gefiel das immer noch. Die Rolle machte ihm
Spaß. Seine fleischige Hand schnellte vor, packte Lachers
Rechte und drückte und schüttelte sie, als ob es um einen
sportlichen Wettkampf ginge, den er unbedingt gewinnen
wollte. Zu laut, zu nah und zu feucht rief er in offen
geheuchelter Freude: „Toni, alter Bulle! Bist du immer noch
im Security-Geschäft?"
Lacher befreite seine Hand und fuhr sich mit dem Ärmel über
das Gesicht.
„Du bist ein alter Kindskopf. Nach einem langen Arbeitstag
ist eine Beichte fällig, wie?"
Weyers Augen wurden eng und böse. Er hatte seinen
Gesichtsausdruck immer umschalten können wie andere den
Radiosender. Es bedeutete auch nicht mehr.

„Mach dich nicht über ein Sakrament lustig, du verdammter Heide. Ich weiß wirklich nicht, was du im Stift zu suchen hattest."

„Das wirst du nie begreifen. Finde dich damit ab."

Sofort wieder fröhlich, drängte Weyer sich an ihm vorbei in die Diele und klopfte Lacher kräftig auf die Schulter.

„Ist schon in Ordnung, alter Schwede, mach dir bloß nicht ins Hemd. Was kredenzt Hochwürden heute Abend?"

„Einen Burgenländer."

„Dann will ich nichts versäumen. Wir sehen uns."

Er stapfte im Eiltempo los, ohne Lacher oder Gudrun noch eines Blickes zu würdigen. Gudrun ließ sich nicht anmerken, was sie darüber dachte, sie hatte sich ihr Leben lang nichts anmerken lassen. Plötzlich ertönte nochmals Weyers lautes Organ, schon von der Treppe her.

„Sie haben da was von einem Ex-Bullen geschrieben, der diese Frauenleiche im Wald gefunden hat. Warst das etwa du?"

Lacher hob nur die Schultern und ließ sie wieder fallen.

„Schlimme Sache", tönte Weyer und verschwand.

„Auf Wiedersehen", sagte Lacher.

Gudrun nickte nur und schloss die Tür hinter ihm.

Ein frischer Wind war aufgekommen. Der Regen hatte eine Pause eingelegt, doch schienen mittlerweile sogar die Steinmauern und das Granitpflaster vor dem Haus mit Feuchtigkeit getränkt, als hätten sie sich in harte, schwarze Schwämme verwandelt. Lacher schloss fröstelnd die Jacke und wollte sich auf den Heimweg machen. Ein schwarzer Wagen hielt unmittelbar neben ihm. Zwei Männer stiegen aus. Der Fahrer trotz der Jahreszeit mit Wintermantel und Hut. Er trug eine Aktentasche unter dem Arm und musterte Lacher, ohne ihn zu erkennen. Er litt unter angeborener Gesichtsblindheit.

„Hallo Rumpolt", sagte Lacher, der wusste, dass der Klang seiner Stimme dem anderen als Anhaltspunkt genügen würde. „Wie geht's?"

„Ach du bist's, Toni. Gut. Und selbst?"
In der Zwischenzeit war der zweite Mann ums Auto geschlendert, im legeren Sakko, mit seinem Markenzeichen, einem uralten und zu kleinen Filzhütchen auf dem markanten Eierkopf. Xaver Povazian, das ehemalige Klassengenie.
„Servus Dabro. Warum gehst du schon?"
„Ich muss früh raus."
Povazian streifte ihn mit einem seiner stets spöttischen Blicke.
„Sie haben dich zurückgeholt, stimmt's? Gut so. Komm, Rumpo, wir sind spät. Ciao Dabro."
Er hob zum Abschied die linke Hand und führte sie gleich weiter zur Klingel. Rumpolt murmelte einen Gruß und folgte ihm.
Lacher grüßte zurück und ging. Er wunderte sich nicht über Povazians Bemerkung. Er wunderte sich über gar nichts, was mit der Auffassungsgabe seines ehemaligen Schulkameraden zusammenhing.
Plötzlich fühlte er sich ausgelaugt und müde. Es gab eine Abkürzung durch den Wald. Die würde ihm zehn Minuten ersparen, auch wenn es sehr dunkel war. Prompt rutschte er auf dem nassen Boden aus und konnte sich nur mit Mühe an einem Ast abfangen. Dabei riss es seinen Oberkörper halb herum. Bloß deshalb erblickte er für Bruchteile einer Sekunde eine Gestalt etliche Meter weiter hinten, ehe sie zwischen den Bäumen verschwand.
‚Keine Bulleninstinkte mehr', hatte Falk gelästert. Lacher rappelte sich auf und hastete zurück, doch im Dunkel zwischen Böschung, Stämmen und Büschen war niemand zu sehen. Er trug keine Taschenlampe bei sich und – wie ihm plötzlich bewusst wurde – auch keine Waffe. Mit einem unangenehmen Kribbeln im Rücken setzte er seinen Weg fort. Obwohl er sich noch mehrmals umwandte, bemerkte er nichts mehr von einem Verfolger.

13

Während Falk seine zweite Schachpartie verlor und sein erfreuter Schwiegervater im Gegenzug einen 50-€-Rotwein öffnete, schloss Peter Isopp später als gewöhnlich seine Tankstelle und die zugehörige Raststätte. Der Horrormord hatte erste Schockwellen in den Medien ausgelöst und ihm und seinen Gästen genügend Stoff für Diskussionen und Spekulationen geliefert. Nun lenkte er den nagelneuen Touareg ungewöhnlich langsam und sehr sorgfältig Richtung Heimat. Bloß keiner Streife auffallen. Nicht, dass sie ihm den Führerschein noch abnehmen könnten, das war längst geschehen. Aber auch das Fahren ohne Schein kam so verdammt teuer, wenn man erwischt wurde.

Er hoffte, dass seine Frau sich nicht verbummelt hatte. Nach zehn Ehejahren nahm er es nicht mehr so genau mit ihrer Treue – sie mit seiner auch nicht. Aber ein kalter Tisch bei der Heimkehr, nach einem langen, harten Tag, das musste nicht sein.

Als er von der Bundes- auf die schmale Landstraße bog, kam ihm ein Kombi mit einem langen Anhänger entgegen. „Was braucht der um die Zeit einen Hänger?", dachte er noch, ehe er die Begegnung vergaß. Jetzt konnte nicht mehr viel passieren. Nicht um diese Zeit und nicht bei diesem Wetter. Von der Landstraße zweigte nach einigen Minuten Fahrt der Schotterweg ab, der zu seinem Haus führte. Es lag einsam in einer Höhe von mehr als 900 Metern, bot eine fantastische Aussicht und wurde praktisch nie von dem Nebel erreicht, der das Klagenfurter Becken manchmal wochenlang in ein düsteres, graues Meer verwandelte, in dem die Menschen wie düstere, graue Seepferdchen ihre Kreise zogen. Neben dem Weg plätscherte ein normalerweise kleiner Bach ins Tal, der durch den Regen kräftig angeschwollen war. Die Wildwasserverbauung des Landes hatte schon vor Jahrzehnten Stufen und Becken angelegt, die den Schwung des Wassers bremsten und Vermurungen vorbeugten. Normalerweise lagen

sie trocken und wurden von Unkraut überwuchert, jetzt bildeten sie Teiche neben der Straße, das größte beinahe einen kleinen See. An diesem See erfassten die Scheinwerfer des Touaregs eine breite Abrutschung und ein Stück eines hellen Balkens, der schräg aus dem dunklen Wasser ragte. Isopp hielt an. Aussteigen mochte er nicht wegen des Regens, doch musste er das wohl melden. Er hielt sein Handy schon in der Hand, legte es aber im nächsten Moment so rasch weg, als hätte er sich daran verbrannt. Um die Zeit konnte er nur die Bullen anrufen. Die würden ihn bitten, zu warten und wenn sie ihn dann nach seinem Schein fragten … Einem Bekannten war vor einem Jahr etwas Ähnliches passiert – sie lachten heute noch darüber. Unmittelbare Gefahr bestand ohnehin nicht. Er stieg aufs Gas und jagte den Wagen viel zu schnell die letzten paar Meter bis nach Hause. Sein Essen stand in der Mikrowelle bereit. Er konnte Melissas Tag längst nach dem Inhalt der Schüsseln beurteilen. Wenn sie fremd gegangen war, gab sie sich besondere Mühe.
Am nächsten Morgen gegen sieben Uhr stachen ihm Abrutschung und Balken erneut ins Auge. Diesmal stieg er aus, um sich die Sache aus der Nähe anzusehen. Der Hangrutsch schien tatsächlich harmlos zu sein, aber der raue, der Färbung nach recht neue Balken, irritierte ihn. Der hatte hier nichts verloren. Auf der ihm abgewandten Seite störte etwas die klare Kontur des Holzes, als ob dort ein Stück dicker Pappe befestigt wäre, das beidseitig darüber hinausragte, ein ungleichmäßiger, dunkler Begleiter des Balkens, anscheinend fest mit ihm verbunden. Er setzte seine Brille auf. Plötzlich raste sein Puls und ihm wurde schwindlig. Er setzte sich an Ort und Stelle aufs matschige Erdreich. Das Ungleichmäßige am Balken waren große, nackte, menschliche Füße. Die Füße eines Schwarzen. In halber Höhe der Oberschenkel verschwand der Körper im trüben Nass. Isopp erkannte den langen Nagel, mit dem die Füße an den Balken geschlagen waren. Das reichte ihm. Auf Händen und Knien

kroch er zu seinem Auto zurück und sperrte sich ein. Dann alarmierte er die Polizei.

Als Falk eintraf, wartete bereits ein Kranwagen der Feuerwehr. Die Vorhut der Spurensicherung machte Fotos.

„Der Professor ist unterwegs", meldete Inspektor Mörtl.

„Wie ist die Leiche in diese Lage geraten?"

Mörtl deutete auf ein Betonrohr, das knapp vor dem Teich zwischen ein paar großen Steinblöcken auf der Erde lag.

„Wahrscheinlich wurde der Balken zuerst dort hineingesteckt. Für den aufgeweichten Boden war das Gewicht zu groß, der Hang geriet in Bewegung und alles kippte nach vorne."

„Holt ihn raus."

Drei Männer in Neoprenanzügen umgingen die Rutschung, stiegen ins Wasser und näherten sich dem Kantholz. Zwei mussten schwimmen, der größte fühlte Grund.

„Das ist ein Kreuz!", rief er.

Es dauerte eine halbe Stunde, bis sie die vom Kranarm hängenden Seile angebracht hatten und die eigentliche Bergung begann. Tatsächlich schwebte gleich darauf ein triefendes Kreuz über dem Wasser. Auf das Holz war ein nackter, schwarzer Mann geschlagen. Breitköpfige, plumpe Nägel ragten aus seinen Händen und Füßen. Er wies zahlreiche Verletzungen am ganzen Körper auf. Polizisten und Feuerwehrleute standen am Ufer des Überlaufbeckens und starrten auf den Gekreuzigten als sei er eine übernatürliche Erscheinung.

„Glotzt nicht wie die Ochsen!", rief der mittlerweile eingetroffene Professor barsch. „Soll er ewig da baumeln? Legt ihn endlich nieder."

Der Chefforensiker hatte seine weiße Mähne in einen Hut gestopft, der aussah, als hätte er ihn gerade aus einer Mülltonne gefischt. Was durchaus möglich war, wie Falk wusste. Sie warteten, bis das Kreuz auf einer Plane lag. Ein Feuermal über dem linken Auge des Toten erinnerte entfernt an Gorbatschow, den letzten Präsidenten der Sowjetunion.

„Die Verletzungen sind eher oberflächlich", befand der Polizeiarzt nach einer kurzen Untersuchung. „Für sich betrachtet, werden sie den Tod nicht herbeigeführt haben, möglicherweise aber der Blutverlust."

„Todeszeitpunkt?"

„Kann ich noch nicht sagen. Der Körper hat exakt die gleiche Temperatur wie das Wasser. Die Wunden sehen …"

Er zögerte.

„Sie sehen nicht wirklich frisch aus. Vielleicht liegt das auch am Einfluss des Wassers, trotzdem …"

„Da", unterbrach der Professor. „Diese grauen, scharf abgegrenzten Flecken. Wofür halten Sie das?"

Sie blickten ihn fragend an.

„Frostbrand!", rief Norobosco triumphierend. „Das ist tatsächlich keine frische Leiche. Sie war eingefroren."

„Das Kreuz ist dreieinhalb Meter lang", warf ein Feuerwehrmann unbedacht ein. „So eine Kühltruhe gibt es gar nicht."

Der Professor, dessen Stimmungsbarometer auch an guten Tagen selten über ein gemäßigtes Tief hinausreichte, hatte keinen guten Tag. Er fixierte den Sprecher mit einem Blick, der ein tobendes Fußballstadion zum Schweigen gebracht hätte.

„Sie!", zischte er. „Sie stecken Ihre Grillhähnchen wohl auf den ganz langen Bratspieß, bevor Sie sie einfrieren! Der Tote passte ganz gut in eine ordentliche Truhe. Bei Bedarf musste man ihn nur auftauen und dann am Kreuz befestigen."

„Das, das ist ein Mensch, kein Hähnchen", stotterte der Mann.

„Der schon!", fauchte Norobosco. „Aber was sind Sie?"

„Ich will seine Schultern sehen", sagte Falk.

„Das macht wenigstens einen Sinn! Nehmen Sie sich ein Beispiel!"

Inspektor Mörtl bat den Feuerwehrmann um Werkzeug, entfernte ihn dadurch aus dem Bannstrahl des Professors und gewann einen Freund.

„Hohlkopf", knurrte Norobosco ihm nach.

Sie zogen die Nägel aus den Händen des Leichnams und hoben seinen Oberkörper an. Das Brandzeichen fand sich an derselben Stelle wie bei Ines Koller.

Lacher traf ein und betrachtete das Gesicht des Toten.

„Er kommt mir bekannt vor."

„Einer deiner Vermissten?"

„Glaube ich jedenfalls. Das Foto war gut und ziemlich groß. Nur wurde nie Anzeige erstattet. Ich habe es der Frau, die zu mir kam, ausgeredet, weil ich sicher war, dass er sich einfach abgesetzt hatte. Sie gehörte zu einer Hilfsorganisation und hielt es selbst für wahrscheinlich."

„Kannst du dich an seinen Namen erinnern?"

„Nein. Es ist zwei oder drei Jahre her. Ich habe sicher eine Notiz gemacht."

Falk ging zum Touareg. Der Tankstellenpächter saß in eine Decke der Feuerwehr gewickelt auf dem Beifahrersitz, bleich und offensichtlich unter Schock.

„Sie haben ihn entdeckt?"

Isopp nickte.

„Eigentlich schon gestern Abend. Aber da habe ich aus der Entfernung nur das Holz gesehen. Heute bin ich ausgestiegen."

„Wohnen Sie in der Nähe?"

„Einen guten Kilometer den Berg hinauf. Ich fahre jeden Tag zweimal hier vorbei, gestern in der Früh war noch alles normal."

„Haben Sie etwas Ungewöhnliches beobachtet?"

Der Mann hatte mit dem Reden seine Fassung wiedergewonnen.

„Niemanden, der ein Kreuz aufgestellt hätte. Aber auch sonst nichts, in der Gegend ist wenig Betrieb."

„Einer der Beamten wird mit Ihnen ein Protokoll aufnehmen."

Erst da fiel Isopp der fehlende Führerschein ein. Er ahnte Unheil und zog es vor, schweigend zu nicken und abzuwarten. Immerhin, die Geschichte mit dem Gekreuzigten, das würde einschlagen wie eine Bombe. Das kam groß in die Zeitung.

Peter Isopp – der Mann, der ihn fand
Geile Schlagzeile.
„Herr Isopp?", fragte ein uniformierter Beamter. „Ich benötige ein paar Daten. Führerschein genügt."

14

Lacher dachte nicht mehr an seinen Verfolger vom Vorabend.
Er erhielt im LKA einen Schreibtisch samt PC und machte
sich auf die Suche nach seinen archivierten Notizen. Er fand
den Namen des Abgängigen und die Telefonnummer der Frau,
die ihn aufgesucht hatte. Sie erklärte sich sofort bereit, in die
Buchengasse zu kommen. Eine freundliche, ältere Dame mit
einer blonden Lockenperücke, die zu ihr passte wie eine
goldene Zwiebelhaube aus Tausendundeiner Nacht auf einen
alten Kärntner Wehrkirchturm. Die Nachricht von Eno
Okigbos Tod erschütterte sie, doch als sie an ihn dachte, glitt
ein Lächeln über ihr Gesicht.
„Er hat selbst davon gesprochen, dass er untertauchen müsse,
weil sie ihn sonst holen würden."
„Wer würde ihn holen?"
„Ach, das war eine verrückte Geschichte. Eno war aus dem
Sudan geflüchtet. Er lebte als Christ in einem vorwiegend
muslimischen Gebiet. Das wurde immer riskanter und
Religion bedeutete ihm nicht viel, also trat er ohne große
Bedenken zum Islam über, weil er seine Ruhe haben wollte.
Kurz darauf wechselten die Machtverhältnisse in der Region
und plötzlich war er der Abfällige, der Verräter. Er sagte oft:
‚Ich bin ein Pechvogel, Helena. Ich wollte nie zu einer Partei
oder Miliz und andere Leute terrorisieren. Ich wollte nur in
Frieden leben. Als ich gehört habe, dass sie kamen, um mich
umzubringen, bin ich weggelaufen.' Und nun haben sie ihn
hier umgebracht."
„Wer sind ‚sie'?"
„Ich weiß nicht. Ich weiß nur, dass er wirklich ein Pechvogel
war. Wir fanden eine Familie, die sich um ihn kümmerte und
er war ein Mensch, den alle auf Anhieb mochten: herzlich,
hilfsbereit, arglos. Die Reporterin eines Bezirksblatts machte
eine Story daraus. Sehr rührend und mit einem großen Foto.
Genau das, mit dem ich damals zu Ihnen kam. Als Eno die
Zeitung in der Hand hielt, packte ihn die Panik. Nun wüsste

die ganze Welt, wo er zu finden war. Wir versicherten ihm, dass seine Verfolger im Sudan den Artikel nie zu Gesicht bekommen würden. ‚Aber heute ist alles vernetzt', sagte er und fand das Foto tatsächlich im Internet. Zwei Tage später verschwand er."

„Hat er etwas zurückgelassen?"

Sie lachte.

„Was denn? Er besaß ja nichts."

„Wäsche, Rasierzeug ..."

„Das hat er mitgenommen."

„Dann wollte er wohl wirklich untertauchen."

„Und ist seinen Mördern in die Hände gelaufen."

Auf Falks Bitte schrieb die alte Dame die Adresse der Familie auf, bei der Okigbo untergekommen war, dann verließ sie mit einem traurigen Kopfschütteln das Büro.

„So ein netter Kerl war er."

Gleich darauf steckte Inspektor Prüller den Kopf zur Tür herein.

„Diesem Isopp ist noch etwas eingefallen. Ihm ist auf dem Heimweg ein Kombi mit langem Anhänger begegnet. An Details kann er sich nicht erinnern, aber an die Uhrzeit. Es war halb zwölf."

„Geben Sie das an die Kollegen weiter, die die Anrainer befragen."

Den Rest des Tages verbrachte der Chefinspektor damit, die Akte Koller durchzulesen. Vielleicht fand sich in all den Befragungen ja ein Hinweis, den man mit dem heutigen Wissensstand anders beurteilte. Er jedenfalls fand ihn nicht und fuhr nach Hause.

Monika hatte ein Lammragout zubereitet. Er schilderte ihr Okigbos Bergung. Die Kreuzigung erschütterte sie auf besondere Weise. Sie rührte an tief verwurzelte Gefühle, die ihm fehlten. Für ihn war es nur ein zweiter, grausamer Mord.

„Ich fahre morgen ins Büro. Ich glaube nicht, dass ich zum Mittagessen hier bin."

Sie massierte in stummer Solidarität seinen Nacken. Etwas, das sie schon lange nicht getan hatte.

15

Im LKA merkte man kaum, dass ein Sonntag im Kalender stand. Urlaube waren gestrichen worden, Dr. Neuner und der Professor bemühten sich persönlich in den Besprechungsraum, das Oval Office. Norobosco begann.

„Der Mann wurde zweimal ans Kreuz geschlagen. Die Nägel sind in den Wunden teilweise korrodiert. Am neuen Kreuz finden sich aber keine Blutspuren."

„Beim ersten Mal wurden ihm die Verletzungen zugefügt", ergänzte der Pathologe. „Mit einer besonders bösartigen Form von Peitsche oder Geißel, wir haben auch abgebrochene Dornen in den Wunden gefunden. Eine tödliche Stichwunde direkt ins Herz. Dann wurde er abgenommen und eingefroren."

„Vor zwei oder drei Tagen tauten sie den Leichnam auf und schlugen ihn erneut an ein Kreuz. Sägeraue Fichtenlatten 10 x 8 cm, grob zusammengeschraubt, ein ziemlicher Pfusch, aber stabil."

Inspektor Lerchenfelder schaltete sich ein.

„Das können sie nicht vor Ort gemacht haben. Es war riskant genug, das Kreuz ins Betonrohr zu stecken. Mit Okigbo wog es 100 Kilo. Das braucht mindestens fünf Minuten, wenn alles auf Anhieb klappt, eher länger."

„Was ist mit Spuren?", fragte Falk.

„Viele. Gängige Gummistiefel, zwei Größen in der Umgebung des Hangrutsches: 42 und 44."

„Wie viele Autos fahren dort um die Zeit?"

Inspektor Prüller betrachtete mit gerunzelter Stirn sein Notizbuch.

„Zwischen elf und zwölf in der Nacht höchstens ein halbes Dutzend, bei dem Wetter weniger."

„Riskant ist es trotzdem", meinte Lerchenfelder.

„Ja. Möglicherweise aber vor allem für etwaige Zeugen", sagte der Professor. „Wir haben nämlich noch eine dritte Spur gefunden. Ähnliches, aber nicht identisches Sohlenprofil, ebenfalls Größe 42. Die führt zu der Stelle, wo man die Straße in beiden Richtungen am weitesten einsieht. Dort ist dieser 42er eine Weile gestanden und hat sich hin und her bewegt wie ein Wachposten."

„Klingt logisch. Wer solche Sachen durchzieht, macht sich nicht viel aus Mitwissern."

„Drei Männer", fasste der Chefinspektor zusammen, „mit Arbeitsteilung und allen Ressourcen. Bei Koller wurde ein Geländewagen in der Gegend beobachtet, jetzt ein Kombi mit Anhänger. Was immer sie mit ihren Inszenierungen bewirken wollen, sie verfügen über die nötigen Mittel und scheuen keine Mühe."

Oberst Prettner schaltete sich erstmals ein.

„Und was zum Teufel bezwecken sie damit?"

Niemand antwortete.

Die Versammlung löste sich auf, der Leiter des LKA folgte Falk in dessen Büro. Dort pendelte er zwischen Türe und Fenster hin und her wie eine Raubkatze in ihrem Käfig. Unvermittelt blieb er stehen und fixierte den Chefinspektor.

„Das – ist – eine – Serie."

Er sprach so langsam und akzentuiert, als würden seine Worte von einem flinken Bildhauer für die Nachwelt synchron in Stein gemeißelt.

„Das – ist – richtig", bestätigte Falk. Prettner presste kurz die Lippen zusammen.

„Die Täter tanzen uns auf dem Kopf herum. Sie präsentieren ihre Leichen wie Ausstellungsstücke. Und was tun wir?"

„Wir ermitteln."

„Eben! Das ist zu wenig! Ich muss etwas unternehmen. Wir fordern einen Profiler an. Nicht irgendeinen, den besten. Die Welt blickt auf uns."

Die ersten Berichte trafen ein. Niemandem war ein Kombi mit Anhänger aufgefallen. Der Tankstellenpächter wurde nochmals dazu befragt und die Bevölkerung um Mithilfe gebeten.

Den Abend verbrachte Falk vor dem Fernseher. Die Morde in Kärnten hatten es bereits an die Spitze der Nachrichtensendungen geschafft. Noch hatte niemand die Frage gestellt, die ihn selbst am meisten beschäftigte: Befanden sich weitere Opfer in der Gewalt dieser Irren? Er schlief schlecht.

16

Die Bitte um Hinweise zu den beiden Morden spülte in den folgenden Tagen Hunderte von Anhaltspunkten herein, denen nachgegangen werden musste. Die heiße Spur blieb aus.

Dr. Erlmann rief an, bestens gelaunt.

„Eine richtige Kreuzigung", krähte er. „Das ist wirklich erstaunlich."

„Wie meinen Sie das?"

„Es ist nicht so typisch für das Mittelalter und die frühe Neuzeit, wie beispielsweise Kopfeisen und Hexenverbrennungen. Aber im antiken Rom war es die bevorzugte Hinrichtungsmethode für Sklaven. Nach der Niederschlagung des Spartakus-Aufstandes ließ Crassus 6.000 Rebellen entlang der Via Appia kreuzigen."

„Es deutet nichts darauf hin, dass es sich bei dem Mordopfer um einen aufständischen Sklaven handelt."

„Schade. Ich habe übrigens wieder kein Alibi, Chefinspektor. Langsam mache ich mir echte Sorgen."

Trotzdem schien sich der Mediävist prächtig zu amüsieren.

Falk hingegen fühlte sich, als ob rund um ihn eine riesige Blase entstünde, gebildet aus einer Unzahl von Informationen, die samt und sonders seltsam substanzlos waren. Sie betäubten ihn wie Lachgas. Er betrachtete sich beim Reden, Schreiben und Telefonieren wie ein außenstehender Beobachter. Immer wieder blickte der Beobachter auf die Uhr und dachte: Die Zeit vergeht. Wer weiß, was gerade jetzt irgendwo dort draußen geschieht.

Am Dienstag um vier reichte es ihm.

„Komm mit", sagte er zu Lacher. „Ich muss aus einer Blase springen, sonst platze ich."

Lacher, der selbst zu kryptischen Bemerkungen neigte, nickte verständnisvoll.

Sie gingen ins Stüberl, fanden einen freien Tisch, was in dem Traditionslokal auch am Nachmittag viel Glück erforderte, und bestellten zwei Bier. ‚Bier' bedeutete im Stüberl automatisch einen halben Liter. Leute, die kleinere Einheiten wünschten, wurden von den Kellnerinnen so lange ignoriert, bis sie ihren Fauxpas korrigierten oder freiwillig das Weite suchten. In Stoßzeiten manchmal auch unfreiwillig.

Mit dem hauseigenen Schwung und einem rauen „So!" wurden die Gläser auf die Tischplatte gesetzt. Von der Theke löste sich ein schlanker Mann im braunen Anzug und kam halb zögernd, halb erfreut zu ihnen.

„Toni?", fragte er. „Du bist doch der Toni Lacher, oder?"
Lacher sagte: „Ja. Und du bist ..."
Es war offensichtlich, dass er keine Ahnung hatte.
„Johannes!", strahlte der andere. „Johannes Wodak. Stiftsgymnasium. Bis zur sechsten waren wir in der gleichen Klasse."

Die ehemaligen Schulkameraden schüttelten sich die Hände, Lacher stellte Falk vor, Wodak holte sein Bier an den Tisch und der Austausch von Erinnerungen setzte ein. In diesem Moment bedauerte Falk bereits seine Idee, doch ehe ihm ein Vorwand einfiel, um sich abzusetzen, orderte der Neue eine frische Runde und der Chefinspektor trank mit, hörte zu und vertrieb sich die Zeit damit, Wodak einzuordnen, bevor der selbst seinen Lebensweg erzählte. Er tippte auf Vertreter und gewann.

„Vertreter für Geschenkartikel aller Art."
Dazu setzte er das Lächeln eines netten Verlierers auf, der nicht im Stande war, sich selbst ernst zu nehmen. Er war im Gegenteil schon so sehr an seinen Verliererstatus gewöhnt, dass er gleich all die Witze über sich selbst riss, die sonst unweigerlich seinen Gesprächspartnern einfielen, wenn er am Abend in einer fremden Stadt Anschluss an eine Wirtshausrunde fand.

Lacher fühlte und fürchtete Falks Aufbruchsgedanken und bestellte die dritte Runde, lange bevor die zweite ausgetrunken war.

„Ich habe übrigens Michaels Schwester geheiratet. Du weißt schon, der kleine Michael, zwei Jahrgänge unter uns. Du bist immer noch sein Held."

Falk überlegte müßig, ob die Schwester des kleinen Michael ihre Heirat wohl bedaure und ob sie ihrem Mann Hörner aufsetzte. An seiner Untreue zweifelte er nicht. Sympathische Verlierer weckten in manchen Frauen Beschützerinstinkte, denen auch willensstärkere Männer nicht entkommen.

„Warum bin ich sein Held?", fragte Lacher.

„Alles was recht ist", lachte der Vertreter. „Das kannst du nicht vergessen haben."

„Wovon redest du eigentlich?"

„Von Weyer natürlich! Der war ja nicht gerade freundlich zu den Kleineren. Ich weiß nicht, was er mit Michael am Klo noch angestellt hätte, wenn du nicht …"

Plötzlich rötete sich sein Gesicht.

„Seid ihr etwa noch befreundet? Ich habe mich damals schon gewundert, dass du es ihm so gezeigt hast."

Lacher wirkte genervt.

„Kannst du Klartext reden? Was ist passiert? Was habe ich Heldenhaftes getan?"

„Na ja. Weyer hat Michael getauft, wie er es nannte. Den Kopf in die Muschel gedrückt und die Spülung gezogen und dabei hatte der Kleine noch die Hosen unten. Weyer wollte … Und dann bist du dazu gekommen und wild geworden und hast den starken Weyer getauft. Seither bist du Michaels Held", schloss er lahm.

Lacher schüttelte nur gereizt den Kopf. Die ohnehin geringe Wiedersehensfreude war dahin.

„Vielleicht verwechseln Sie ja was", murmelte Falk, dem Wodak plötzlich leid tat.

„Verwechseln?", fuhr der auf. „Ich habe Ihnen doch erzählt, dass Michael mein Schwager ist. Meine Frau erzählt mir die Geschichte oft genug."

„Weshalb denn das?", erkundigte sich Falk. Er traf damit ganz ohne Absicht einen wunden Punkt. Der Kopf des Vertreters schimmerte plötzlich tomatenrot und er blickte auf den Tisch. „Weil ich auch dabei war und nicht geholfen habe. Ich hatte Angst vor dem Burschen."

Er stand auf, sagte: „Ich muss weiter. Hat mich gefreut." Ohne jemandem die Hand zu geben, ging er zur Theke, zahlte dort und verschwand.

Die Bullen sahen sich an.

„Der spinnt doch", meinte Lacher aufgebracht.

„Geschenkartikel aller Art. Der erzählt jahraus, jahrein Geschichten, bis er selbst nicht mehr weiß, ob irgendwas daran noch wahr ist."

Sie tranken aus. Wodak hatte bei der Begrüßung ganz automatisch eine Karte gezückt. Falk steckte sie ein, bevor er seinem Berater zum Ausgang folgte.

Er wurde für den Rest des Tages den Eindruck nicht mehr los, dass er aus der einen Blase direkt in die nächste gesprungen war.

Auf einem Flur im LKA begegnete ihm Inspektor Heidenwandtner. Der Inspektor war ein passionierter Jäger, der es liebte, sich in der Natur aufzuhalten. Er bemühte sich deshalb darum, so oft wie möglich für die Erlmann-Observierung eingesetzt zu werden.

„Der Standort ist fantastisch", hatte er nach der ersten Nacht berichtet. „Man hat beide Gebäude im Gesichtsfeld. Wenn die Vorhänge im Haupthaus nicht sorgfältig geschlossen sind, blickt man bis in die Küche mit dem komischen Turm und in ein Wohnzimmer."

„Und das Wild?", erkundigte sich Falk. Für einen Moment blitzten die Augen des Inspektors auf, dann wurden sie undurchdringlich.

„Welches Wild?"

„Geben Sie auch auf die Türme acht, speziell auf den westlichen. Ich will wissen, ob er dort viel Zeit verbringt."

Heidenwandtner salutierte und verschwand. Doch beim Mediävisten tat sich zunächst gar nichts.

17

Am nächsten Morgen schwankte der Oberst zwischen Panik und Entzücken.

„Die internationale Presse hat den Fall aufgegriffen. Die Pressestelle wird überhäuft mit Anfragen. Frankfurter Allgemeine, Le Monde, und stellen Sie sich vor: die New York Times! Sie wollen wissen, ob es bei uns einen Ku-Klux-Klan gibt. Alle spekulieren über einen rassistischen Hintergrund. Ein gekreuzigter, schwarzer Asylwerber! Ein Märtyrer!"

„Und eine zu Tode gefolterte Einheimische", wandte der Chefinspektor ein, der den dringenden Wunsch nach einer Zigarette verspürte. „Einen rassistischen Zusammenhang erkenne ich nicht."

„Sie sind ein Banause", tadelte der LKA-Chef. „Die New York Times!"

Er lief in sein Büro, vermutlich um sich mit dem Ministerium zu besprechen. Falk zündete ein Stäbchen an und blies den Rauch in einen freundlichen Klagenfurter Vormittag. Der Sommer setzte sich endlich durch.

Er steckte das Feuerzeug ein und fühlte den scharfkantigen Karton in seiner Tasche. Spontan wählte er die Nummer von Lachers Schulfreund.

Wodak meldete sich mit seinem Namen und einer routinierten Aufzählung aller Firmen, für die er als Generalvertreter tätig war. Falk kannte keine davon.

„Chefinspektor Falk von der Kriminalpolizei."

„Ach, Sie sind es", kam es nach einer Pause mit viel weniger Elan zurück. „Was kann ich für Sie tun?"

„Geben Sie mir bitte die Telefonnummer Ihres Schwagers, mit Vornamen heißt er Michael, soweit ich mich erinnere."

„Michael Bernig. Was wollen Sie von ihm?"

Falk legte eine Portion Ungeduld in seine Stimme.

„Etwas aufklären. Ich brauche nur die Nummer."

Wie erwartet war der Vertreter nicht der Mann, der einem Chefinspektor viel Widerstand entgegensetzt. Er diktierte sie aus dem Gedächtnis.

„Danke. Was macht Ihr Schwager beruflich?"

„Er ist Marktleiter in einem Supermarkt. Tatsächlich ist er nur Stellvertreter", fügte Wodak mit einem Anflug von Häme hinzu. „Aber es ist ohnedies keine große Filiale."

„Danke", sagte Falk und legte auf.

Auch die Vorbehalte des Schwagers gegen eine telefonische Befragung hielten sich in engen Grenzen. Ja, er erinnere sich noch sehr gut an den Vorfall. Auch daran, dass Lacher ihm geholfen habe, nicht aber der jetzige Ehemann seiner Schwester. Die Angelegenheit schien in der Familie tatsächlich bis heute eine gewisse Rolle zu spielen, nicht unbedingt eine positive. Nur seinem Freund, dem Helden Lacher, war sie völlig entschwunden.

„Wissen Sie, was dieser Weyer jetzt macht?"

„Warum fragen Sie nicht Ihren Kollegen, der hatte viel mehr Kontakt zu ihm."

„Er redet nicht gern über seine Schulzeit."

„Ich eigentlich auch nicht."

Dennoch nannte er den Namen einer Versicherung mit ihrem Hauptgebäude in der Innenstadt.

„Zumindest hat er dort gearbeitet. Mehr weiß ich nicht."

Falk notierte sich das und wandte sich seufzend den Papierstapeln auf seinem Schreibtisch zu.

Zu Mittag aß er mit Lacher eine Kleinigkeit im Imbiss, dann beschäftigte er sich wieder mit Papier und Telefon. Sie zogen eine Niete nach der anderen. Um drei warf er das Handtuch und machte sich auf den Weg. Er betrat die Landeszentrale der Versicherung durch den Haupteingang. Das Foyer war angenehm kühl. Falk nahm sich die Zeit, den zentralen Brunnen aus poliertem Marmor und Edelstahl zu betrachten. Wasser übte seit jeher einen gewaltigen Reiz auf ihn aus. Doch die Skulptur wurde dem Element nicht gerecht. Stangenware für Versicherungsfoyers in mittleren Städten, vermutete er in einem Anflug von Snobismus. Die langgestreckte Auskunftstheke mit ihren öden Terminals passte dazu.

„Chefinspektor Falk. Ich muss Herrn Weyer sprechen." Die junge Empfangsdame sah ihn misstrauisch an.

„Chefinspektor?"

„Kriminalpolizei."

„Oh. Ich werde ihn gleich verständigen."

„Nicht nötig. Sagen Sie mir nur, wo er residiert."

„Residiert?", fragte sie ratlos.

„Verzeihung. Stockwerk und Zimmernummer genügen." Weyer zählte zu den dunklen, kräftigen Typen, die im Süden Österreichs nicht selten sind. Schwarzes, leicht gekräuseltes Haar, fleischiges Gesicht, grobporige Haut, die je nach Jahreszeit zwischen Ocker und tiefer Bräune wechselt. Er war etwas größer als Falk und wog mindestens zwanzig Kilo mehr. Im Gegensatz zum Chefinspektor, den der Anblick seines Bauchansatzes regelmäßig unangenehm berührte, verteilte sich das Mehrgewicht bei dem Versicherer sehr regelmäßig vom breiten Nacken bis zu den Füßen.

„Kriminalpolizei? Habe ich etwas angestellt?"

Er lächelte zu seiner Frage. Falk, der sich ein wenig blöd vorkam, erwiderte das Lächeln.

„Nicht dass ich wüsste. Es geht um eine Sache, die normalerweise keine Ermittlung auslösen würde, aber es handelt sich um einen sehr speziellen Fall ..."

Weyer hörte ihm interessiert und ohne ein Zeichen von Ungeduld zu. Falks Unbehagen wuchs.

„Genau genommen dreht es sich um eine Episode in Ihrer Schulzeit. Sie erinnern sich an Anton Lacher?"

Der andere lachte laut auf.

„Ob ich mich an Toni erinnere? Wir waren in einer Clique und treffen uns heute noch regelmäßig. Rücken Sie schon mit der Sprache heraus, Chefinspektor. Ich weiß natürlich, dass Sie Tonis Kollege und sogar Freund sind."

Falk räusperte sich.

„Hat er Sie einmal getauft? In einem Klo, meine ich."

„Behauptet er das?", fragte Weyer amüsiert.

„Nein, er erinnert sich nicht daran. Ein anderer Schulfreund behauptet es."

„Nun, so genau erinnere ich mich auch nicht, aber ich kann es keineswegs ausschließen. Ich war, um ehrlich zu sein, nicht gerade ein braver Schüler. Ein Tag ohne Streiche erschien mir immer wie ein verlorener Tag. Manche dieser Streiche waren ziemlich derb, das muss ich zugeben. Heute finde ich sie auch nicht mehr so lustig. Aber damals habe ich kräftig ausgeteilt und im Gegenzug einiges eingesteckt, deshalb halte ich es durchaus für möglich, dass es zu so einer … Taufe gekommen ist. Vielleicht habe ich sie auch verdrängt – eigentlich war ich ja immer der Stärkere, doch wenn Toni wild wurde, galt das nicht mehr. Da half nur noch die Flucht."

Wieder lachte der Versicherungsmann.

„Wurde er oft wild?"

„Aber Chefinspektor, ich werde meinen alten Freund doch nicht anschwärzen. Er hat ohnehin eine schwere Zeit."

Plötzlich wurde er ernst.

„Toni steckt doch nicht in Schwierigkeiten, oder?"

„Nein", sagte Falk.

Als er wenige Minuten später wieder durch das Foyer ging, hallte dieses Nein noch immer in ihm nach. Steckte Lacher in Schwierigkeiten?

Der Chefinspektor entschied, dass es keinen Sinn machte, noch einmal ins LKA zurückzukehren. Er trank in einer Kneipe zwei Gläser Bier und machte sich zu Fuß auf den Heimweg.

Im Radio analysierte ein Experte – Experte wofür auch immer – den Kärntner Fall. Immerhin teilte er Falks bange Frage: Steckten da noch unschuldige Menschen in einem geheimen Kerker und wurden vielleicht gerade in diesem Moment von ihren Peinigern gequält?

Dieser Kerker ließ dem Chefinspektor keine Ruhe. Am Abend rief er Lacher an.

„Ich will noch einmal zu Holzer. Falls er etwas weiß, haben wir jetzt ein Druckmittel – wir lassen durchblicken, dass die Neuberger gegen ihn vorgehen wird."

„Die würde sich eher die Zunge abbeißen."

„Das weiß er doch nicht."

„Ah, ja. Ich bin wirklich naiv geworden. Wann?"

„Gleich in der Früh. Ich bin um halb acht bei dir."

18

Falk klopfte kurz und öffnete die Tür. Holzers Frau stand in der Diele und starrte ihn an. Jürgen Grabher, Holzers Knecht, stand einen halben Meter neben ihr. Beide starrten.

„Was wollen Sie hier?", fragte sie. Ihre Stimme zitterte.

„Was wohl", sagte Grabher dumpf.

Obwohl sie sich nicht bewegten, schien der Abstand zwischen ihnen mit jeder Sekunde größer zu werden.

Falk trat rasch ein, Lacher hielt sich seitlich hinter ihm.

„Wir müssen nochmals mit Ihrem Mann sprechen."

„Das geht nicht!"

Es klang wie ein Schrei.

„Warum nicht?"

Eine Weile herrschte Stille.

„Er ist tot", sagte der Knecht.

„Ist er oben?", fragte der Chefinspektor.

Der Mann nickte. Falk warf Lacher einen Blick zu und stieg die Treppe hinauf. Er ging durch die offene Tür in das Krankenzimmer. Der Bauer lag im Bett wie vor drei Tagen, nur mit geschlossenen Augen. Nichts schien verändert. Der Chefinspektor beugte sich über ihn und berührte den kühlen Hals. Zu kühl, um noch einen Pulsschlag zu erwarten. Er versuchte es dennoch, vergeblich. Die Haut um den Mund des Toten war gerötet. Die Rötung entsprach exakt einem klar abgegrenzten, breiten Rechteck. Falk machte ein Foto mit seinem Handy, weil er nicht wusste, wie lange die Verfärbung anhalten würde. Er zog die Schubladen der Kommode heraus. In der untersten lag auf einem Handtuch ein Stück Klebeband und zwei feste Wattepfropfen. Das Klebeband war zusammengedrückt. Seine Breite entsprach der Schmalseite des roten Rechtecks.

Ein Fensterflügel stand offen. Gegenüber lag der riesige Stall. Die Äste der Linde, unter der ein Fuhrwerk parkte, reichten nicht bis ans Haus. Falk beugte sich aus dem Fenster. Die Wand war mit wildem Wein bedeckt. Es war nicht schwierig, auf dem Spalier hochzuklettern. Die waagrechten Stangen ersetzten eine Leiter und machten einen stabilen Eindruck. Der Chefinspektor rührte nichts an und ging wieder hinunter. Die Gruppe in der Diele stand unverändert, so wie er sie verlassen hatte.

Falk sagte zu Lacher: „Wir brauchen die Spurensicherung, Arzt, Staatsanwalt, das Übliche. Er wurde ermordet."

Und zu den anderen: „Erzählen Sie, was passiert ist."

„Wir waren auf einem Fest", sagte sie. „Bis nach zwei. Als wir nach Hause kamen, gingen wir gleich zu Bett."

„Haben Sie nicht nach ihm gesehen?"

„Nein. Wozu denn?"

„Um ihn zu quälen. Sich an ihm zu rächen, wie Sie es schon lange tun."

Sie schüttelte heftig den Kopf.

„Nein. Nein. Wir waren todmüde. Wir müssen jeden Tag um sechs raus, oft noch früher. Fragen Sie ihn!"

„Sie hat recht", bestätigte der Mann. „Wir sind gleich eingeschlafen."

„Wann haben Sie Holzer gefunden?"

„Ich habe ihn gefunden", schluchzte sie. „Ein bisschen vor sieben. Er hatte das silberne Band auf dem Mund und die Watte stand aus seiner Nase. Ich habe geschrien, bis Jürgen kam."

„Warum haben Sie das Klebeband und die Watte entfernt?" Die Frau stand knapp vor einem hysterischen Anfall.

„Ja, verstehen Sie nicht? Jeder hätte gesagt, dass wir es waren! Sonst schläft niemand im Haus. Es wäre niemandem aufgefallen, wenn der Idiot den Streifen vorsichtig weggezogen hätte!"

„Warum hast du es nicht selbst gemacht, wenn du so genau weißt, wie es geht?"

„Du Trottel!", brüllte sie. „Der Alte hat schon verstanden, wie man dich behandeln muss!"

Er holte aus und gab ihr eine Ohrfeige. Falk vermochte nicht einzuschätzen, welcher der beiden überraschter war.

„Gibt es ein Testament?", fragte er in die Verblüffung hinein.
„Nein", erwiderte sie. „Und keine ehelichen Kinder. Aber
mindestens drei uneheliche, die er anerkannt hat. Seine Mutter
lebt auch noch."
„Sie wohnt nicht am Hof?"
Sie verzog das Gesicht.
„Er hat sie ins Heim gesteckt, schneller als sie bis eins zählen
konnte. Aber jetzt wird die alte Hexe wieder auftauchen, da
können Sie drauf wetten."
„Gehen wir in die Küche", schlug Falk vor und ging in die
große Stube, ohne auf Antwort zu warten. Wie er gehofft
hatte, brannte ein Feuer im Herd. Er setzte sich, sah den
Aschenbecher auf dem riesigen Tisch und fragte: „Darf man
rauchen?"
„Ich rauche selbst", sagte Grabher und hielt ihm ein
geöffnetes Päckchen entgegen. „Bitte."
Falk nahm eine und paffte schweigend.
„Was wird jetzt?", fragte ihn die Frau. Er reagierte nicht.
Lacher sagte: „Der Arzt wird den Todeszeitpunkt schätzen.
Dann wissen wir, ob Ihr Festbesuch für ein Alibi taugt."
„Und wenn nicht?"
„Dann haben Sie ein Problem."
„Wollen Sie einen Kaffee?", fragte sie. Die Männer nickten.
Sie stand auf, nahm Tassen aus einem geschnitzten Schrank
und richtete sie an. Aus einer Alukanne, die am Rand des
Herds stand, schenkte sie ein. Niemand wollte Milch, nur
Zucker.
„Bekommen wir Schwierigkeiten wegen dem Pflaster?",
erkundigte sich Grabher nach einer Weile.
„Wenn Sie es auf seinen Mund geklebt haben …"
Holzers Knecht verstummte. Sie saßen schweigend vor ihren
Tassen bis Inspektor Mörtl auftauchte. Falk wies ihn ein.
„Die Mordwaffe liegt in der untersten Schublade. Achten Sie
besonders auf das Spalier."
Der Polizeiarzt erhob die üblichen Vorbehalte und legte den
Todeszeitpunkt dann doch fest.

„Zwischen 23 und ein Uhr."

In einem Telefonat bestätigte der Gastgeber des Festes die Angaben des Paars. Falk und Lacher fuhren ins LKA.

„Also hat er doch etwas gewusst", meinte Lacher.

„Sieht so aus."

„Klingt nicht sehr überzeugt."

„Was hast du gestern Abend noch gemacht?"

Lacher starrte ihn an.

„Das ist nicht dein Ernst!"

„Niemand sonst wusste, dass ich heute nochmals zu Holzer wollte."

„Verstehe. Was habe ich Großartiges gemacht?" Er lachte auf.

„Was ich immer mache. Ich …"

Lacher verstummte. Nach einer quälend langen Minute sagte Falk: „Du weißt es nicht."

Sein Ex-Kollege, Freund und jetziger Berater schüttelte langsam den Kopf.

Viel später murmelte er: „Ich muss vor dem Fernseher eingeschlafen sein."

„Ja", meinte Falk nur.

Mörtl berichtete, dass aller Wahrscheinlichkeit nach jemand über das Spalier in das Zimmer eingestiegen sei. Im Haus fanden sich keine Schuhe mit Pflanzenresten auf den Sohlen. Falk fuhr am Nachmittag nochmals zum Hof und sprach mit den drei ständig beschäftigten Hilfskräften. Dregger, der neue Assistent, lebte noch bei seiner Mutter, die anderen teilten sich eine kleine Wohnung in St. Veit. Sie hatten den Altbauern nie kennengelernt. Der Chefinspektor nützte die Gelegenheit, um das Anwesen genau zu inspizieren. Nichts deutete auf verborgene Machenschaften oder Räumlichkeiten hin.

Anschließend besuchte er den Gastgeber des Festes, dem die Holzer und Grabher ihr Alibi verdankten. Fünf Leute bestätigten ihre ununterbrochene Anwesenheit bis kurz vor zwei. Falls sie nicht einen Killer engagiert hatten, kamen sie für den Mord nicht in Frage.

War der gelähmte Bauer tatsächlich umgebracht worden, weil er etwas über die **HIMII**-Verbrechen wusste?

Den Abend verbrachte Falk wieder beim Schachspiel.

Diesmal gewann er. Die Qualität des aufgewarteten Rotweins sank schlagartig, doch das war es ihm wert.

Juni 1999. Plötzlich flutete helles Licht den Raum, Sonja
Wallner, die Kellnerin des Brunnenwirts, schloss geblendet
die Lider. Als sie sie blinzend wieder öffnete, stand ein Mann
neben ihr, der zurück zur Tür blickte. Er trug eine schwarze
Hose und hatte einen schwarzen Stoffsack über Kopf und
Schultern gezogen. Sein Oberkörper glänzte hell im Licht –
helle Haut über muskulösen Schultern und einem festen
Bauch. Sehr spärlich wuchsen dünne, schwarze Haare auf
seiner Brust, die glatt und gerade auf der Haut klebten. Mit
einer raschen Drehung wandte er ihr sein Gesicht zu. Auf die
Maske war mit weißer Leuchtfarbe ein Totenkopf gemalt.
Eine irisierende, grinsende Todesmaske, wie sie bei Krampus-
und Halloweenfesten gern getragen wird.
Sonja schrie auf, gleichzeitig merkte sie, dass sie nackt war.
Die unnatürliche Lage, die ihre gestreckten Arme und Beine
in die Form eines großen X zwangen, hatte ihre Glieder steif
und taub gemacht. Trotzdem zerrte sie wild an den Ketten, die
keinen Millimeter nachgaben. Die groben Metallringe
schabten unter ihrem Rütteln und Reißen stückweise Haut von
ihren Hand- und Fußgelenken. Der Mann stand regungslos da.
Aus den schwarzen Höhlen der Maske schimmerten lebendige
Augen, die sie betrachteten. Dann bewegte er sich. Langsam
und bedächtig. Aus einem Eimer nahm er einige Geräte; eine
lange, spitze Schere legte er auf Sonjas Bauch. Sie fühlte sich
so kalt an wie die Angst, die jede ihrer Nervenfasern
durchdrang und sie in kleinen, elektrischen Wellen durchlief.
Sie bebte, als stünde sie unter Strom. Er zog
Wegwerfhandschuhe über seine Hände und schüttelte eine
Dose. Rasierschaum. Sorgfältig strich er den Schaum in ihre
Achseln und auf ihr Schamhaar und begann sie zu rasieren.
Die Dose legte er zwischen Sonjas Brüste wie ein Stück Seife
in eine Seifenschale. Sie war so kalt wie die Schere. Er
rasierte gründlich und grob. Mit einem Tuch wischte er
Schaum und Haare weg. Sie zuckte zusammen, als seine

Finger in sie eindrangen, unbeteiligt wie die eines Gynäkologen. Nach einer kurzen Untersuchung zog er sie zurück und unterzog sie von Kopf bis Fuß einer gründlichen Musterung. Sonja atmete flach. Ihre Angst war so groß, dass seine Übergriffe gar nicht richtig in ihr Bewusstsein drangen, stumm und erstarrt nahm sie sie hin. Sie schloss die Augen, sie wollte ihn nicht sehen.

„Schau her!" befahl er. Eine kalte Alltagsstimme, ein wenig gedämpft durch den Stoff.

Sie gehorchte und sah die geöffnete Schere. Das Spreizen und Schließen ihrer gehärteten Klingen knapp vor ihrem Gesicht. Er zog die Spitze langsam von ihren Augen- zu den Mundwinkeln. Plötzlich spürte sie die scharfen Schneiden an ihrer Brustwarze. Es tat weh. Sie flüsterte: „Bitte nicht."

Sonja glaubte zumindest, geflüstert zu haben, sie vernahm nur ein schwaches Stöhnen. Sie hörte sein Kichern, ein schlimmes, irres Kichern. Ihre Angst bereitete ihm Vergnügen.

Der befürchtete Schmerz blieb aus, stattdessen fühlte sie sich grob am Haar gepackt, die Schere schnitt Strähne um Strähne ganz knapp am Kopf ab. Immer wieder schrammte das kalte Metall über ihre Haut. Anschließend rasierte der Mann auch ihren Kopf. Mit festem Griff drehte er ihn an der Nase hin und her, wie es ihm gerade passte. Er befühlte ihr verwachsenes Ohr, zog daran, ließ langsam den Rücken der Schere darüber gleiten, beließ es aber dabei.

Alles, was er tat, schmerzte. Der Schmerz hinderte sie daran, in Ohnmacht zu fallen. Sie pendelte zwischen einem Zustand naher Bewusstlosigkeit und reiner Panik, der die Realität fast überlagerte. Dabei dachte sie nach, suchte verzweifelt nach einer Erklärung.

Ihr letzter klar erinnerter Gedanke war das Zählen und Stapeln der Münzen bei der Abrechnung. Danach folgten einige Bildfetzen: Das Öffnen des Radschlosses, der Tanz des schwachen Lichts auf dem dunklen Asphalt, sie schob ihr Rad – warum fuhr sie nicht? Es folgte ein abrupter Filmriss, anschließend das Erwachen in tiefster Dunkelheit, im schrecklichsten, unerklärlichsten Albtraum, der sich in den letzten Minuten mit dem Auftritt des Maskenmanns noch einmal potenziert hatte.

Irgendwann beendete er seine Verrichtungen. Er schloss ihre Fesseln auf und zog sie hoch, nur um ihre Hände gleich wieder hinter dem Rücken in Handschellen zu legen. Das wäre nicht nötig gewesen. Sie saß auf ihrem Lager, schwach und willenlos. Es gab kein Fenster in der Zelle, nur graue Wände, die große Holzpritsche mit der Auflage und den Ketten und ein Loch im Boden, ein Abfluss. Sonja hatte einen kleinen Sohn und einen Mann, sie kämpfte dagegen an, in den schwarzen Abgrund zu stürzen, der sich rund um sie auftat. Wie aus großer Ferne hörte sie den nächsten Befehl des Maskierten: „Steh' auf!"

Er war ungeduldig. Weil sie nicht sofort reagierte, zog er sie an ihrem verwachsenen Ohr hoch und schubste sie Richtung Tür, seine Hände fassten sie unter den Achseln und dirigierten sie durch einen Gang in ein großes, schwach erleuchtetes Gewölbe. Die Böden ihres fortgesetzten Albtraums waren mit glatten schwarzen Kacheln verfließt, deren Kälte durch ihre bloßen Fußsohlen nach oben drang. Ihr Frösteln kam aus dem Herzen, dem Kopf und den Füßen. Die kalten Ströme trafen sich in ihrem Magen und verwandelten ihn in einen Eisblock. Ohne den Klammergriff unter den Achseln wäre Sonja umgefallen. In der Mitte des Raums stand ein breiter, klobiger Schemel aus Holz und Eisen mit einem zentralen, runden Ausschnitt und mit senkrechten Stangen zu beiden Seiten, von denen lederne Riemen und Bänder hingen. Der Mann zwang sie, sich aufrecht auf den Schemel zu knien und schnallte sie so fest, dass sie in dieser unbequemen Stellung kein Glied, auch nicht den Kopf bewegen konnte. Dann verschwand er aus ihrem Blickfeld. Ihre Knie begannen rasch zu schmerzen, doch weiter geschah nichts. Hier war es deutlich kühler als in dem kleinen Verließ. Kein Mensch war zu sehen. Im hinteren Teil des Gewölbes stand ein Holztisch mit zwei Sesseln, davor ein Stativ mit einem dicken, altmodischen Scheinwerfer darauf. Er erinnerte Sonja an das Fotostudio, das sie bei ihrer Erstkommunion gemeinsam mit den Eltern aufgesucht hatte. Doch hier hing an den Wänden ganz anderes Gerät: Zangen, Messer, Spieße, Haken, Peitschen und vieles, dessen Zweck sie nur erahnen konnte. Sie hätte geschrien, doch sie wagte es nicht, weil die Angst, mit ihren Schreien irgendwas noch Schrecklicheres zu wecken, groß war. Ein leises Schluchzen konnte sie nicht unterdrücken. Ihre Knie schmerzten immer unerträglicher, die Füße wurden taub. Fast war es eine Erlösung, als der Scheinwerfer aufflammte und ihr eine Wand aus gleisendem Licht die Sicht auf Tisch und Mauern verstellte. Sie hörte Schritte, das Rücken von Sesseln, Flüstern, neuerliches Sesselrücken, Stille. Bis eine gedämpfte Stimme durch die Lichtwand drang.

„Nenne deinen Vornamen."

In diesem Moment konnte Sonja nicht mehr an sich halten. Halb wahnsinnig vor Panik, Scham und einem unbeschreiblichen Kummer, der sie unaufhaltsam überflutete, schrie sie: „Das ist verrückt! Was wollen Sie von mir? Ich habe nichts ..."

Sie vernahm ein scharfes Schnalzen in ihrem Rücken und fühlte einen atemberaubenden brennenden Schmerz von den Schultern bis über die linke Hüfte. Ein Schrei löste sich aus ihrer Kehle, dem sofort das nächste Schnalzen und der nächste Schmerz folgten. Sie verbiss sich einen weiteren Schrei. Lange Momente herrschte Ruhe, nur ihr mühsam unterdrücktes Stöhnen vibrierte leise im Raum.

„Nenne deinen Vornamen."

Der Tonfall des Fragers hatte sich um keine Nuance verändert.

„Sonja", flüsterte sie.

„Ich verstehe dich nicht."

Sie hatte keine Vorstellung, womit sie geschlagen worden war, doch sie zweifelte nicht daran, dass es beim geringsten Anlass wieder geschehen würde.

„Sonja", wiederholte sie lauter.

Wieder das Schnalzen und wieder der brennende Schmerz.

Die Fesselung ließ es nicht zu, dass sie sich krümmte, wie jeder Nerv ihres Körpers es forderte.

„Sprich laut und vernehmlich", mahnte die Stimme.

„Sonja!"

„Sonja", wiederholte eine andere Stimme leise im Hintergrund.

„Nenne deinen Nachnamen."

„Wallner", antwortete sie laut und musste aufschluchzen, als sie den vertrauten Namen hörte. Prompt folgte der nächste Schlag.

„Wallner", sagte die leise Stimme.

„Wo wohnst du?"

„In Dreinbach 14."

„Welche Straße?"

„Es gibt keine Straßennamen, nur Hausnummern."

„Bist du verheiratet?"

Sie konnte nur nicken und wurde sofort dafür bestraft.

„Ja", brach es aus ihr hervor.

„Wie heißt dein Mann?"

„Josef Wallner."

„Hast du Kinder?"

„Einen Sohn."

„Wie heißt er?"

„Josef, wie sein Vater."

„Wie alt bist du?"

„24."

„Nenne dein Geburtsdatum."

Vor einer Woche erst hatte Sonja ihren Geburtstag gefeiert. Es gelang ihr, die Erinnerung daran auszuschalten.

„14. Juni 1975."

„Wie heißen deine Nachbarn?"

Die Frage überraschte sie so, dass sie Zeit zum Nachdenken brauchte.

„Obermeier, Brunner, daneben Frau Sallinger ..."

„Hast du Streit mit ihnen?"

„Mit Brunner gibt es immer wieder Streit."

„Weshalb?"

„Er streitet gerne."

„Worum geht es?"

„Er behauptet, seine Quelle wäre versiegt."

„Stimmt das?"

„Ja, aber er gibt uns die Schuld."

„Aus welchem Grund?"

„Wir haben in der Nähe ein Gartenhaus gebaut, ein Spielhaus für ..."

Sie konnte nicht weitersprechen und erwartete den Schlag, doch er kam nicht.

„Er meint, der Bau sei schuld, dass seine Quelle versiegt ist. Er hat uns angezeigt."

„Was ist dann passiert?"

„Es gab eine Verhandlung. Ein Sachverständiger sagte, dass unser Häuschen mit der Quelle überhaupt nichts zu tun habe."

„Hast du auf irgendeine andere Weise damit zu tun?"

„Wie denn?"

Ein neues Schnalzen, ein neuer, glühender Schmerz.

„Stelle keine Fragen, antworte nur."

„Ich habe nichts damit zu tun."

„Ganz gewiss nicht?"

„Ganz gewiss nicht."

„Dein linkes Ohr ist verwachsen."

Es folgte eine Pause, dann ein Satz, der sie vollends an ihrem Verstand zweifeln ließ.

„Wir werden noch darüber reden. Hab keine Sorge, du kannst uns vertrauen."

Es lag nicht die mindeste Ironie in dieser gleichmäßigen, dumpfen Stimme. Vertrauen! Ein anschwellendes, hysterisches Lachen drang aus Sonja und füllte das Gewölbe, doch weiter geschah nichts. Nach einer Weile erlosch der Scheinwerfer. Als sich ihre Augen wieder der schwachen

Beleuchtung angepasst hatten, standen Tisch und Sessel verlassen da.

Der Mann mit der Totenkopfmaske löste ihre Fesseln und führte sie zurück. Er musste sie stützen, beinahe tragen, alleine hätte sie auf ihren tauben Füßen keinen Schritt zustande gebracht. Im Verließ fesselte er sie erneut rücklings auf die breite Liege. Dann erlosch das Licht, undurchdringliche Dunkelheit hüllte Sonja ein, die mit offenen Augen dalag, geplagt von Schmerzen und Verzweiflung. Was geschah mit ihr? Was ging hier vor sich? Die Sehnsucht nach ihrem Mann und dem Kleinen wurde übermächtig, Tränen strömten aus ihren Augen und versiegten irgendwann. Sie wusste nicht, wie viel Zeit vergangen war, als sie wieder das Öffnen der Türe vernahm. Ein dünner Lampenstrahl blendete sie, bevor er langsam über ihren Körper wanderte und sie ihre Nacktheit noch deutlicher fühlen ließ als zuvor. Dann erlosch er. Sonja erkannte die Geräusche eines Reißverschlusses und jene gleitenden Stoffes und ahnte, was folgen würde, noch ehe sie das Gewicht auf ihrem Körper und den fremden, heißen Atem in ihrem Gesicht fühlte. So sehr es sie auch ekelte, war die Vergewaltigung doch das erste Ereignis in ihrer Gefangenschaft, das einen, wenn auch widerwärtigen Sinn ergab.

21

Es war lange nach Mitternacht. Die Landstraße schlängelte sich über Hügel, Wiesen und Felder wie eine im Mondlicht erstarrte schwarze Otter. Nur selten tauchte ein Scheinwerferpaar auf, folgte ihren Windungen und verschwand wieder. Ein Lieferwagen hielt kurz an der Bushaltestelle. Als er wegfuhr, stand ein klobiges Ding neben der Sitzbank. In der Früh achtete niemand auf den großen, eckigen Plastikkanister. Auch am Vormittag nicht. Erst als nach Schulschluss eine Horde Kinder aus dem Bus sprang, erfuhr er verspätete Aufmerksamkeit.

Ein Blondschopf mit einem Mittelscheitel wie von einem Sportboot gezogen, runden, dicken Brillengläsern und einem keckernden Lachen, scheinbar direkt importiert von den Baumkronen des Amazonas, rief: „Cool! Versteckte Kamera!" Seine Kameraden, zwei Mädchen und drei Burschen, lachten und schnitten Grimassen in alle Himmelsrichtungen. Dann fragte eines der Mädchen: „Warum versteckte Kamera?"

Der Blondschopf sagte: „Die wollen sehen, wie wir Panik kriegen."

Er deutete auf den Behälter. „Lauter Knochen."

Die Kinder drängten sich um den transparenten Kunststoffquader, den sie kaum überragten. Aus der gelblichen Flüssigkeit im unteren Drittel ragte tatsächlich ein Rippenstück, in der Art wie sie es vom Grillen kannten. Daneben eine sanfte, glatte Kuppe wie eine Insel aus weißem Fels. Einer hob den Behälter ein wenig an, die Flüssigkeit geriet in Bewegung, hob und senkte sich. Als sie sich senkte, erschienen unter der Wasserlinie der Insel zwei Höhlen und ein Nasenbein. Die Kinder blickten einander an, der Blondschopf stöhnte: „Alter!"

Als handelte es sich um ein Kommando, sprangen sie auf und rannten kreischend den Weg entlang, der zu der Siedlung führte, in der sie wohnten. Bald darauf kam ein Streifenwagen zur Haltestelle. Dem Fahrer stachen sofort die achtlos auf das

Plastik gekritzelten Buchstaben ins Auge, denen die Kinder keine Beachtung geschenkt hatten: **HIMII**.

Ohne zu zögern schaltete er das Blaulicht ein, verständigte das LKA und errichtete eine provisorische Absperrung.

22

Der Gestank beim Öffnen des Behälters war so grässlich, dass die Spezialisten vom kriminaltechnischen Labor Masken anlegten. Sie bargen ein weibliches Skelett, die Flüssigkeit bestand aus den aufgelösten Resten organischen Materials. Obenauf schwamm ein Rundholz mit einem Durchmesser von einigen Zentimetern, an einem Ende abgerundet, am anderen achtlos abgeschnitten.

Seit dem Fund war ein Tag vergangen. Falk und Lacher standen in der Pathologie vor einem Tisch, auf dem die Knochen der dritten Leiche lagen. Daneben das Holz. Doktor Neuner, der Pathologe, war der erste, der eine mögliche Erklärung dafür lieferte.

„Es könnte sich um die Tatwaffe handeln, Chefinspektor. Wir haben es bislang mit einer symbolischen Hexenverbrennung und einer ganz realen Kreuzigung zu tun. Eine Pfählung würde gut in diese Reihe passen."

„Das Holz ist stumpf", wandte Lacher ein.

„Das spricht für die Kompetenz der Täter", entgegnete der Pathologe trocken. „Aber machen Sie sich nichts draus, ich habe selbst nachschlagen müssen. Der Pfahl wurde absichtlich nicht angespitzt, der Konus stumpf geformt. Dadurch werden Organverletzungen vermieden, die zu einem vergleichsweise schnellen Tod führen könnten. Das Holz wurde eingefettet, ehe man es dem Opfer in den Körper trieb und den Pfahl anschließend aufrichtete. Den Rest erledigt die Schwerkraft."

„Wie lange?", fragte Falk.

„Tagelang, unter Umständen."

Die Männer schwiegen.

„Romilda beispielsweise", fügte der rothaarige Hüne hinzu. „Romilda von Cividale del Friuli. Nächste Nachbarschaft."

"Wer ist das?"

„Fürstin von Friaul. Sie wurde 610 von einem Awarenkhagan auf offenem Feld gepfählt. Verbreitet war diese Art der Hinrichtung schon im alten Assyrien und Ägypten, im

Mittelalter auch in Europa – in Wien beispielsweise
vorgesehen für untreue Ehefrauen. Vlad III., Prinz der
Walachei, erhielt im 15. Jahrhundert den Beinamen tepes –
der Pfähler, weil er bei verschiedenen Gelegenheiten ganze
Wälder von Gepfählten aufrichten ließ. Er hatte es von den
Türken gelernt."

Falk unterbrach Dr. Neuners Vortrag.

„Und der Pfahl wurde dann gekürzt, damit er in den Kanister
zur Leiche passte. Damit wir nicht im Unklaren verbleiben,
was die Mordwaffe anbelangt."

„Wenn es sich tatsächlich so zugetragen hat", schränkte der
rotmähnige Pathologe nun ein. „Nur anhand der Skelettteile
lässt sich kein Nachweis erbringen. Sie wurde jedenfalls nicht
mit dem Prügel erschlagen."

„Können Sie uns etwas über den Todeszeitpunkt sagen?"

„Um diesen Zustand der Verwesung in einem verschlossenen
Behälter zu erreichen, sind gewiss Monate nötig. Stark
abhängig von der Temperatur. Ich vermute, er war nicht von
Beginn an luftdicht versiegelt. Die Gasbildung, Sie verstehen.
Wir sind in Kontakt mit einem Experten in den USA. Die
stellen alle möglichen und unmöglichen Versuche mit Leichen
an."

„DNA?"

„Bei dem Grad an Auflösung? Die Kollegen in Innsbruck
werden es versuchen."

Er deutete auf einen Knochen.

„Der linke Oberschenkel ist verkürzt, vermutlich aufgrund
von Komplikationen nach einem Bruch."

Lacher horchte auf.

„Elisabeth Zetko, die erste Abgängige auf unserer Liste,
hinkte leicht."

„Können Sie mehr darüber herausfinden? Wenn wir
Röntgenaufnahmen hätten … Es wäre vielleicht die einzige
Möglichkeit zur Identifizierung."

„Wir werden es versuchen."

Es gestaltete sich nicht einfach. Die Vermisste hatte schon vor 13 Jahren keine Angehörigen mehr gehabt. Die Nachbarin, die die Anzeige erstattet hatte, war verstorben. Doch Inspektor Sorcek fand in dem Mietshaus eine Partei, die denselben Arzt besuchte wie die Zetko. Der lebte noch und verwies den Inspektor an den Radiologen, mit dem er häufig zusammen arbeitete. In dessen Archiv fanden sich tatsächlich zweiundzwanzig Jahre alte Aufnahmen, anhand derer die provisorische Identifikation noch am Sonntag erfolgte.

Falks einziges Zugeständnis an das Wochenende bestand darin, dass er länger geschlafen und ausgiebig gefrühstückt hatte. Auch Lacher fand sich im LKA ein.

Am Abend versuchte der Chefinspektor seine Gedanken zu ordnen.

„Drei körperliche Besonderheiten und drei altertümliche Hinrichtungsarten", sagte er mehr zu sich selbst als zu seinem Berater.

„Hinrichtungen – also von irgendeiner Obrigkeit angeordnete Tötungen im Unterschied zu ordinären Morden unter Privatpersonen. Vielleicht betrachten sich unsere Täter gar nicht als gewöhnliche Mörder."

„Als gewöhnliche Mörder betrachte ich sie auch nicht", bemerkte Lacher. „Aber hilft uns das weiter?"

Falk fuhr nach Hause. Monika hatte ihren Vater zum Abendessen eingeladen. Der alte Jurist nützte die Gelegenheit, um seinen Schwiegersohn nach allen Regeln der Kunst zur Mordserie auszuquetschen. Der Chefinspektor schützte Kopfschmerzen vor und ging früh zu Bett.

23

Oberst Prettner besaß ein feines Gespür für dicke Luft. Er ahnte schon, dass Professor Norobosco, Starforensiker des LKA, es ihm und dem Rest der Welt übel nehmen würde, wenn er einen internationalen Profiler beizog, dessen Starallüren nicht weniger ausgeprägt waren als die Noroboscos und der überdies einen Doppeldoktor vor seinem Namen trug – nämlich in Biologie und Medizin.

Nachdem der Oberst also dicke Luft voraussah, fuhr er gleich am Montagmorgen zu einer dringenden Sitzung nach Wien und überließ Chefinspektor Falk die erste Besprechung mit den Koryphäen.

Professor Norobosco trug seinen silberfarbenen Haarschopf wie gewöhnlich à la Einstein, nur nicht so brav. Dr. Dr. Köhler verfügte über eine extrem hohe, bronzefarbene Stirn, die erst jenseits seines Schädelgipfels endete. Der graue Bewuchs seines Hinterhaupts wurde von einem schillernden Band zu einem dünnen Pferdeschwanz zusammengefasst, der zwischen seinen Schulterblättern fast bis zum breiten Cowboygürtel herabhing.

Die Kapazitäten wechselten einen langen Blick und hassten sich schon wie die Pest, noch während Falk sie einander vorstellte. Köhler eröffnete.

„Ich habe gehört, dass Sie in Österreich Kultstatus genießen." Dem Deutschen gelang es, so viel lächelnden Sarkasmus in das halbe Kompliment einfließen zu lassen, dass sich der Blutdruck des Professors verdoppelte, ehe die letzte Silbe verklungen war.

„Ihre Täterprofile haben auch Kultstatus", erwiderte er grob. „Auf den Witzseiten der Fachliteratur."

Falk wandte sich abrupt ab, ging zum Fenster und zündete eine Zigarette an. Dünne Wolkenschleier schwebten in dem kleinen, blauen Viereck, das seinen Bürofensterhimmel bildete.

In seinem Rücken höhnte der Deutsche: „Da haben Sie sich zu
den Illustrierten verirrt, Doktor. Vielleicht gewohnheitsmäßig.
Die echte Fachliteratur kennt keine Witzseiten."
„Das kann nicht stimmen", keilte der Professor zurück.
„Schließlich unterzeichnen Sie mit Ihrem Namen."
„Ich habe wenigstens einen."
„Wenn Sie nicht aufpassen, werde ich mir gleich einen
machen, dem ewige Dankbarkeit gewiss ist."
Der Chefinspektor überlegte müßig, ob er wohl eingreifen
oder den Dingen einfach ihren Lauf lassen sollte, falls es zu
Handgreiflichkeiten kam. Doch nach einer kurzen Pause
begann der Deutsche zu lachen, ein tiefes, herzliches Lachen.
„Wunderbar, Kollege. Jetzt haben wir es uns aber gezeigt.
Einer guten Zusammenarbeit steht nichts mehr im Wege."
Das war ein Tiefschlag, denn Norobosco verstand es zwar,
den Vulkan in seinem Inneren binnen Sekunden zu entfachen,
das Abkühlen fiel ihm jedoch ungleich schwerer. Die
Zumutung einer guten Zusammenarbeit ließ ihn beinahe
taumeln. Er fühlte sich nicht nur besiegt, sondern auch
gedemütigt.
„Sie!", brüllte er. Unterschiedliche Anfangssilben eindeutiger
Wörter formten sich nur halb verständlich, bis endlich ein
„Sie Nasenloch!" zutage trat.
„Nasenloch?", fragte sein Kontrahent erstaunt.
„Arschloch darf ich ja nicht mehr sagen!", heulte der
Professor in machtloser Wut und stürmte hinaus.
Falk drückte die Zigarette am Fensterblech aus und setzte sich
hinter seinen Schreibtisch.
„Nehmen Sie Platz."
Der Deutsche sah mehrmals abwechselnd von Falk zur Tür,
durch die der Professor verschwunden war und erinnerte dabei
mit seinem dünnen Schopf an einen schwanzpeitschenden
Hengst, dem etwas Wesentliches zwischen Kopf und Schweif
abging, nämlich ein Körper. Er setzte sich.
„Warum darf er nicht mehr Arschloch sagen?"

„Das hat innerbehördliche Gründe", erwiderte Falk. „Unser Oberst stieß sich daran."

Er beließ es dabei.

„Was benötigen Sie, Dr. Köhler?"

Die Nüstern des Doppeldoktors blähten sich für Sekunden, doch er widerstand der Provokation. Er war ja selbst Meister darin.

„Die reinen Fakten, nicht mehr, nicht weniger. Erfahrungsgemäß besteht ein Großteil meiner Arbeit darin, an die Fakten heranzukommen."

„Ihnen stehen alle Berichte und Akten zur Verfügung."

Der Profiler schüttelte sich wie ein nasser Hund. Zum Glück nicht wie ein Spaniel, dachte Falk, sondern wie einer dieser faltengesichtigen Köter, deren Züge beim Schütteln komplett entgleisen.

„Ich bin überzeugt davon, dass ein kleiner Teil der Realität wirklich darin enthalten ist. Ich muss sie nur zuerst von den Fantasien, Hirngespinsten und Fehldeutungen der Ermittler trennen. Das ist bei geübten Berichteschreibern schwierig. Die verweben das, was sie sich zusammenreimen so geschickt mit den nackten Tatsachen, dass ihre Gehirnnebel Bestandteile davon werden."

Falk gelang es nicht, den Satz anders auszulegen als eine geballte Ladung von Beleidigungen, die sich direkt gegen ihn und seine Gruppe richtete.

„Sie stoßen die Leute, auf die Sie angewiesen sind, absichtlich vor den Kopf. Lohnt sich das?"

Der Deutsche lächelte.

„Meine Ergebnisse sprechen für sich. Wut ist ein hoher Motivationsfaktor, wenn es darum geht, scheinbare Gewissheiten in Frage zu stellen. Übrigens flott erkannt für einen Dorfpolizisten. Das könnte mir noch Probleme bereiten."

„Wird es nicht", versicherte Falk. „Ich bin sicher, Sie kennen die Berichte ohnehin schon. Wollen Sie mit meinen Leuten sprechen?"

„Natürlich. Ich glaube nicht, dass mich alle so rasch durchschauen."

„Da haben Sie recht. Einige dieser Dorfpolizisten reagieren allerdings wie ganz gewöhnliche Grobiane, wenn man ihnen auf die Zehen tritt."

Der Profiler hob gelangweilt seine Schultern.

„Ich bin Meister im Jiu Jitsu."

„Und ein richtiges Nasenloch", ergänzte Falk ungerührt.

„Inspektor Schilling wird Ihnen Ihr Büro zeigen und sich um die Termine kümmern."

Er hob den Hörer ab, sagte: „Wir sind soweit" und wartete stumm bis Hanna – sanft, schön und ruhig wie immer – ins Zimmer trat und den international anerkannten Experten begrüßte. Es war nicht zu übersehen, dass sie ihm gefiel.

24

Nachdem die beiden gegangen waren, arbeitete sich der Chefinspektor zunächst durch einen Stapel Zeitungen, anschließend durch einige Onlinemedien.
Die Schlussfolgerungen der Berichterstatter unterschieden sich kaum von jenen der Polizei. Die Tonlage ihrer Darstellung hingegen ganz erheblich. Falk hatte nach einer turbulenten Auseinandersetzung mit einem Journalisten in einem früheren Fall mittlerweile ein fast kontemplatives Verhältnis zur schreibenden Zunft entwickelt. Er konzentrierte sich – ganz wie der deutsche Kollege – ausschließlich auf die Fakten.
Es gab drei grausam zugerichtete Mordopfer.
Alle drei hatten offenbar Jahre in einer Art Geheimgefängnis verbracht.
Man wusste nicht, wo sich dieser Kerker befand. Es sprach sehr viel dafür, dass er in Kärnten lag, sogar in Mittelkärnten. Die Opfer verschwanden in dieser Region, sie tauchten hier wieder auf.
Nicht einmal Oberst Prettner, der Unannehmlichkeiten zutiefst verabscheute, glaubte an einen Entführungstourismus mit anschließendem Heimtransport der Leichen.
Wie war es möglich, dass über einen so langen Zeitraum keinerlei Beobachtungen, Verdächtigungen oder Hinweise vorlagen? Oder gab es welche, die nur die richtigen Stellen nicht erreichten?
„Wer nicht richtig hinhört, versteht nicht richtig", erläuterte eine kritische Kommentatorin. Sie meinte damit die doofen Bullen, die in ihrer Lethargie alles Wichtige verpassten.
Falk stimmte der Aussage im Grunde zu, allerdings in einem anderen Sinn.
„Wir empfangen eine Botschaft von den Tätern, aber wir verstehen sie nicht. Sie bekennen sich freiwillig zu Taten, von denen niemand etwas ahnte und wir wissen nicht, warum."

Diesen Satz stellte er ans obere Ende eines Zeichenblatts. Darunter notierte er Namen, Bemerkungen und Gedankenschnipsel.

Holzer, viel Grund, Boden, Wald, Almen, Gebäude, gewalttätig, sadistische Neigungen, vergewaltigt N, starker Trinker, sexuelle Exzesse, seit vier Jahren bis zu seiner Ermordung ans Bett gefesselt.

Holzers Knecht Jürgen Grabher, scheinbar harmlos, aber schläft mit Holzers Frau neben Holzers Zimmer und hält sich jetzt selbst einen Knecht. Hat er noch mehr von seinem Herrn übernommen?

Erlmann, viel Grund, Boden, Gebäude, sammelt Folterwerkzeug. Schrullig. Oder verstellt sich gut. Zeitgleiches Auftauchen mit der ersten Leiche und – zufällig – Lachers Nachbar.

Lacher. Was verbindet L mit Opfern? Was mit Tätern, die ihm ein Opfer auf dem Tablett servieren? Woher kannten sie seinen einsamen Weg?

Lacher. Seine Gedächtnislücke. Seine Gedächtnislücken. Oder log Wodak, L's Schulkamerad? Dann logen auch der Schwager und die Schwester. Weshalb?

Er saß noch eine Stunde vor dem Blatt, schrieb, zog Linien und hatte zuletzt das Gefühl, nur mehr eine Armada von Fragezeichen zu sehen.

Lachers Lücken bedrückten ihn. Falk warf den Zettel in den Abfallkorb. Dann überlegte er es sich anders, holte das zerknüllte Papier wieder heraus und verbrannte es.

Er stellte sich ans Fenster, rauchte und betrachtete erneut den jetzt flockigen Himmel. Es gab endlich wieder einen Himmel, nicht nur Grau, das abends in tiefes Schwarz überging.

Lachers Lücken bedrückten ihn den ganzen Tag hindurch, obwohl er mit einer Vielzahl von Tätigkeiten mehr als ausgelastet war. Gegen halb neun nahm er sein Smartphone zur Hand und wählte die Privatnummer des Professors.

„Inoffiziell, wie?", knurrte Norobosco. „Läuten Sie nicht, die Türen sind offen."

Der Chefinspektor hielt vor dem Haus des Professors in der Sterneckstraße und befolgte seine Anweisung. Der Professor saß in einem großen Zimmer, das gerade noch Platz für eine zweite Person bot. Und für wenige schmale Durchgänge zwischen hohen Türmen von Büchern, Zeitschriften und Kartons, manche abgestellt auf Tischen und Stühlen, die meisten direkt auf dem Boden.

„Sie verstehen, warum ich Sie nie zu mir eingeladen habe, obwohl wir nur ein paar Hundert Meter voneinander entfernt wohnen?"

„Ich habe Sie auch nie eingeladen."

„Weil Sie sich nicht getraut haben", stellte Norobosco apodiktisch fest. „Also?"

„Ich brauche Ihren Rat, Professor. Sie wissen doch alles." Falk traf exakt den Ton, der nicht einmal in einem solchen Satz den Verdacht eines spöttischen Beiklangs aufkommen ließ. Der Forensiker machte seinerseits aus seiner homöopathischen Bescheidenheit heraus eine abwehrende Geste, die allerdings so schwach ausfiel, dass nur ein geschultes Auge sie zu erkennen vermochte. Damit war das Terrain abgesteckt.

„Worum geht es?"

„Kann man einen Menschen so steuern, dass er nichts davon merkt und sich im Nachhinein auch nicht an seine Handlungen erinnert?"

„Wir reden hier nicht von politischen Mandataren?", fragte der Professor scharf.

„Nein", versicherte Falk.

Norobosco lehnte sich zurück und sammelte seine Gedanken. „Es gibt verschiedene Arten der Beeinflussung, die mehr oder weniger wirksam sind. Es gibt aber keine allgemeingültige Methode, jemanden im Sinn Ihrer Frage zu beeinflussen. Wissen Sie, warum?"

Der Professor fixierte ihn mit diesem Blick, der Kaninchen daran hindert, vor Schlangen davonzulaufen, obwohl es das einzig Vernünftige wäre. Falk wusste, was von ihm erwartet wurde und schüttelte den Kopf.

„Weil es zu einem guten Teil auf die Person ankommt, die gesteuert werden soll."

„Wenn die Person geeignet ist, könnte es also funktionieren?"

„Mit einer Mischung aus Hypnose, Drogen und Übung lässt sich viel erreichen."

„Was meinen Sie mit Übung?"

„Was wohl? Training, langsames Hinführen, Steigerung – die ganze Begriffswelt der Sportsprache."

„Würde die Person das nicht merken?"

„Ich habe doch schon erwähnt, dass es auf die Person ankommt – und auch auf die Situation. Bei einem misstrauischen Menschen mit ausgeprägter Abwehr wird es nicht klappen. Liegt dagegen ein Vertrauensverhältnis vor, vielleicht sogar eine Abhängigkeit, dann sind der Manipulation kaum Grenzen gesetzt. Im Extremfall geht das bis zur freiwilligen Selbstauslöschung."

„Kann man das herausbekommen?"

„Wenn das jemand kann, dann Dr. Benning. Ihre Ordination ist auch nur ein paar Minuten entfernt. Wollen Sie gleich einen Termin?"

„Es geht nicht um mich."

„Um Lacher, ich weiß. Also, wollen Sie einen Termin?"

„Ja."

Norobosco griff zum Telefon, das er nach einer kurzen Einleitung an Falk weiterreichte. Dr. Benning stellte keine Fragen. Sie begrüßte ihn, gab ihm einen Termin und verlangte wieder nach dem Professor. Der entließ Falk mit einem Nicken.

Der Chefinspektor fuhr nach Hause, machte einen Spaziergang mit Sam, der die warme, blütenduftende Abendluft mehr genoss als er und legte sich zu Bett. Monika kam spät.

25

Der folgende Tag brachte eine neuerliche Ausweitung des
Papierkriegs. Gegen halb zwei lud Falk seinen Berater auf
einen Kaffee ein. Sie überquerten den Neuen Platz und bogen
in die Tabakgasse, die direkt zum Landhaushof führt, wo sie
einen schattigen Tisch und einen eifrigen Kellner fanden. Sie
waren die einzigen Gäste. Falk steckte sich eine Zigarette an,
sie nippten am Kaffee und beobachteten die Sperlinge, die
ohne Scheu zwischen Stuhl- und Tischbeinen umher hüpften.
Eine Gruppe von Schülern schlenderte vom Alten Platz durch
die Toreinfahrt des Landhauses in Richtung der Busse. Falk
wusste, dass sie nicht von der Schule kamen, sondern von
irgendeinem der Cafés, wo man den Vormittag viel
angenehmer verbringen konnte. Er glaubte, sich selbst als
Junge wiederzuerkennen, voll Übermut und Tatendrang. Aus
der Gruppe heraus warf er einen fiktiven Blick auf die beiden
Männer, die da beim Kaffee saßen, vom Leben verformt und
so desillusioniert, wie er es damals nie werden wollte.
Er zündete sich eine neue Zigarette an und bestellte beim
eifrigen Kellner zwei kleine Gläser Bier.
„Wenn man ein Internat besucht, fällt das Schwänzen nicht so
leicht, oder?"
„Man kann sich krank stellen. Allerdings hat man es mit
Profis zu tun. Und die Stunden im Krankenzimmer sind auch
nicht verlockend."
Falk brummte etwas Unverständliches. Er brach ein Stück
Gebäck ab und brachte den Sperlingen ein Brotopfer. Er
wusste wirklich nicht, wie er beginnen sollte. Lacher spürte
es.
„Ich kenne dich lange genug, Falk. Was es auch sein mag,
raus damit."
„Ja."
Wieder folgte eine Pause.
„Du hast tatsächlich diesen Erstklässler aus Weyers Fängen
gerettet und Weyer anschließend gedemütigt."

Lacher starrte ihn an, doch der Chefinspektor wandte seinen Blick nicht von den Vögeln ab.

„Was soll das?", fragte sein Freund endlich entrüstet. „Ich habe dir versichert, dass nichts dran ist. Eine Verwechslung oder eine Fantasie von diesem Schwätzer."

„Das Opfer erinnert sich aber noch sehr gut an die Szene. Ich habe mit ihm gesprochen, es ist dir immer noch dankbar."

Lacher war nun völlig perplex.

„Du hast mit ihm gesprochen? Warum denn?"

„Weil du dich nicht daran erinnern kannst."

„Weil es nichts zu erinnern gibt, verdammt! Das ist alles nie vorgekommen!"

„Ich habe auch mit seiner Schwester gesprochen. Der Kleine hat ihr damals – nicht erst jetzt – alles erzählt. Er hat für dich geschwärmt. Du warst sein Held. Damit steht es drei zu eins."

In Lachers Gesicht zuckten verschiedene Muskeln, er machte nicht den Eindruck, als ob er sie unter Kontrolle hätte.

„Bin ich verrückt, oder was?", brachte er mit Mühe hervor.

„Ich glaube nicht", erwiderte Falk. „Aber jedenfalls auffallend vergesslich. Punktgenau vergesslich. Was unmittelbar vor deiner Trennung von Maja geschehen ist, weißt du ja auch nicht mehr."

Dieser Treffer saß. Lacher blickte um sich wie ein Tier in der Falle. Falk kümmerte sich um die Spatzen.

„Was soll ich denn tun?", flüsterte der Ex-Bulle schließlich.

„Stell dich dem Problem."

„Und wie geht das?"

„Der Professor hält Hypnose für einen gangbaren Weg. Er kennt eine Expertin."

„Erwartet ihr von mir, dass ich mich auf Gedeih und Verderb einem Scharlatan ausliefere?"

„Kein Scharlatan. Und nicht auf Gedeih und Verderb – ich würde mitkommen."

„Aber meinen Willen soll ich aufgeben?"

„Darauf läuft es hinaus, vermute ich. Kurzfristig."

Lachers Hand zitterte wie in seinen wildesten Tagen, als er
das Bier in einem Zug austrank.

„Also gut. Wann und wo?"

Falk blickte auf seine Uhr.

„In einer halben Stunde. Gehen wir."

Die Ordination lag im ersten Stock des Altbaus. Das
Stiegenhaus war blitzsauber, es roch nach allem, was
Bakterien verabscheuen, das dunkle Holz des Handlaufs
glänzte, das eiserne Jugendstilgeflecht, das ihn trug,
schimmerte in mattem Schwarz.

„Sie hat die Putzfrau hypnotisiert", flüsterte Lacher.

Das Schild an der Wohnungstür verriet nichts außer den
Namen der Bewohnerin. Falk drückte den Finger auf die
Klingel.

Eine große, kräftige Frau mit einem breitflächigen, aber
hübschen Gesicht öffnete die Tür.

„Bitte?"

Falk erkannte sie sofort an der Stimme.

„Guten Tag Dr. Benning. Ich bin Chefinspektor Falk, wir
haben telefoniert. Mein Kollege, Chefinspektor Lacher."

„Ehemaliger Chefinspektor", warf Lacher ein.

Sie musterte die Männer aus lebhaften, braunen Augen. Ihr
unverhohlenes Interesse erinnerte Falk verblüffend stark an
den Professor, wenn er mit seiner Pinzette die Fliegenlarven
an einem Tatort prüfte. Vielleicht lag eine
Seelenverwandtschaft vor.

„Freut mich", sagte sie in ihrem volltönenden Alt. „Kommen
Sie herein."

Ihre Lippen enthüllten Perlenreihen gleichmäßiger Zähne, als
sie erstmals lächelte. Mit der glänzend schwarzen Mähne, die
in sanften Wellen über ihre Schultern fiel und der üppigen
Figur im langen, violetten Kleid war sie ohne Zweifel eine
beeindruckende Frau. Falk fand sie ein wenig beängstigend.

Sie führte die Bullen in einen großen, hohen Raum mit weißen
Wänden, weißer Decke und einem sehr edlen
Kassettenparkett, das wohl zur Erstausstattung des Hauses

gehörte. Ein Store milderte das Tageslicht und machte es milchig. Vier großformatige, abstrakte Bilder schmückten die ansonsten leeren Wände, nur drei Möbelstücke standen im Raum: ein eckiges Fauteuil, zusammengefügt aus mächtigen, mit grobem Rindsleder überzogenen Quadern, ihm zugewandt ein zarter Designerstuhl aus Stahl und Leder, dazwischen ein Tischchen mit einem Mobile und schließlich ein einfacher Armsessel, möglichst weit entfernt von der ersten Gruppe.

Sie wies Lacher das Fauteuil zu und Falk den Armsessel, dann nahm sie selbst Platz. Sie verschwendete keine Zeit mit Small Talk.

„Was Sie mir vorgeschlagen haben, ist sehr ungewöhnlich. Ehe wir beginnen, darf ich es mit meinen eigenen Worten wiederholen."

Die Männer nickten.

„Ich soll herausfinden, ob Herr Lacher ohne sein Wissen einer hypnotischen oder suggestiven Einflussnahme ausgesetzt war oder noch ist. Das Ziel dieser Einflussnahme könnten Handlungen sein, die er vornimmt, ohne sich später daran zu erinnern. Das Ziel könnte auch nur im Vergessen von Wahrnehmungen bestehen. Dr. Norobosco hat die Vermutung geäußert, dass dabei Drogen eingesetzt worden sein könnten – Substanzen wie K.-o.-Tropfen."

„Wir wissen es nicht", beantwortete der Chefinspektor ihren fragenden Blick. „Wir würden es aber gerne wissen."

„Der Zeitraum der Prüfung soll bis in die Jugend des Patienten zurückreichen, das halte ich für kaum durchführbar. Gibt es kein jüngeres Ereignis, das Sie für verdächtig halten?"

Falk und Lacher wechselten einen kurzen Blick.

„Das gibt es", sagte Lacher rau. „Ich hatte vor einigen Monaten eine Auseinandersetzung mit meiner Frau. Eine tätliche Auseinandersetzung."

Er räusperte sich.

„Und anschließend ein komplettes Blackout. Ich habe damals viel getrunken, doch nicht an jenem Tag."

Die Ärztin betrachtete ihn lange und eindringlich.

„Solche Blackouts können auch Reaktionen auf Erlebnisse sein, die das Bewusstsein ausblendet, weil der Patient es als völlig unerträglich empfindet, sich damit auseinanderzusetzen."

„Das mag auf diese Auseinandersetzung zutreffen", mischte Falk sich ein, der fürchtete, sein unorthodoxer Versuch könnte schon vor dem Start scheitern. „Zumindest ein Fall in der Jugend meines Kollegen fällt nicht in diese Kategorie. Er hätte damals sogar stolz auf sein Verhalten sein dürfen."

„Und daran erinnern Sie sich auch nicht?"

Lacher schüttelte den Kopf. Dr. Benning richtete ihren intensiven Blick auf Falk.

„Normalerweise behandle ich meine Patienten nicht in Gegenwart anderer Personen."

„An unserem Fall ist nichts normal."

Wieder ließ sie ihre Perlenzähne aufblitzen.

„Das glaube ich Ihnen. Dann versuchen wir es eben. Ich muss nicht betonen, dass Sie sich während der Sitzung verhalten, als seien Sie Luft? Vollkommen geräuschlose Luft, was immer passiert."

„Vergessen Sie getrost, dass es mich gibt."

„Das wäre auch wieder schade", sagte sie mit ihrem spröden Charme und einem Anflug persönlichen Interesses, das er nicht deuten wollte. Dann vergaß sie ihn.

Ihre Stimme veränderte sich.

Es war nicht leicht zu fassen, was sich daran änderte. Sie blieb in der gleichen Tonlage, klar und verständlich, wurde auch nicht zu einer einschläfernden Litanei, und doch fehlte ihr etwas, das sie in der Unterhaltung noch ausgezeichnet hatte: die emotionalen Schwingungen und Glanzlichter. Sie sprach ruhig und völlig neutral.

„Beobachten Sie das Pendel. Dahinter steckt kein Trick. Es soll Ihnen nur helfen, sich zu entspannen. Lassen Sie Ihre Gedanken zur Ruhe kommen. Stellen Sie sich einen Gebirgsbach vor, der in einen See fließt."

Ausgerechnet Wasser! Falks innere Landschaften drängten so ungestüm nach vorne, dass er Mühe hatte, sie zu bändigen. Dr. Benning redete weiter. Der Chefinspektor wusste nicht, wie Lacher darauf reagierte, er selbst kämpfte gegen eine Trance, der er sich nur zu gern ausgeliefert hätte.

Dann begann sie, Fragen zu stellen. Einfache Fragen nach Daten und Ereignissen.

Erinnern Sie sich an Ihren Hochzeitstag? Wie war das Wetter? Was haben Sie gegessen? So sprang sie von einem Thema zum anderen. Falk kam es vor, als lote sie seinen Freund aus wie ein Seefahrer ein unbekanntes Gewässer. Meist gab er knappe, präzise Antworten. Manchmal folgte einer Frage ein Zögern oder ein ‚Ich weiß nicht'. Wenn sich solche Lücken häuften, änderte die Ärztin die Art ihrer Fragen. Der Chefinspektor interpretierte es so, dass sie die Untiefen kartographierte.

Nach einer Stunde beendete sie die Sitzung. Lacher wirkte benommen. Dr. Benning wandte sich an Falk. Sie klang angriffslustig.

„Nun, was meinen Sie?"

„Sehr beeindruckend. Als ob Sie ihn vermessen wollten."

Sie dachte kurz nach.

„Interessanter Vergleich. Ich brauche jedenfalls mehr Zeit."

„Wie viel?", fragte Lacher.

„Keine Ahnung. Können Sie morgen wiederkommen?"

Lacher zögerte.

„Sie sind auf etwas gestoßen, nicht wahr?"

„Ich brauche mehr Zeit", wiederholte die Ärztin. Gleichzeitig nickte sie knapp.

„Jetzt interessiert es mich selbst."

Er blickte zu Falk.

„Aber ich komme allein."

Der Chefinspektor und Dr. Benning sagten wie aus einem Mund: „Gut."

26

Am Freitagmorgen wartete ein sichtlich müder Inspektor Heidenwandtner auf Falk, um wieder einmal Bericht zu erstatten. Bislang hatte es sich immer nach ein- und demselben Muster abgespielt: Wenn Professor Erlmann überhaupt in seiner Turmvilla übernachtete, ging er früh zu Bett oder zog sich in einen Raum zurück, den man vom Hochstand aus nicht einsah.

„Etwas Neues?", fragte der Chefinspektor.

„Gestern am Abend war die Bude erstmals hell erleuchtet. Gegen 22 Uhr hielt ein schwarzer Mercedes 500 mit Klagenfurter Kennzeichen direkt vor dem Eingang. Drei Männer betraten das Haus. Eine Weile konnte ich nichts sehen. Gegen Viertel nach elf tauchten alle vier im Wohnzimmer auf und begannen zu spielen."

„Karten?"

„Habe ich zuerst nicht erkannt. Dann zog sich einer das Sakko aus und gleich darauf das Hemd. Sie würfelten um Pfänder!"

Heidenwandtners buschige Augenbrauen sträubten sich vor Empörung.

„Haben Sie so etwas nie gemacht?", fragte Falk belustigt. Der Inspektor schnaubte vor Unwillen.

„Ganz gewiss nicht mit drei Männern."

„Waren die in Erlmanns Alter?"

„Nein, jünger. Einer nicht viel, die beiden anderen um einiges."

„Wie ging es weiter?"

„Wie so etwas halt weitergeht."

„Und am Ende des Spiels?"

Der massige Bulle mit den kleinen, schwarzen Augen seufzte erleichtert.

„Sie zogen sich zurück. Nach etwa einer Stunde kehrten sie zurück und zogen sich wieder an."

„In der Zeit konnten Sie gar nichts beobachten?"

„Gar nichts", betonte Heidenwandtner, offenkundig sehr
zufrieden darüber.

„War der Westturm beleuchtet?"

„Nein."

„Haben Sie die komplette Nummer des Mercedes?"

„Ja, ich habe sie Lerchenfelder gegeben."

„Danke Inspektor. Gehen Sie schlafen."

Im Gegensatz zu Heidenwandtner bedauerte der
Chefinspektor sehr, nicht genau zu wissen, was nach dem
Spiel geschehen war. Ging es einfach um zwei alte Freunde,
die sich mit zwei Callboys vergnügten, oder steckte mehr
dahinter? Warum hatten sie das Zimmer verlassen? Große
Teile der Villa waren ihm nach wie vor völlig unbekannt. Die
Frau, die bei Erlmann aufräumte, hatte ihm nicht helfen
können. Ihre Arbeit beschränkte sich auf die Wohnräume.

27

Falk hatte schlecht geschlafen. Jetzt stand er im Oval Office neben dem langen Besprechungstisch, Dr. Dr. Köhler lümmelte hinter dem alten Stehpult und musterte die Anwesenden mit der Empathie eines Pharmaforschers für seine Labormäuse. Falks Team, erweitert um einige auswärtige Beamte, war vollzählig versammelt, Lacher saß mit am Tisch, als letzter kam Oberst Prettner, der sich das Ereignis nicht entgehen lassen wollte. Der Professor hatte Falks Einladung indirekt, aber eindeutig abgelehnt. Er sagte: „Nur wenn der Kretin damit einverstanden ist, dass ich ihn coram publico seziere."

Der Chefinspektor war davon ausgegangen, dass der Kretin dieser Bedingung nicht zustimmen würde. Es brachte auch nichts, wenn sich die beiden Genies gegenseitig auffraßen, anstatt im Dienst der Sache genial zu sein.

Er reduzierte die Eröffnung des Meetings auf ein knappes: „Bitte, Dr. Köhler."

Der Deutsche fletschte kurz die Zähne und deutete eine Verbeugung an.

„Keine Sorge, Herrschaften, ich mache Ihnen den Job nicht streitig. Wenn das der Fall wäre, würden Sie es daran erkennen, dass Sie auf der Straße säßen, schneller als einer von Ihnen ,Hoppla' sagen kann."

Er lachte kurz und herzlich und als einziger. Nicht einmal der Oberst, der sein Das-ist-der-beste-Witz-aller-Zeiten-Lachen an- und abdrehen konnte wie zu Hause den Rasensprenger, machte sich die Mühe.

„Meine Aufgabe ist es nicht, den Täter zu suchen, sondern seine Persönlichkeit so genau zu skizzieren, dass Sie in der Lage sind, ihn zu finden."

Inspektor Quendler unterbrach ihn.

„Wir suchen nicht einen Täter, sondern mehrere."

Der Profiler machte eine Handbewegung, als wolle er eine Schmeißfliege von seinem Pult scheuchen.

„Wenn Sie mich ausreden ließen, Quäler, und sich bemühten, meiner Analyse zu folgen, wären ohne Zweifel alle Ihre Fragen beantwortet."

„Quendler!", zischte der Inspektor. „Ich heiße Quendler!"

„Ja, ja. Ich sage der Täter, weil es in kleinen Gruppen immer eine Person ist, die den Stil der Gruppe entscheidend bestimmt. Nennen wir ihn Haupttäter, auch wenn bei der konkreten Ausführung vielleicht andere Personen im Vordergrund stehen. Wenn wir den Haupttäter fassen, zappeln alle Nebenfiguren mit an der Leine."

Er tippte auf sein MacBook.

„Ich habe Ihre Berichte anhand der fotografischen Dokumentation und der Arbeit Ihrer Spurensicherung … verifiziert. Anschließend mit weiteren Informationen verknüpft, die mir zugänglich sind und das gesamte Material umfassend analysiert. Die Auffälligkeiten sind bekannt. Ich fasse sie kurz zusammen. Auf der Opferseite: Alle weisen ein besonderes körperliches Merkmal auf – und stammen im Übrigen aus völlig unterschiedlichen Milieus und Lebenssituationen.

Auf der Täterseite: Die Täter sind außergewöhnlich gut organisiert. Sie verfolgen eine Ideologie, und dies mit größter Konsequenz. Einer Konsequenz, die sich in der Methodik ihrer Morde widerspiegelt."

Falk betrachtete das Publikum und wunderte sich, wie souverän der Profiler die harten und störrischen Blicke ignorierte, die sich unverwandt auf ihn richteten. Breit lächelnd wandte er sich an seine Zuhörer.

„Nun wollen Sie wissen, wie die Typen aussehen, wie alt sie sind, welchen Tätigkeiten sie nachgehen und so weiter. Ich verrate es Ihnen. Sie suchen nach einer Gruppe von nicht mehr jungen Männern, die gut situiert sind und über jeden Zweifel erhaben, wie man so sagt – bis irgendwann die Handschellen klicken. Mit einem Wort: Sie suchen nach Leuten, die niemand verdächtigt. Vielleicht sogar überdurchschnittlich gebildet, angesehen, gut integriert.

Leicht möglich, dass sie die eine oder andere höhere Position einnehmen. Ökonomisch, politisch, gesellschaftlich, wer weiß?"

Er zwinkerte bei diesen Worten dem Oberst zu, der sich dabei sichtlich unwohl fühlte. In diesem Moment empfand Falk erstmals einen Anflug von Sympathie für den Deutschen. Es folgte eine Pause. Quendler, der eine erstaunliche Hartnäckigkeit entwickelte, beendete sie.

In ziemlich aufsässigem Ton fragte er: „Und wie kommen Sie darauf, Dr. Köhler?"

Natürlich lief er ins offene Messer.

„Quäler, nicht wahr? Nun, ich könnte zweifellos versuchen, es Ihnen zu erklären. Aber glauben Sie mir: Sie wollen es nicht wissen. Niemand will wissen, was er nicht versteht. Warum? Es ist zutiefst frustrierend – und das mit Recht. Ist Ihre Frage damit beantwortet?"

Der Inspektor saß mit rotem Kopf und halb offenem Mund da. Falk erhob sich.

„Was meinen Sie mit: sie verfolgen eine Ideologie?"

Köhler lächelte ihm verschwörerisch zu.

„Es sind die gefährlichsten Menschen, die man sich vorstellen kann. Sie glauben an das, was sie tun."

„Was wollen sie uns mit ihren Inszenierungen mitteilen?"

„Das kann ich Ihnen noch nicht sagen. Aber wenn sie das Tempo beibehalten, werden wir bald mehr wissen."

„Der verkürzte Mittelfinger, das Blutmal, ein leichtes Hinken – wie erklären Sie sich die Häufung an sich unbedeutender Merkmale?"

„Sie sind ohne Zweifel von Bedeutung. Vielleicht eine krankhafte Abneigung gegen Behinderungen, vielleicht eine sexuelle Perversion – ich weiß es nicht."

„Eine Reinigung von Abweichungen?", riet Lerchenfelder. Der Profiler ignorierte sie.

„Es hat jedenfalls mit ihren Auswahlkriterien zu tun. Aber sieben Sie erst einmal Ihre Verdächtigen nach den Punkten, die ich Ihnen genannt habe."

Er klappte sein MacBook zu, grinste in die Runde und verließ das Oval Office. Für Sekunden schickte er ein Lächeln in Richtung von Inspektor Schilling. Sie zeigte keine Reaktion.

28

Es gibt Zusammenkünfte, denen man nur mit Mühe
entkommen kann und manchmal will man ihnen gar nicht
entkommen, weil sie eine erwünschte Ablenkung darstellen.
Klassentreffen zählen dazu. Mit stark schwankenden
Empfindungen hatte sich der Chefinspektor dazu
entschlossen, nach Jahren wieder einer Einladung zu folgen.
Nun suchte er einen Parkplatz.
Klagenfurt ist keine Großstadt. Wenn zwei Personen
regelmäßig in ihrem Zentrum unterwegs sind, ist die
Wahrscheinlichkeit groß, dass sie sich über kurz oder lang
begegnen. Die Umstände können mehr oder weniger günstig
sein.
Falk rollte auf der Suche nach einer Cinquecento-Parklücke
langsam über den Kardinalplatz, als ihm eine Frau auffiel, die
eben aus einem roten Golf stieg. Mit einem Schuh bereits auf
dem Asphalt, beugte sie sich nochmals über den Beifahrersitz
zum Fahrer und gab ihm einen Kuss. Den Fahrer kannte er
nicht, die Frau kannte er, weil er sie vor mehr als zwanzig
Jahren geheiratet hatte. Es war Monika.
Automatisch prägte er sich die Autonummer ein, während der
kleine Fiat weiterfuhr. Am meisten störte er sich an ihrer
provokanten Offenheit. Eine Frau kann hundert Gründe
haben, um sich von einem Mann im Auto mitnehmen zu
lassen. Sie kann aber nur einen Grund haben, ihn beim
Abschied sekundenlang auf den Mund zu küssen.
Die Lust auf das Klassentreffen war ihm vergangen.
Es war knapp vor neun. Nach Hause wollte er nicht, also
entschied er sich für einen Überraschungsbesuch bei Hanna.
Die erleuchteten Fenster ihrer Wohnung zeigten ihm, dass sie
zu Hause war. Der BMW mit dem deutschen Kennzeichen
direkt hinter ihrem Wagen gehörte Dr. Dr. Köhler, dem
Profiler. Vielleicht eine harmlose Einladung zum Essen, sie
kochte ja gerne. Falk saß noch unschlüssig in seinem Auto, als
die helle Beleuchtung hinter ihren Fenstern dem gelben

Schimmer von Kerzenlicht wich. Das gehörte eindeutig nicht zum Programm eines kollegialen Abendessens.

Er wendete und fuhr zum Ulmenhof, wo er bis zur Sperrstunde an der Theke stand, neben sich eine frustrierte Unternehmerin mittleren Alters, die teils ihm, teils ihrem Weinglas die unendliche Geschichte ihrer gescheiterten Beziehungen schilderte. Sie hätte ihn gerne mitgenommen in ihr neues, einsames Haus mit Sauna, Dampfbad und Kaltwasserbecken, doch er lehnte ab. Es gibt Tage, die keine Katastrophe auslassen. Er wollte nicht aus freien Stücken noch eine anhängen.

29___

Falk erwachte früher als gewöhnlich. Durch einen schmalen Spalt zwischen den Vorhängen leuchtete ein sehr heller, sommerlicher Himmel. Er schlich aus dem Schlafzimmer, um Monika nicht zu wecken, machte sich einen Kaffee, fand ein Stück Kuchen und trug beides auf die Terrasse. Sam schloss sich ihm an, gähnend und in Zeitlupe wedelnd. Mit einem Blick prüfte er den Teller, sah den Kuchen, stellte das Wedeln ein und rollte sich auf den bereits sonnenwarmen Dielen zusammen. Es würde ein heißer Tag werden, ein Bilderbuchsommertag. Vielleicht mit einem dieser heftigen Nachmittagsgewitter, die überfallsartig aufziehen und dazu führen, dass Hunderte Radfahrer vom Strandbad auf der Tarviser Straße nach Hause rasen, unberechenbar und gefährlich wie ein aufgescheuchter Wespenschwarm. Der Chefinspektor entschied sich dafür, zu Fuß ins Büro zu gehen und verschob die Morgenzigarette auf diesen Spaziergang. Als er in die Buchengasse einbog, sah er zwei uniformierte Beamte mit sehr schnellen Schritten die St. Ruprechter Straße überqueren. In seinem Büro öffnete er zuerst das Fenster. Später würde er es wegen der Hitze schließen, doch bis zur Mitte des Vormittags wollte er kein Hindernis zwischen sich und diesem strahlenden Tag dulden. Er stand noch am offenen Fenster, als sich sein Smartphone meldete. Quendler. Mit einem unhörbaren Seufzen nahm Falk das Gespräch an. Ein aufgeregter Quendler.

„Da steht ein Auto gegenüber vom Präsidium. Im Parkverbot."

Der Chefinspektor wartete geduldig auf mehr.

„Sind Sie noch dran?"

„Ich bin dran. Ein Auto im Parkverbot."

„Ja. Ein Kollege wollte ihm einen Strafzettel verpassen und hat die Frau auf dem Beifahrersitz entdeckt. Sie reagierte nicht, als er gegen die Scheibe klopfte. Die Haare verdecken ihr Gesicht und sie trägt eine riesige Sonnenbrille. Er öffnete

139

die Tür und sah den Draht um die Nackenstütze. Sie ist tot, Chefinspektor. Sind Sie noch dran?"

„Ich bin schon auf dem Weg", sagte Falk, der bereits die Treppe hinunterlief. Er eilte die paar Schritte durch die Gasse und musste nur noch über die Straße, um zur kleinen Gruppe zu stoßen, die den falsch geparkten Wagen umringte. Er warf einen Blick hinein. Hinter der Nackenstütze des Beifahrersitzes war ein Brett angebracht, an dem ein Draht verankert war. Er führte um den Hals der Frau herum zurück zu dem Brett und einer Spannvorrichtung. Der Mörder musste nur an der Flügelschraube drehen, um seinem Opfer Zentimeter für Zentimeter die Luft abzuschnüren. Die Frau hatte keine Chance gehabt. Ihr Oberkörper war mit einem Gurt fest an den Sitz gebunden.

„Spurensicherung? Arzt?"

„Ich wollte zuerst Sie …"

„Schon gut. Verständigen Sie alle."

Der Chefinspektor ahnte, was für ein Anblick sich hinter den langen blonden Haaren und der Brille verbergen würde und entschied, die Ankunft des Arztes abzuwarten. Vor allem interessierte ihn ihre Schulter.

„Direkt vor dem Präsidium", stammelte Quendler. Der Haupteingang war tatsächlich nur ein Dutzend Meter entfernt. Falk wandte sich an einen der Beamten.

„Wir haben doch eine Videoüberwachung?"

„Ja."

„Dann sehen Sie zu, ob Sie etwas finden."

Er behielt recht mit dem Anblick des Gesichts. Von vorne war der Draht gar nicht zu erkennen, so fest hatte der Mörder ihn angezogen. Sie befreiten den Leichnam von Schlinge und Gurt, auf dem rechten Schulterblatt leuchtete das Brandmal. **HIMII**.

Dabei fiel die Perücke zu Boden. Der Schädel war kahlgeschoren und vernarbt. Eine halbe Stunde später standen sie vor einem großen Monitor im Präsidium und betrachteten die Szene. Die Dämmerung hatte bereits eingesetzt. Der senfgelbe Fiesta rollte langsam von links ins Bild, blinkte und bog genau auf den Platz ein, der als Halteverbotszone gekennzeichnet war. Ein Mann stieg aus, groß und hager, mit abgewandtem Gesicht. Dann blickte er doch kurz in Richtung Kamera. Er trug einen dünnen Schal, den er bis über den Mund gezogen hatte und eine Schirmkappe. Mit langen Schritten entfernte er sich in die Richtung, aus der er eben gekommen war.

„Versucht, ein halbwegs brauchbares Foto rauszuholen. Wir leiten eine Großfahndung ein."

„Nicht nötig."

Inspektor Gehrer, alias Miami, hatte sich zu der Gruppe gesellt. Er war ziemlich klein, ziemlich hässlich, und ein hervorragender Rauschgiftbulle. Seinen Blick heftete er durch eine vorsintflutliche Hornbrille hindurch fest auf den Monitor.

„Erkennst du ihn?", fragte Falk.

„Klaro", sagte Miami. Es klang nach langen Koteletten und weißen Socken in hölzernen Clogs. „Das ist Zsa Zsa. Kleiner Dealer, der selbst alles schluckt, was seine letzten paar Hirnzellen ins Swingen bringt."

„Heißt er mit Nachnamen Gabor?", erkundigte sich der Chefinspektor. Miamis knochige Hand landete hart auf seinem Rücken.

„Yep, Mann. Du bist richtig schlau. Was machst du bei den Bullen?"

„Weißt du, wo wir ihn finden?"

„Klaro."

Lerchenfelder stöhnte leise.

„Dann los", entschied Falk.

Miami lenkte seinen Dienstwagen, einen zivilen Ford aus den Achtzigern, zu einem desolaten Altbau in der Nähe des Frachtenbahnhofs. Absperrbänder warnten davor, ihm zu nahe zu kommen.

„Sieht aus, als ob die Bude jeden Moment einstürzen wollte", sagte der Chefinspektor.

Miami zuckte die Achseln.

„So sieht sie seit Jahren aus. Zsa Zsa mag sie trotzdem. Man bekommt wenig Besuch."

Sie näherten sich dem Eingang, vor dem ein breites Brett lehnte, das weder Wind, Wetter noch Eindringlinge abhalten konnte.

„Normalerweise ist er ein netter Junge", flüsterte Miami, der seine Waffe gezogen hatte. „Aber falls das mit dem Auto ein bezahlter Job war, hat er harte Sachen gekauft. Dann rastet er leicht aus."

Falk nahm ebenfalls seine Pistole in die Hand. Innen sah das Haus besser aus. Nicht gut, aber besser. So als ob sich jemand die Mühe gemacht hätte, einen Weg durch den Schutt und den Abfall freizuhalten. Die eingestürzte Treppe schränkte ihre Suche auf das Erdgeschoss ein. Es roch nach allem Möglichen und nichts davon war erfreulich. Dann schnupperte Falk das Aroma von Tabak.

„Zigaretten", flüsterte er.

Der Geruch verstärkte sich, der freigeräumte Pfad führte sie zu einer intakten, geschlossenen Tür. Sie postierten sich rechts und links davon.

„He, Zsa Zsa!", rief der kleine Inspektor. „Ich bin's, Miami. Kann ich reinkommen?"

Geräusche drangen aus dem Raum, als ob jemand darin herum stolperte.

„Zsa Zsa! Ich komm jetzt rein, okay?"

Er wollte die Tür öffnen. Ein weiteres Geräusch drang auf den Gang. Falk erkannte es und stieß Miami weg. Im nächsten Moment krachte ein Schuss und in dem filigranen Türblatt klaffte ein Loch, groß genug für einen Fußball. Falk spähte hindurch und sah eine schwankende Gestalt, die mit dem Nachladen einer Pumpgun nicht zurechtkam.

„Rein!", rief er.

Die Tür stellte kein Hindernis dar. Der Chefinspektor riss dem Mann die Flinte aus der Hand. Der schien die Bullen kaum zu registrieren. Seine Pupillen glichen großen, schwarzen

Löchern, die geradewegs in etwas Unbekanntes führten, aus dem es keine Wiederkehr gab.

„Zsa Zsa!", brüllte Miami und schlug dem Mann mit der flachen Hand ins Gesicht. Zsa Zsa wiegte sich wie ein Baum im Wind. Er wollte etwas sagen, aber das funktionierte nicht mehr. Mit einem Mal sackte er zusammen und lag still. Miami suchte seine Schlagader.

„Scheiße!"

Er drehte den Reglosen auf den Rücken und begann mit der Wiederbelebung, Falk alarmierte die Rettung. Als der Notarzt eintraf, übernahm er und versuchte es weiter.

„Wann genau ist er umgekippt?"

„Vor 15 Minuten."

Es war ein junger Arzt. Er hängte noch zehn Minuten an.

Miami sammelte unterdessen allerlei Pillen ein.

„Muss ein höllisches Zeug sein", murmelte er.

Falk durchsuchte die Habseligkeiten des Junkies. In einer altmodischen Zuckerdose mit rosa Blümchen steckten fünf Hunderter. Er zeigte sie dem Inspektor.

„Wo trieb er sich gewöhnlich herum?", fragte er. „Vielleicht hat einer seiner Kumpels beobachtet, wer ihn anheuerte."

„Ich kümmere mich darum."

„Exitus", bemerkte der junge Arzt lakonisch.

„Soll ich mitkommen?", fragte der Chefinspektor.

Miami rümpfte die Nase.

„Versteh mich nicht falsch, Falk. Du bist ja cool, aber …"

„Aber nicht auf die richtige Art für deine Klientel. Alles klar."

„Er ist tot!", reklamierte der junge Arzt. „Gestorben an einer Überdosis, vermute ich."

Miami beachtete ihn nicht.

„Ich erledige das schon. Bin gespannt, woher er das Zeug hatte. Zsa Zsa war kein Grünschnabel, der sich versehentlich selbst wegdrehte."

„Haben Sie denn überhaupt keine Pietät?", empörte sich der Mediziner. „Der Mann ist tot."

Nun grinste Miami ihn endlich an.

„Sehen Sie das Loch in der Tür? Ich wollte diesem Typ, den ich seit Jahren kenne, nur eine Frage stellen. Wenn mich mein Kollege nicht weggestoßen hätte, lägen jetzt zwei Leichen hier. Ach ja: Danke Falk."

Der Chefinspektor hob die Hand, nickte dem Arzt und den Sanitätern zu und verließ das Gebäude.

Im LKA herrschte Hochbetrieb. Am späten Nachmittag setzte Falk eine Besprechung an.

Die Tote im Auto konnte rasch identifiziert werden. Carina Poltzer, abgängig seit 14.05.2006. Sie stand auf der Liste.

Lacher heftete das Foto einer attraktiven Blondine mit einer verwegenen Kurzfrisur auf die Pinnwand im Oval Office.

„Carina Poltzer ist Jahrgang 1974, zum Zeitpunkt ihres Verschwindens war sie 32, Familienstand verwitwet. Sie ging keiner Erwerbsarbeit nach. Ihr Mann war zwei Jahre zuvor verstorben. Er hatte mit Freunden eine Bergwanderung gemacht. Die Gruppe wurde von einem Stier attackiert. Poltzer kletterte auf einen Felsen. Der kippte um, er kam darunter zu liegen. Es bestand eine üppige Lebensversicherung zu ihren Gunsten. Am 14. Mai unterhielt sie sich mit einer Nachbarin auf dem Parkplatz eines Supermarkts. Danach verlor sich ihre Spur. Ihr Auto wurde hinter der CineCity gefunden. Sie galt als kontaktfreudig, deshalb nahm man an, dass sie im Kino jemanden getroffen habe, mit dem sie mitgefahren war. Es ließ sich allerdings nicht nachweisen, dass sie das Kino überhaupt betreten hatte."

Lacher setzte sich, Inspektor Lerchenfelder blickte finster auf ihren Notizblock.

„Dr. Neuner hat ein paar Informationen durchgegeben, inoffiziell und unter Vorbehalt. Auch dieses Opfer weist schwere Folterspuren auf, sie wurde offenbar über die Jahre hinweg immer wieder gequält. Todesursache ist Ersticken. Todeszeitpunkt: Gestern Nachmittag zwischen 16 und 18 Uhr."

Sie hob den Kopf.

„Mich kotzt das an."

„Klaro", murmelte Miami. Er wandte sich direkt an den Chefinspektor.

„Tut mir leid, Bruder. Von meinen Freunden hat keiner eine Ahnung, wer Zsa Zsa den Autojob gegeben hat."

„Keine Ahnung oder keine Lust zu reden?"

„Ich schätze, keine Ahnung. Denen gefällt gar nicht, was mit Zsa Zsa passiert ist. Sie meinen, das kann nicht mit rechten Dingen zugegangen sein, er war ja kein heuriger Hase. Und ich glaube, sie liegen nicht falsch. Hier ist ein erster Test."

Falk nahm den Zettel und sah den Rauschgiftbullen fragend an.

„Das Zeug, das er schluckte, war hoch rein. Auf der Straße kriegst du das nicht. Zsa Zsa hat eine Überdosis geschluckt, ohne es zu wissen."

„Woher hatte er den Stoff?"

„Wie gesagt, auf dem freien Markt bekommst du ihn nicht. Ich sehe deshalb nur eine Möglichkeit."

„Als Teil der Bezahlung für die Fuhre?"

„Ja, aber ohne Beipackzettel."

„Wenn das so ist, wie kamen die Täter daran?"

„Weiß ich auch nicht", sagte Miami ziemlich ratlos.

„Woher stammt der Fiesta?"

Quendler straffte seine Schultern.

„Vom Bahnhofsparkplatz in St. Veit. Er gehört einem Wochenpendler, der gerade im Zug aus Wien saß, als wir ihn erreichten. Ist aus allen Wolken gefallen, als er hörte, dass sein Auto bei der Kripo steht. Er hat es letzten Sonntag um dreiviertel acht abgestellt. Dachte nie, dass jemand die alte Mühle knacken würde."

„Der Dieb hatte also vier Tage Zeit. Die St. Veiter Kollegen sollen sich am Bahnhof umhören."

Der Oberst bestellte Falk, Prüller und Quendler zu sich, die anderen Inspektoren waren unterwegs. Die Presse hatte sich umfassend darüber ausgelassen, was es wohl zu bedeuten habe, dass die vierte Leiche ausgerechnet vor dem Präsidium abgesetzt worden war. Ihre Erklärungsversuche fielen nicht schmeichelhaft aus. Prettner fand das gar nicht lustig.

„Die Gangster stehlen ein Auto, schnallen ihre Gefangene darin fest, die sie vermutlich sechs Jahre zuvor gekidnappt hatten und erdrosseln sie. Dann engagieren sie einen Junkie, der so scharf auf Geld und Stoff ist, dass er mit der Leiche an Bord vermutlich sogar in unseren Innenhof gefahren wäre, wenn es die Absperrung nicht gäbe. Der Junkie kann nicht aussagen, weil er umgehend an einer Überdosis stirbt. Wollen die uns für dumm verkaufen?"

Niemand antwortete.

„Haben wir irgendetwas in der Hand?"

„Wir wissen nicht, was sie mit ihren Inszenierungen erreichen wollen", sagte Falk. „Carina Poltzer ist bereits das vierte Opfer, von dessen Opferexistenz wir bis zum Leichenfund gar nichts geahnt haben."

Prettner musterte ihn mit grimmiger, angriffslustiger Miene.

„Wo ist der Deutsche?", rief er mit einem Mal. „Der ist doch dafür da, diese Fragen zu beantworten."

„Er verbringt das Wochenende bei seiner Familie in Bayern."

„Bayern", schnaubte der Oberst. „Das bringt uns jetzt nicht weiter."

Prüller räusperte sich.

„Vielleicht gibt es ja noch jemanden, der ganz gut versteht, was mit diesem Theater ausgedrückt werden soll."

„Sprechen Sie nicht in Rätseln, Inspektor."

„Unser ehemaliger Kollege und jetziger Berater Lacher war an all diesen Fällen so nah dran wie niemand sonst und hat sogar persönlich die erste Leiche der Serie aufgefunden. Darüber sollte man vielleicht einmal nachdenken."

Prettner horchte auf.

„Verdächtigen Sie ihn?"

Offenkundig fand er auch solche Gedankenspiele nicht lustig.

Prüller ruderte zurück.

„Nicht verdächtigen. Es ist nur ein Aspekt, den wir ..."

Er verstummte unter dem Blick des Obersts.

„Wir haben wirklich genügend Probleme, Inspektor. Lösen Sie zuerst ein paar, ehe Sie mir mit neuen kommen."

Der Leiter des LKA betrachtete die drei Männer mit einem Überdruss, der – wie Falk wusste – auf seinen beinahe körperlichen Widerwillen gegen Schwierigkeiten und schlechte Presse zurückzuführen war.

„Das gilt für Sie alle, meine Herren. Lösen Sie Probleme, machen Sie mir keine. Auf Wiedersehen!"

Es war Samstagmittag. Der Chefinspektor beschloss, zunächst das Problem seines knurrenden Magens zu lösen. Monika kochte nicht oft, aber gut.

31

Nach dem Essen besuchte Falk seinen Schwiegervater. Der liebe Zeitungen und zwar ausschließlich wegen der Kreuzworträtsel darin. Eigene Rätselhefte verabscheute er. Also hielt er sich drei Tageszeitungen, die in der Folge mit ausgefüllten Rätseln, doch ungelesen, zu Monika wanderten. Mit einem Tag Verspätung, was niemanden störte. Beim Lösen der Rätsel wurde der Schwiegervater ungern gestört, doch der Chefinspektor mochte sein Anliegen nicht aufschieben.

„Ich muss dich um einen Gefallen bitten."

Sein Gegenüber rätselte weiter und brummte: „Ich spiele nicht aus Mitleid mit dir Schach. Ganz so schlecht bist du nicht."

„Danke. Aber es dreht sich um Lacher. Ich will, dass er eine Weile hier wohnt."

Nun blickte Monikas Vater doch auf.

„Braucht er einen Beschützer oder einen Wächter?"

Falk zuckte die Achseln.

„Ich bin mir nicht sicher. Vielleicht beides."

„Gut, wann kommt er?"

„Er weiß noch gar nichts davon. Möglichst bald."

Spontan holte der Chefinspektor sein Smartphone hervor und wählte Lacher an.

„Kannst du zu uns kommen? Genau genommen in die Blockhütte?"

„Jetzt gleich?"

„Wäre am besten."

Was immer man dem Skilehrertypen, Ex-Bullen und Neoberater vorwerfen mochte, er neigte nicht dazu, unkomplizierte Dinge zu komplizieren.

„Ich fahre sofort los. Muss dir ohnehin etwas erzählen."

Der Schwiegervater legte schweren Herzens seine Zeitung zur Seite und bot Falk ein Bier und das Schachbrett an. Der Chefinspektor lag bereits mit zwei Figuren zurück, als Lacher eintraf. Eine günstige Gelegenheit, die Partie zu unterbrechen.

Er erläuterte dem Freund seinen Plan mit der vorübergehenden Einquartierung.

„Und wozu das Ganze?"

„Du bist in einer ziemlich exponierten Situation und sobald du das LKA verlässt, fast ständig allein. Niemand kann bestätigen, dass du nicht irgendwo durch die Nacht gezogen bist, obwohl du nur einen fröhlichen Abend vor dem Fernseher verbracht hast."

„Fröhlicher Abend vor dem Fernseher. Wirklich witzig." Lacher wandte sich an den Schwiegervater.

„Was meinst du?"

„Ich meine, der Bulle hat recht. Und ich habe gegen Gesellschaft nichts einzuwenden."

„Okay. Danke für die Gastfreundschaft. Soll ich meine Sachen gleich holen?"

„Du wolltest mir etwas erzählen", erinnerte Falk.

„Ja. Ich war jetzt viermal bei Dr. Benning."

„Ist etwas herausgekommen?"

„Eine Erinnerung, die ich nicht mehr hatte. Aber ich fange damit nichts an. Dr. Benning auch nicht."

„Vielleicht fangen wir etwas damit an."

„Das wäre schön, ich fühle mich langsam nicht mehr wohl in meiner Haut. Nachdem ich die Leiche der Koller gefunden und dich angerufen hatte, musste ich warten. Da habe ich ein Geräusch gehört. Es klang, als ob jemand in nächster Nähe Walnüsse knackte. Aber da war niemand. Es hat mich fast verrückt gemacht – und ich weiß nicht warum."

„Hattest du Angst?"

„Schlimmer. Ich wusste, was ich hörte und zugleich, dass es unmöglich war. Es kam von außen und von innen."

„Als wir eintrafen, hast du es mit keinem Wort erwähnt."

„Es war weg, gelöscht. Die Benning hat es wiederhergestellt. Und sie glaubt mir."

Falk konnte den unausgesprochenen Vorwurf nicht überhören. Noch schwerer wog: Er konnte ihn nicht entkräften. Andererseits war es seine eigene Idee gewesen.

„Ich versuche es ja."

Lacher widmete sich seinem Bier.

„Gab es eine Richtung, aus der das Geräusch kam?", fragte Falk.

„Das hat mich Dr. Benning auch gefragt. Ja. Aus dem Teil des Waldes, durch den ich gekommen war. Wohin die Koller blickte. Oder geblickt hätte."

Falk parkte den Cinquecento am Ende des geschotterten Güterwegs. Von hier an wurde es steil, holprig und felsig. Er hatte eine Karte studiert und sich außerdem von Mörtl ein kleines Navi mit den genauen Koordinaten geborgt. Mörtl fragte nicht, warum er gerade diesen Punkt aufsuchen wollte und der Chefinspektor erzählte es ihm nicht. Er hatte es niemandem erzählt. Nun machte er sich zu Fuß an den Aufstieg. Es war heiß und schwül. Er hoffte, dass ihm niemand begegnen würde, denn ein Mann, der bei einem Waldspaziergang eine ausziehbare Leiter mit sich schleppt, wird schnell mit der Klapsmühle in Verbindung gebracht. Falk fühlte den Schweiß auf seinem Rücken. Er war steile Waldwege nicht mehr gewöhnt. Die Ausziehleiter wurde mit jeder Minute schwerer. Er biss die Zähne zusammen und stapfte weiter, attackiert von Fliegen und Bremsen, die mit dem Fortgang des Sommers immer lästiger wurden. Endlich erreichte er die Lichtung vor der entasteten Fichte.
Die Lichtung bildete die Grenze zwischen einem hochgewachsenen Nadelwald, an dessen Saum einige kleinere Bäume aufgegangen waren – wie der zum symbolischen Marterpfahl missbrauchte –, und einem lichten Mischwald mit Buchen, Birken, Föhren und Eichen. Falk konzentrierte sich auf diesen Teil und untersuchte vor allem die Bäume mit kräftigen Ästen. Er wusste ziemlich genau, wonach er suchte. Wenn die an die Oberfläche aufgestiegene Erinnerung seines Kollegen kein Fantasiegebilde war, dann musste es irgendwo eine Geräuschquelle gegeben haben. Bestimmt kein Mensch, der hochgeklettert war und zum Spaß Nüsse geknackt hatte. Das ist ziemlich riskant, wenn man damit rechnen muss, dass gleich eine Wagenladung Bullen anrückt, um einen Tatort zu sichern. Aber mit den Hilfsmitteln der Technik boten sich auch andere Möglichkeiten. Ein Recorder, Player, Funk – ausreichend hoch angebracht und vom Boden aus nicht zu entdecken. Die Spurensicherung dreht jedes Blatt um, aber sie

klettert nicht ohne Grund in den Kronen herum, um nachzusehen, was auf den Ästen liegt. Wem so etwas einfällt, der lässt allerdings kein Gerät als Beweisstück zurück. Doch als Perfektionist muss er es sichern, damit ihm nicht ein kräftiger Windstoß oder ein neugieriger Marder einen Strich durch die Rechnung macht. Und um Perfektionisten handelte es sich ohne Zweifel. Auch wenn das Gerät mittlerweile längst wieder entfernt worden war, galt das nicht unbedingt für die Spuren seiner Befestigung.

Falk richtete seine Aufmerksamkeit auf eine mächtige Buche. Er untersuchte den Stamm und fand tatsächlich eine keilförmige Kerbe in der Rinde. Etwa drei Zentimeter hoch, oben einen Zentimeter breit, nach unten spitz zulaufend. Er entdeckte weitere Kerben in regelmäßigen Abständen. Baumsteigeisen?

Er fotografierte. Nun kam die Leiter zum Einsatz. Der Chefinspektor lehnte sie dort an, wo die Spur hinführte. Während er sich vorsichtig nach oben tastete, war er sich darüber im Klaren, dass er soeben der Spurensicherung grob ins Handwerk pfuschte. Doch er empfand keinerlei Verlangen, jemandem Lachers neue Erinnerungen über die Umstände des Leichenfunds zu erklären. Nicht angesichts von vier Mordopfern und der Existenz eines geheimen Nests irrer Folterknechte und Killer, die anscheinend seit Jahren ihrem Hobby nachgingen, ohne dass die Polizei etwas davon merkte. Das kommt nicht gut.

Die Löcher an der Oberseite des Astes waren winzig. Viel zu klein, als dass sie aufgefallen wären, wenn man nicht genau nach kleinen Löchern suchte. Falk entdeckte sie trotzdem nur, weil die Rinde sehr glatt war und sie exakt die Eckpunkte eines Rechtecks bildeten. Welches Tier auch immer Löcher in Buchenrinden bohren mag, es hält sich weder an exakte Abstände noch an 90-Grad-Winkel. Er schnitt mit seinem Taschenmesser schmale Papierkeile von einer Visitenkarte, steckte sie in die Löcher und fotografierte erneut.

Dann packte er seine Ausrüstung zusammen und kehrte zum Cinquecento zurück. Es war immer noch heiß, die Insekten lästig, die Leiter schwer, doch er fühlte sich beinahe beschwingt. Und es ging abwärts. Auf der Rückfahrt kehrte er im ersten Gasthaus ein, aß ein riesiges belegtes Brot und trank eiskalten Most dazu. Wenn man sehr weit geschwommen ist, tut es gut, wieder ein bisschen Boden unter den Füßen zu fühlen. Auch wenn man sich dafür sehr lang machen muss.

Sam merkte genau, dass im Rudel etwas nicht stimmte. Lustlos trabte er durch Garten und Haus. Allein das morgendliche Butterbrot weckte seine Lebensgeister. Sein Herrchen fühlte sich nicht besser. Im LKA häuften sich die Besprechungen und Konferenzen, Falk wurde, ohne es zu wollen, in die Rolle eines Koordinators und Managers gedrängt. Die Zahl seiner Untergebenen schwoll an, ebenso die Zurufe von außen. In der Sache brachte ihn beides nicht weiter.

An diesem Nachmittag schloss er genervt seine Bürotür ab und wählte die Nummer von Dr. Benning.

„Falk hier. Störe ich Sie?"

„Mein nächster Termin ist in 20 Minuten."

„Ich habe eine Frage. Wenn mein Kollege eine Lücke in seiner Schulerinnerung hat, heißt das, der Verantwortliche dafür muss in seiner damaligen Umgebung gesucht werden?" Sie dachte nach.

„Das würde Ihnen helfen, nicht wahr? Aber ich fürchte, so einfach ist es nicht. Suggeriere ich heute jemandem, dass er ein bestimmtes Erlebnis nie gehabt hat, dann könnte er – sofern ich erfolgreich bin – nicht behaupten, er habe es gestern noch gewusst. Oder vor zehn Jahren. Es reicht aus, dass der Hypnotiseur von dem Erlebnis weiß. Wann die Beeinflussung erfolgt, ist Nebensache."

„Das habe ich befürchtet. Trotzdem vielen Dank."

„Gern geschehen."

Und schon rüttelte wieder jemand an der Klinke, weil es etwas Dringendes zu entscheiden gab.

XPD stand auf einer Leuchttafel neben der Parkplatzeinfahrt und auf einer weiteren, sehr großen, die sich langsam auf dem Flachdach des Gebäudes drehte. Und dann, wie Falk erfahren sollte, noch ca. 1.000 Mal auf diversen Türen, Fahnen, Wänden und Böden. Auf den Böden sehr kunstvoll goldfarben eingefliest in dunklen Marmor. Man musste schon ein hartnäckiger Analphabet sein, um sich dem allgegenwärtigen Kürzel im Firmengebäude in der Nähe Ebenthals zu entziehen. Quer über die Fassade zog sich auch die ausgeschriebene Version: Xaver Povazian Development. Die Glastür öffnete sich automatisch, Falk passierte sie und blickte suchend um sich. Zu seiner Linken öffnete sich hinter Glas ein kleines Büro mit zwei Schreibtischen, hinter denen zwei Sekretärinnen saßen, zu seiner Rechten, ebenfalls hinter Glas, ein zweites. An der Tür stand – unter dem XPD – nicht Portier, sondern Chef. Der Raum war leer. Die Sekretärinnen ignorierten ihn. Entweder hatten sie sein Eintreten nicht bemerkt oder sie fühlten sich für Besucher nicht zuständig. Der Chefinspektor wartete einen Moment und ging dann geradeaus weiter zu einer ebenfalls selbstöffnenden Tür, diesmal nicht aus Glas. Er gelangte in eine Produktionshalle, in der etwa zwanzig Leute arbeiteten. Hier überwogen die Männer, obwohl auch ein halbes Dutzend Frauen hinter großen Bildschirmen hockten oder Maschinen bedienten. Alle trugen hellblaue Overalls. Die Arbeitszonen waren durch halbhohe Trennwände eher symbolisch voneinander abgegrenzt. Jede davon, ob für eine, zwei oder drei Personen, war mit einer Tafel am Ende einer dünnen Säule gekennzeichnet, die an einen Busbahnhof erinnerte. Die vierstelligen Buchstaben-Ziffern-Kombinationen auf den Tafeln ergaben für Falk keinerlei Sinn. Es handelte sich wohl um geheimnisvolle Projektcodes. Ganz hinten beugte sich ein Mann mit einem eher lächerlichen Hütchen auf dem Kopf über einen Tisch und diskutierte mit einem zweiten.

Auch hier erregte er keinerlei Aufmerksamkeit. Er schlenderte den Hauptgang hinab, bis er hinter dem Hütchenmann stand. Der beendete sein Gespräch, drehte sich um und lächelte ihn an. Über seinem Lächeln lag gleich einer Patina ein immerwährender leichter Spott, wie er sich aus einem permanenten Gefühl der Überlegenheit ergeben mochte.

„Dr. Povazian?"

„Povazian genügt. Ich führe meine Titel nicht."

Es schwang mit, dass es sich um viele handeln musste. Tatsächlich war Lachers Schulkamerad wie ein Wirbelwind durch eine Reihe naturwissenschaftlicher und technischer Studien gefegt. Er nahm mit, was ihn interessierte, Abschlüsse hatten sich eher zufällig ergeben. Nun leitete er mit dem angesammelten Wissen seine Firma, die Prototypen für andere Unternehmen entwickelte.

„Hat mein alter Freund, Ihr Kollege Lacher, große Schwierigkeiten?"

„Ich habe mich noch gar nicht vorgestellt", sagte Falk leicht erstaunt.

„Ihr Gesicht ist nicht unbekannt. Außerdem waren Sie bei Weyer, da lag es nahe, dass ich ebenfalls auf Ihrer Liste stehe. Und wenn Weyers Auskünfte nicht gereicht haben, muss Tonis Problem schon etwas gröber sein."

„Können wir das unter vier Augen besprechen?"

„Natürlich, kommen Sie."

Falk hatte angenommen, Povazian würde ihn in sein Büro neben dem Haupteingang führen, aber er geleitete ihn zu einem großen Aufzug, mit dem sie das Obergeschoss erreichten. Dort gelangten sie in eine weitere Halle, ähnlich der unteren, aber ausschließlich durch Glaswände geteilt. Im hinteren Bereich arbeitete etwa ein Dutzend Leute, der vordere Teil war menschenleer, obwohl eine Vielzahl von Werktischen, Maschinen, Messanlagen und natürlich Bildschirmen den Raum eng machten. Etliche Wandmeter nahm ein hohes Regal mit Glastüren ein, hinter denen eine ganze Armee penibel geordneter Glasbehälter lagerte. Ein

Traum für jeden Chemielaboranten. Daneben stand ein fast drei Meter hohes Gerät, zusammengefügt aus grauen Metallsäulen verschiedenen Durchmessers. Falk betrachtete es und rätselte über seine Funktion.

„Ein REM, Chefinspektor, ein Rasterelektronenmikroskop."

„Kostet das nicht ein Vermögen?"

„Ja."

Povazian breitete seine Arme aus.

„Das ist mein Reich. Hier können wir ungestört reden."

„Beeindruckend", meinte Falk. „Mit wie vielen Dingen beschäftigen Sie sich gleichzeitig?"

„Nicht gleichzeitig, parallel. Momentan sind es 17 Projekte."

„Sie haben von Lachers … Erinnerungsschwäche gehört?"

Der Chef von XPD veränderte ein paar Einstellungen an einem Gerät, das aussah wie eine Kreuzung aus Brutkasten und Mikrowelle. Ein bläuliches Licht mischte sich ins Gelb hinter einem Sichtfenster. Beiläufig bemerkte er: „Haben Sie berücksichtigt, dass Toni eine gewisse Neigung zu berauschenden Substanzen aufweist?"

„War das bereits in der Schule so?"

Povazians Hütchen musste festgeklebt sein. Selbst wenn sein Träger sich vorbeugte wie jetzt, um einen Blick durch die Scheibe zu werfen, verrutschte es um keinen Millimeter.

„Jugendliche haben einen Hang zu Experimenten, das war bei uns nicht anders."

„Womit haben Sie experimentiert?"

„Wir extrahierten halluzinogene Stoffe aus Pflanzen und Pilzen. Sie glauben nicht, was bei uns so alles wächst."

„Und mein Kollege machte das Versuchskaninchen? In einem Stiftsinternat?"

„Er war nicht der einzige. Außerdem sind 15-jährige Burschen überall 15. Auch im Internat."

„Sie meinen, seine Lücken seien darauf zurückzuführen?"

Der andere schüttelte den Kopf.

„Als Wissenschaftler meine ich nichts. Ich biete eine mögliche Erklärung an."

„An der Produktion waren Sie beteiligt?"

„Aber klar. Ich habe am meisten davon verstanden, obwohl auch andere gut waren. Wir hatten einen durchaus fähigen Biolehrer. Und Technik ist ohnehin seit jeher meine große Leidenschaft."

„Haben Sie als Wissenschaftler noch eine andere Erklärung?"

„Offen gestanden, nein. Vielleicht sollten Sie einen Arzt fragen. Meine humanmedizinischen Kenntnisse halten sich in Grenzen."

Der Chefinspektor deutete auf das Kästchen mit dem färbigen Licht.

„Verraten Sie mir, was das darstellt?"

„Ich züchte Zellen mit bestimmten Eigenschaften."

„Zellen? Wofür?"

Povazian erneuerte sein spöttisches Lächeln.

„Alles verrate ich Ihnen nun wieder nicht."

Falk winkte ab.

„Betriebsgeheimnis, natürlich. Man kommt allerdings ganz ohne Umstände in Ihre Firma hinein."

„Aber nicht in unsere Rechner. Die sind unangreifbar, weil ohne Außenverbindung. Das zählt. Und nachts ist auch das Gebäude gesichert."

„Sie verwenden kein Internet?"

„Doch. Aber strikt getrennt von den Servern mit unseren Arbeitsdaten."

Der Chefinspektor notierte sich REM, halluzinogene Substanzen, Pilze, begrenzte humanmedizinische Kenntnisse und Zellen. Zellen mit Fragezeichen. Povazian verstand es als Einleitung zum Aufbruch. Er begleitete Falk bis vor den Eingang. Die Leute in den hellblauen Anzügen nahmen nach wie vor keinerlei Notiz von ihm.

Beim Abschied fragte er: „Haben Sie die Stoffe auch probiert? Das Zeug aus den Pilzen?"

„Nie. Ich trinke nicht einmal ein Glas Wein."

35

Tage- und wochenlange Flauten zählen zum Los jedes
Ermittlers. Die Dramaturgie der Realität kann von
verstörender Langeweile sein. Es gab Mordserien, die sich
über Jahre dahinzogen – mit manchmal jahrelangen
Unterbrechungen. Von hundert Spuren erweist sich eine nach
der anderen als Flop. Das kostet Nerven und Zeit und gehört
doch zum Alltag der Bullen. Also business as usual, mochte
man meinen. Doch nicht in diesem Fall.
Der öffentliche Druck war und blieb riesig. Die Grausamkeit
der Morde und die symbolbeladene Zurschaustellung der
Opfer löste eine Flut von Spekulationen aus, bis hin zu wilden
Verschwörungstheorien. HIMII wurde in Büros,
Redaktionen, Wohnzimmern und Gaststätten mit den
fantasievollsten Bedeutungen unterlegt bis zuletzt alles in
diffuser Bedeutungslosigkeit versank.
Besonders schwer wog die Existenz eines Horror-Kerkers, in
dem möglicherweise weitere Opfer litten und starben.
Vielleicht gerade im Geheimverlies des Hauses, in dem ein
Polizist nichtsahnend eine harmlose Auskunft einholte. Oder
im Nachbarhaus, auf das nicht einmal der Schatten eines
Verdachts fiel. In solchen Situationen entwickeln auch
besonnene Fahnder Anzeichen von Paranoia.
Dr. Köhlers Psychogramme wurden mit jeder Überarbeitung
unschärfer. Falk fertigte immer mehr mit Namen, Pfeilen und
seltsamen Skizzen vollgekritzelte Zeichenblätter an. Er wagte
nicht, sie wegzuwerfen, weil sich etwas darauf befinden
mochte, dessen Sinn er nur noch nicht erkannt hatte. Das
führte zu einem Platzproblem. Das Büro war längst
zugepflastert und der Schwiegervater weigerte sich, die
Wände seiner Blockhütte für die Machwerke, wie er sie
nannte, freizugeben. Dem Chefinspektor blieb nichts übrig,
als den eigenen Dachboden zu nützen. Dort war es heiß,
staubig und trostlos. Trotzdem zog er in seinen freien Stunden
unzählige Runden von Plakat zu Plakat. Und er beschloss, den

Mord an Holzer als eigenständige Tat anzusehen. Als Tat eines Trittbrettfahrers, der sich darauf verließ, dass der angenommene Zusammenhang mit den Horror-Morden andere Ermittlungsansätze ausschließen würde. Zunächst war seine Rechnung ja auch aufgegangen. Alle dachten, Holzer musste sterben, weil er etwas über die Entführung und Ermordung seiner ehemaligen Geliebten wusste. Aber es passte nicht. Wenn Killer dieses Kalibers in Holzer eine Gefahr gesehen hätten, wäre er nicht jahrelang unbehelligt geblieben. Und das galt auch für seine zahlreichen Feinde von früher. Die konnten ihn nicht schlimmer strafen, als das Schicksal selbst es übernommen hatte. Also ganz von vorne. Auf dem Hof hielten sich, abgesehen vom Opfer, regelmäßig fünf Personen auf. Holzers Frau und ihr Geliebter Jürgen, die ein wasserdichtes Alibi hatten. Zwei Gehilfen, die sich eine Wohnung in St. Veit teilten, bestätigten gegenseitig, das Haus in der fraglichen Zeit nicht verlassen zu haben. Das mochte nicht viel bedeuten, doch ein verärgerter Nachbar versicherte, er habe sie am späten Abend noch heftig miteinander streiten gehört, wie sie es häufig taten. Gesehen habe er sie allerdings nicht, doch das Gekeife mache ihnen so leicht keiner nach. Blieb Hermann Dregger, Jürgens Assistent, vielleicht Jürgens Knecht. Falk erinnerte sich an den schwierig zu deutenden Blick, mit dem er seinen Chef einen kurzen Moment gestreift hatte. Doch ein Blick bewies gar nichts.
Ein Beamter der örtlichen Polizeiinspektion hatte Dreggers Mutter befragt. Sie sagte aus, ihr Sohn sei an dem Abend nicht ausgegangen. Er gehe überhaupt selten aus. Sie benötige seine Pflege.

36

Falk fuhr am nächsten Vormittag zu der angegebenen
Adresse, einem kleinen Häuschen am westlichen Stadtrand St.
Veits. Er durfte damit rechnen, die Frau alleine anzutreffen.
Sie öffnete und bat ihn in ihr Wohnzimmer. Der Raum hatte
den Geruch chronischer Krankheit angenommen.
Desinfektionslösungen, Tinkturen, Tees, Salben, Diätspeisen
mischten sich mit der Angst vor Zugluft bei geöffneten
Fenstern und den endlosen Stunden des Sitzens, Liegens,
Wartens und Dösens. Dennoch nahm er Platz, lehnte aber die
braungrauen Kekse ab, die in einer offenen Schale lagen.
„Es sind Vollkornkekse", betonte Frau Dregger. Er sagte, er
käme eben von einem zweiten Frühstück, was sie mit einer
Geste aus Missbilligung und Neid hinnahm.
„Ihr Sohn geht selten aus?"
Sie lächelte schmerzlich.
„Leider brauche ich ihn gerade am Abend. Da bekomme ich
Beinwickel und eine ganze Palette von Medikamenten. Zwölf
oder sechzehn, ich weiß es nicht einmal."
„Das tut mir leid. Vermutlich schlafen Sie auch schlecht."
„Ich habe einen sehr leichten Schlaf und wache häufig auf",
bestätigte sie. „Mir wurden deshalb auch Schlafmittel
verschrieben, aber die mag ich nicht nehmen. Wenn man
schon so viel Chemie schlucken muss, kann man wenigstens
darauf verzichten, meine ich."
„Es ist sehr anständig von Ihrem Sohn, sich so um Sie zu
kümmern. Als Assistent im Sägewerk hat er bestimmt viel zu
tun."
Die Frau seufzte.
„Ach ja, Assistent. Wenn in der Säge nicht viel los ist, schickt
ihn der Liebhaber der Bäuerin in den Stall zum Ausmisten.
Aber Hermann ist sehr lieb. Andere hätten mich längst
abgeschoben, so wie der Holzer seine Mutter, die ihn nun
doch überlebt hat."

„Wie ging es Ihnen an jenem Abend?", nahm Falk den Faden auf.

„Gut", strahlte sie. „Es ist ein seltsamer Zufall, aber gerade da schlief ich viel besser als gewöhnlich."

Noch ein Zufall. So viele Zufälle.

„Aber hin und wieder muss Hermann doch hinaus, er ist ja kaum dreißig."

„Normalerweise läuft er gerne. Momentan nicht, der Tod des Alten bedrückt ihn sehr. Er ist so sensibel. Früher ist er regelmäßig nach dem Abendessen losgerannt, manchmal auch, nachdem ich versorgt war. Obwohl ich es nicht mag, wenn er in der Nacht unterwegs ist. Es passiert doch so viel."

„Das trifft leider zu. Ich bin auch ein begeisterter Läufer. Welche Schuhe verwendet er? Ich bin immer auf der Suche nach Tipps."

Die alte Frau machte ein ratloses Gesicht.

„Das weiß ich wirklich nicht. Sie können sie gerne ansehen. Er stellt sie in ein eigenes Regal im Vorhaus."

„Das werde ich tun", versprach der Chefinspektor. „Wie geht es ihm auf dem Holzer-Hof?"

„Eigentlich nicht schlecht, aber jetzt macht er sich Sorgen. Wie es weitergeht. Seit dem Tod des Bauern ist alles durcheinandergeraten. Haben Sie schon einen Verdacht, wer ihn auf dem Gewissen hat?"

„Uns fehlt noch ein Beweis."

Falk stand auf. Frau Dregger wollte sich ebenfalls erheben, doch er wehrte ab.

„Ich lasse mich selbst hinaus. Die Tür hat ja ein Schnappschloss. Ich sehe mir nur noch die Schuhe an."

„Ja", sagte sie. „Tun Sie das. Hermann wird sich freuen, wenn ich ihm erzähle, dass Sie sich fürs Laufen interessieren."

Der Chefinspektor bezweifelte das, nickte aber. Im Regal im Vorhaus fand er drei Paar Joggingschuhe. Er nahm sie heraus und musterte die Sohlen. Zwei Paar waren blank wie abgefahrene Reifen. Das dritte wies noch ein kräftiges Profil auf. Es wirkte geputzt, aber nicht richtig sauber. Falk schob die Schuhe in einen Plastiksack. Das Schnappschloss ließ er deutlich hörbar hinter sich einrasten. Eine Stunde später arbeitete Mörtl bereits an den Schmutzresten in den tiefen, schmalen Rillen.

Der Chefinspektor ging in die Imbissstube, aß zwei belegte Brötchen und trank einen Kaffee. Dann stand er wieder neben Mörtl, der am Mikroskop hantierte.

„Er hat Reste von wildem Wein auf seinem Profil. Ob sie vom Tatort stammen, kann ich noch nicht sagen."

„Das wird vielleicht gar nicht nötig sein", sagte Falk und bedankte sich. Er fuhr selbst zum Holzer-Hof und nahm Inspektor Prüller mit, der gerade über die richtige Ausstrahlung verfügte, um einen besorgten Mann mit schlechtem Gewissen in die Enge zu treiben. Hermann Dregger ging mit zwei Eimern in der Hand über den Hof, als der Einsatzwagen hielt. Er sah die beiden Bullen auf sich zukommen und stellte die Eimer ab. Sie bauten sich vor ihm auf, der Chefinspektor einen halben Kopf größer, Prüller ein Hüne. Der schmächtige Knecht wirkte, als ob er seit Tagen nicht geschlafen hätte. Seine Augen, Mundwinkel und Lippen zuckten.

„Ich nehme Sie fest", sagte Falk. „Sie stehen unter Mordverdacht."

Dregger nickte wortlos und ging zwischen ihnen zum Wagen. Die Eimer blieben zurück wie zwei lächerliche, kleine Mahnmale unter dem Fenster des ermordeten Bauern. Holzers Frau stand in der offenen Tür und betrachtete stumm die Abfahrt des Polizeiautos.

Im Verhörraum lautete die erste Frage des Chefinspektors: „Wann haben Sie zuletzt etwas gegessen?"

„Ich weiß nicht."

„Möchten Sie ein belegtes Brot?"

„Das kann ich nicht essen. Dazu zittere ich zu stark."

Als Beweis streckte er Falk seine vibrierenden Finger entgegen.

„Ich bestelle Ihnen eine Semmel. Die können Sie mit beiden Händen halten."

Während sie auf den Boten warteten, erkundigte er sich mit echtem Interesse: „Wie haben Sie die Kaltblütigkeit aufgebracht, in das Zimmer einzusteigen und dem Alten das Klebeband auf den Mund zu drücken, während Ihre Chefs gleich daneben schliefen? Denn das glaubten Sie doch?"

„Ich war sogar ganz sicher, sonst hätte ich es nicht getan. Der Mercedes stand in der Garage."

Der Mercedes. Er war an jenem Abend nicht angesprungen, deshalb nahmen sie den Zweitwagen, doch das konnte Dregger nicht wissen.

„Also, wie brachten Sie die Nerven auf?"

Bei der Erinnerung daran erschien ein Anflug von Entschlossenheit in den Augen des Assistenten oder Knechts, doch es blieb ein fernes Echo.

„Der Alte war wie eine Kette, die Maria an Jürgen fesselte. Davon wollte ich sie befreien."

„Sie wollten sich selbst von beiden Männern befreien", widersprach Falk. „Sie hofften, man würde Jürgen den Mord anhängen, um dann an seiner Stelle zum Herrn im Haus aufzusteigen."

Dregger starrte auf seine zitternden Hände.

„Aber wieso sollte Frau Holzer sich für Sie entscheiden?"

„Die hätte schon pariert", flüsterte sein Gegenüber. „Das ist sie gewöhnt, auch wenn sie nach außen die große Klappe hat."

Plötzlich hatte Falk keine Lust mehr.

„Er soll sein Geständnis unterschreiben", wies er Prüller an.

„Dann geben Sie ihm seine Semmel und sperren ihn ein."

Auf dem Gang lief er dem strahlenden Oberst in die Arme.

„Sie haben den **HIMII**-Killer verhaftet?"

„Nein. Das ist nur ein kleiner Gelegenheitsmörder. Mit **HIMII** hat er nichts zu tun."

Prettners Hochgefühl zerbröckelte. Der Chefinspektor überließ ihn seiner Trübsal und flüchtete ins Freie, um zu rauchen.

Zwei Tage später stürmte Norobosco in Falks Büro wie ein Rollkommando.

„Erinnern Sie sich an Sisyphus schaefferi?"

„Nein", erwiderte der Chefinspektor.

„Der tote Käfer in der Augenhöhle der Koller. Er muss sich schon in diesem Horror-Kerker eingenistet haben."

„Nicht im Wald? Weshalb?"

„Zum einen", dozierte der Professor, „weil Sisyphus schaefferi im Freien einen Kothaufen aufsuchen würde und nicht eine Leiche. Zum zweiten … Ach was! Ich habe ihn aufgeschnitten und seinen Mageninhalt nach Innsbruck geschickt. Die haben tatsächlich menschliche DNA gefunden. Aber jetzt kommt der Clou!"

Falk zeigte den erwarteten, wissbegierigen Gesichtsausdruck.

„Sie stammt nicht von der Koller!", rief Norobosco triumphierend.

„Aber wir wissen nicht, von wem sie stammt?"

„Von einer Frau."

Der Chefinspektor schloss die Augen.

„Elisabeth Zetko kann es nicht gewesen sein. Die lag zu dem Zeitpunkt schon lange im Kanister. Carina Poltzer lebte noch. Nagen Ihre Käfer auch an lebenden Menschen? Ich meine, an wehrlosen, lebenden Menschen?"

„Kann ich mir nicht vorstellen. Im Übrigen sind es nicht meine Käfer."

Falk öffnete die Augen wieder.

„Also gibt es dort noch eine weibliche Leiche."

„Das versuche ich Ihnen ja die ganze Zeit zu erklären!"

Das Buch klappte mit jenem satten Geräusch zu, das nur
richtig dicke Bücher hervorbringen. Norbert rieb sich die
Augen und sehnte sich nach den einfachen Freuden des
Lebens. Da war einmal Sissi. Es hatte ihn mehrere Wochen
Zeit und viel Aufwand gekostet, um sie zu überzeugen. Nun,
zur geplanten Ernte, saß er in der verdammten Hütte, während
sie durch Wiens Nachtleben trieb und bestimmt nicht auf ihn
wartete. Und da war seine neue Leidenschaft, das Billard. Und
dieser unterirdische Jazzclub. Und noch etliche andere Dinge,
die am Westhang der Saualm in 1.600 Metern Seehöhe
garantiert nicht zu haben waren.
Zu haben waren Konserven, Tiefkühlkost und wenigstens 15
Kilogramm Lehrbücher für seine ausstehenden
Abschlussprüfungen.
„Du machst das freiwillig", hatte sein Vater ihm versichert.
„Im Gegenzug für drei weitere Monatsüberweisungen.
Andernfalls ist heute Schluss."
Keine ganz neue Drohung, aber ein neuer Tonfall. Der
hilfesuchende Blick zur Mutter war auf eine versteinerte
Maske gestoßen. Nun saß er seit zwei Wochen wie ein
Einsiedler in den Bergen und büffelte von früh bis spät. Bis
sehr spät, es gab nicht einmal einen Fernseher. Der helle
Mond lockte ihn vor die Tür. Kein Vollmond, mehr eine
Kartoffel, aber seltsam intensiv. Der Trick der indirekten
Beleuchtung. Er schlenderte den Weg entlang. In der
Einsamkeit der Natur, knapp an der Waldgrenze, schafft der
Mond eine andere Welt. Eher fremd als romantisch. Zur
Romantik gehören eine Parkbank, eine Laterne, ein bisschen
Zivilisation – und Sissi. Sissi im Mondlicht. Hübsch. Sissi,
nackt im Mondlicht. Verdammt. Er hätte heulen mögen wie
ein Wolf. Er spitzte die Lippen zur angedeuteten
Wolfsschnauze und sog die reine, kühle Waldgrenzenluft tief
in die Lungen, um einmal im Leben im Mondlicht
hemmungslos wölfisch zu heulen. Ein einziges Mal, bevor er

sein verdammtes Studium beendete, ein verdammter Anwalt wurde, mit irgendeiner Sissi verdammte Anwaltskinder bekam, viel Geld verdiente, sie mit einer anderen Sissi betrog, zu einem verdammten, schlüpfrigen Ekel wurde, verdammt gerissen, verdammt schlau, verdammt unglücklich, Jahre und Jahrzehnte vor dem Ende die Todessehnsucht schon tief in der Brust. Tränen rollten über Norberts Wangen.

„Heule!", befahl er sich. „Heule!"

Da sah er die beiden schwarzen Figuren. Sie waren etwa fünfzig Meter entfernt und trugen etwas zu einer Bank. Zur einzigen Bank auf diesem Weg, die, wie er wusste, tatsächlich eine Parkbank war. Eine Parkbank des Magistrats Klagenfurt. Vor Jahren war sie auf den verschlungenen, alkoholgetränkten, illegalen Pfaden einer verrückten Wette hier am Westhang der Saualm gelandet.

Norbert stand im Mondschatten hoher Föhren, die schwarzen Figuren sahen ihn nicht. Sie legten einen Sack auf den Boden und zogen eine dritte Figur heraus. Eine Puppe, die aussah wie ein Mensch. Ein Mensch, leblos wie eine Puppe. Ein lebloser Mensch.

Die Mordserie der Horror-Killer beherrschte seit Wochen die Schlagzeilen. Er hatte sie verschlungen als einzige Abwechslung zum Lehrbuchelend. Der trockenste Ort der Erde ist nicht die Atacamawüste, es ist das österreichische Zivilgerichtsverfahrensrecht.

Norbert schlich zu einem Felsen am Wegrand, hinter dem er sich niederkauerte. Er zog sein iPhone aus der Tasche und fluchte innerlich über das leise Piepsen, mit dem die Videoaufnahme startete. In einer stillen Mondnacht klang es teuflisch laut. Die schwarzen Figuren hörten es nicht. Sie platzierten die leblose Menschenpuppe auf der Parkbank, bis sie aussah wie jemand, der müde vom Wandern ein Nickerchen machte.

Dann stellten sie sich vor die Bank und verharrten kurz. Im Profil sahen sie aus wie glatte Skulpturen, haarlose Reptilienwesen, Außerirdische. Norbert merkte, dass er vor

Angst und Entsetzen innerlich bebte. Er wagte keine Bewegung, vor allem keinen Tastendruck, kein Geräusch. Die Gestalten entfernten sich.

„Sei vorsichtig", dachte Norbert. „Sei jetzt ganz, ganz vorsichtig."

Er wartete zwei, drei, fünf Minuten, ehe er sich rührte. Als seine Pulsfrequenz auf ein halbwegs normales Maß gesunken war und ihn nach menschlichem Ermessen niemand mehr hören konnte, machte er sich daran, den Notruf zu wählen.

Hinter ihm räusperte sich jemand.

Er fuhr herum. Da stand eine dritte schwarze Gestalt. Oder eine der beiden, die vorhin gegangen waren. Es machte keinen Unterschied. Sie grinste. Im Mondlicht schimmerten ihre Zähne weißlich grau.

Die Gestalt sagte: „Falsche Zeit, falscher Ort. So ein Pech auch."

Dann blitzte zweimal kurzes Feuer. Verdammt.

39

Der Chefinspektor frühstückte mit Sam und fuhr ins Büro. Er kam später als gewöhnlich. Die Hitze der letzten Woche hatte schlagartig die im Land tief verwurzelte mediterrane Mentalität geweckt und das Leben spürbar entschleunigt. Im LKA herrschte dennoch eine gespannte, vorrevolutionäre Stimmung. Seit drei Tagen streikte der große Kaffeeautomat und obwohl jeder über die dünne Suppe geschimpft hatte, war das noch lange kein Grund, sie einem vorzuenthalten. Die Servicetechniker der Automatenfirma waren ratlos und nervös. Zwei Inspektoren standen in ihrem Rücken und starrten sie böse an. Auch Falk konnte sich eines gereizten Brummens nicht enthalten, als er an ihnen vorüberging. In seinem Büro wartete der übliche Papierstoß. Lustlos setzte er sich, stand aber gleich wieder auf, öffnete das Fenster und steckte sich eine Zigarette an. Das Smartphone vibrierte in seiner Hosentasche. Inspektor Lerchenfelder. Kein Gruß.
„Die Meldung ist gerade hereingekommen. Kennen Sie die Weißberger Hütte?"
„Auf der Saualm?"
„Ja. In der Nähe hat eine Urlauberin eine Leiche gefunden. Eine von der pervers zugerichteten Art. Die Kollegen sagen, diesmal gab es wahrscheinlich einen Zeugen."
„Gab?"
„Er liegt ein paar Dutzend Meter entfernt hinter einem Felsen. Zwei Einschüsse in der Stirn."
„Verständigen Sie die anderen, ich fahre gleich los."
Er versuchte Lacher zu erreichen, doch der hob nicht ab. Der Verkehr hielt sich in Grenzen, vor allem Lastwägen und dazu einige Touristen auf dem Weg zum nächsten See. Nach einer dreiviertel Stunde hielt er auf dem Parkplatz unterhalb der Hütte. Ein paar Neugierige standen bereits herum. Der Fahrer des Streifenwagens zeigte ihm den Weg, den er mit einer Zaunlatte provisorisch abgesperrt hatte. Der Weg verlief fast eben, parallel zum Bergrücken 400 Meter höher, zwischen

idyllischen Almwiesen und Waldstücken. Hinter einer sanften Biegung lag der Schauplatz des neuen Verbrechens. Auf einer Bank saß eine reglose menschliche Gestalt in einer unnatürlichen Haltung, den Kopf weit zurückgekippt. Viel weiter als Menschen es normalerweise fertigbringen. Einige Schritte davor redete eine weißhaarige Frau auf einen Polizisten ein, der sie verständnislos anblickte. Noch ein Stück weiter stand ein zweiter Polizist neben einem mannshohen Felsen.

Die Frau sprach französisch. Falks Kenntnisse reichten aus, um das zu erkennen.

Er sagte: „Bonjour Madame" und nickte ihr zu. Sie hatte lebhafte, blaue Augen, eine Unzahl feiner Fältchen und einen Mund, der aussah, als ob er lieber lachte als schimpfte.

Zum Kollegen sagte er: „Chefinspektor Falk, LKA."

Der Mann atmete erleichtert durch.

„Die Dame hat die Leiche gefunden und sie möchte offenbar eine Aussage machen, aber ich verstehe sie nicht. Und sie versteht mich nicht."

Falk lächelte die Frau an. Sie lächelte zurück und dachte offensichtlich, dass sie endlich einem zivilisierten, französisch sprechenden Beamten gegenüberstehe. Er musste sie enttäuschen.

„Bringen Sie sie zum Parkplatz", wies er den Uniformierten an. „Und fordern Sie einen Dolmetscher an."

Mit einem abermaligen Nicken verabschiedete er sich und ging zur Bank. Die Gestalt mit dem unnatürlich weit nach hinten gekippten Kopf war eine Mumie. Keine richtige, einbalsamierte Mumie wie man sie aus Museen und einschlägigen Filmen kennt, sondern ein ausgetrockneter Leichnam. Es schien sich um eine Frau zu handeln. Sie wirkte – ihm fielen die getrockneten Birnen ein, Lieblingsspeise seiner Kindheit – einfach ausgedörrt. Dörrobst. Keine Substanz zwischen Haut und Knochen und die Haut von dunklem Gelb oder Gelbbraun, fest gespannt. In einer verborgenen Gedankenschicht weit unterhalb der bewussten

Ebene entschied der Chefinspektor, Dörrobst in Hinkunft nicht mehr zu mögen. Vielleicht würde er sich darüber wundern – oder sich an den Anblick dieser Frau erinnern. Manchmal reicht eine einzige Assoziation und das Leben ist nicht mehr, wie es vorher schien.

Ihr Körper, dürr wie das Gesicht, steckte in einem grauen Trainingsanzug, die Hände in Hand-, die Füße in Turnschuhen. Die Arme waren mit Bindedraht an der Banklehne befestigt, ein Hut mit Schleier lag dahinter. Wohl hinuntergefallen, als ihr Kopf zurückgekippt war.

Von der Bank aus hatte man einen großartigen Ausblick über Unterkärnten, die Wiesen waren übersät mit den Farbtupfern der alpinen Flora. Falk ging zu dem Felsen und dem Beamten, der ihn bewachte. Hinter dem Felsen lag ein junger Mann auf dem Rücken. Jeans, Sweatshirt, halblanges dunkles Haar, ein sauberes Einschussloch über der Nasenwurzel, ein zweites dicht darüber.

„Er hat wohl gesehen, wer die Leiche auf die Bank gesetzt hat", sagte der Beamte, während der Chefinspektor die Kleidung des Toten durchsuchte. „Und einer von denen hat ihn gesehen."

„Er trägt Hausschuhe", bemerkte Falk. „Und hat nur einen Kaugummi in der Tasche, sonst nichts."

„Wohnt bestimmt in einer Hütte."

Falk ging den Weg weiter und fand die Hütte und die Lehrbücher und die Brieftasche des jungen Manns. Ein bisschen saubere Wäsche, ein Sack voller Schmutzwäsche, einige Toiletteartikel, das war's. Jemand musste die Familie verständigen. Als er zurückkehrte, näherte sich aus der anderen Richtung eine kleine Karawane. Die Spurensicherung übernahm das Kommando, Falk handelte die Formalitäten mit dem Staatsanwalt ab, die ersten Journalisten bemühten sich um Stellungnahmen und Fotos.

Ein Dolmetscher kam, die weißhaarige Dame machte ihre Aussage, mehrere Beamte schwärmten aus, um in den anderen Hütten nach Hinweisen zu fragen.

171

Der Chefinspektor fühlte sich wie in Watte gepackt, abwesend in einer unwirklichen Szenerie. Er fuhr zurück nach Klagenfurt und überbrachte der Familie des ermordeten Studenten die Todesnachricht. Beim Abschied fasste er den ersten klaren Gedanken seit Stunden.

„Besaß Norbert kein Handy?"

Der Vater, der ihn zur Tür brachte, sah ihn überrascht an.

„Natürlich. Immer das neueste und teuerste."

Als er ‚das teuerste' sagte, stiegen ihm erneut Tränen in die Augen. Wahrscheinlich hatte er es dem Sohn oft genug vorgeworfen. Falk notierte die Nummer des iPhones und gab sie durch. Er glaubte nicht, es übersehen zu haben. Also hatte es wohl der Mörder mitgenommen. Dann fuhr er nach Hause.

40

Die Hoffnung auf ein Essen begrub er bereits beim Eintritt in die Blockhütte. Obwohl es nach zwei war, saß Monikas Vater im Pyjama am Tisch, vor sich einen angenagten Zwieback und ein Glas mit einer trüben Flüssigkeit. Er sah nicht gut aus.
„Lacher auch?", erkundigte sich der Chefinspektor.
„Vermutlich."
„Wenigstens hat er diesmal ein Alibi", sagte Falk grimmig.
Der Schwiegervater äußerte sich nicht. Er konzentrierte sich ganz auf eine Fliege, die zackig wie ein ausgeruhter Unteroffizier entlang des Fensterrahmens über der Abwasch patrouillierte. Zuerst nach rechts, im Eck Wende nach unten, unten Wende nach links, links Wende nach oben. Die Fliege schummelte nicht und kürzte nie ab. Das Schweigen dehnte sich, bis Falk – intuitiv auf der richtigen Spur – die Frage stellte.
„Er hat doch ein Alibi?"
„Ich weiß es nicht."
„Aber du bist sein Alibi!"
Der Schwiegervater schüttelte den Kopf.
„Was war los?"
„Wir wollten uns wieder einmal in der Stadt umsehen. Etwas essen, vielleicht in einen Club gehen. Hast du eine Ahnung, wie lange Toni nicht mehr aus war?"
„Ja", bemerkte der Chefinspektor. „Und weiter?"
„Es hat sich gezogen. Wir haben Bekannte getroffen. Da ein Glas, dort ein Glas. Du verstehst schon."
Falk verstand.
„Wann habt ihr euch aus den Augen verloren?"
„Keine Ahnung. So um zwölf, denke ich. Ich bin um drei oder vier mit dem Taxi nach Hause."
„Fein", murmelte Falk. „Dann hat er die nächste Lücke."
Ihm fiel etwas ein.
„Hast du Kopfschmerzen?"
„Was glaubst denn du?"

„Denk trotzdem nach. Von wem kam der Vorschlag mit dem Bummel?"

Der Schwiegervater überlegte.

„Wir haben es schon mehrmals angedacht. Gestern hatte er keine Lust auf Nudeln. Ich auch nicht. Er hatte Lust auf ein Steak, ich auch. Das war alles."

„Also sein Vorschlag."

Monikas Vater nickte widerwillig.

„Dürfen erwachsene Männer nicht mehr auswärts zu Abend essen?"

Der Chefinspektor blickte durch eines der vierfach verglasten Fenster der schlichten Blockhütte und beobachtete Sam, der seinerseits eine Amsel beobachtete, die erbarmungslos einen Regenwurm aus der Erde zog.

„Es ist die fünfte Leiche aufgetaucht. Sie wurde letzte Nacht auf einer Parkbank abgesetzt."

„Ausgerechnet."

„Ja, ein Zeuge ist auch tot. Und das während eurer Vergnügungspartie."

„Was meint Toni?"

„Bis jetzt gar nichts. Ich dachte, ich finde ihn hier."

Sam sprang auf und rannte bellend los, die Amsel flog auf, der Wurm zerriss, Lacher stapfte den Weg zur Hütte hoch, bückte sich und tätschelte Sams Kopf. Als sein Berater eintrat, sagte Falk: „Ich bestelle mir einen Schweinsbraten beim Ulmenhof, die liefern ins Haus. Wollt ihr auch etwas?"

Sein Schwiegervater sagte mit brechender Stimme: „Du bist ein Barbar."

Lacher sagte: „Ja, gerne."

Falk gab die Bestellung auf.

„Es gibt zwei neue Leichen. Eine gedörrte Frau und ein Student, erschossen. Der arme Kerl hat wohl einen nächtlichen Spaziergang gemacht."

„Warum hast du mich nicht …"

Lacher zog sein Handy aus der Tasche.

„Mist, ausgeschaltet."

„Hast du in deiner Wohnung geschlafen?"

„Ja, es war spät."

„Alleine?"

„Ja."

„Schade."

Es klingelte. Der Chefinspektor holte das Essen. Als er zurückkehrte, hatte der Schwiegervater in stummem Protest die Wohnküche verlassen. Nach einem schweigsamen Mahl fuhren sie gemeinsam ins LKA.

Falk betrachtete die Papiere auf seinem Schreibtisch und ließ sich in den Sessel fallen. Kurz vor Ende des ersten Berichts stürmte Inspektor Lerchenfelder in den Raum.

„Er hat eine iCloud eingerichtet."

„Interessant", sagte der Chefinspektor. „Hilft uns das weiter?"

Ihr Blick sprach Bände.

„Sie haben keine Ahnung, stimmt's?"

„Nicht wirklich. Irgendwas Virtuelles?"

„Man kann da alle möglichen Dateien online speichern und mit verschiedenen Geräten wieder abrufen."

„Zum Beispiel?"

„Musik, Fotos, Videos …"

Der Chefinspektor glaubte zu verstehen. Jedenfalls genug, damit winzige elektrische Impulse die Härchen in seinem Nacken aufrichteten. Er stellte sich den Studenten hinter dem Felsen vor, Angehöriger einer Generation, die ihre Smartphones verwendet wie ein zusätzliches Sinnesorgan.

„Können wir seine Wolke anzapfen?"

Lerchenfelder grinste ihn an.

„Seine Eltern haben mir einen Ordner mit Accounts, Passwörtern und so weiter gegeben. Lassen Sie mich einmal ran."

Bereitwillig räumte Falk seinen Platz. Sie brauchte nicht einmal eine Minute.

„Sehen Sie!"

Er sah die Parkbank im Mondlicht, die zwei schwarzen Gestalten, die mit der Menschenpuppe hantierten, ihren

175

kurzen Abschied, ehe sie gingen. Die Aufnahme war unruhig, die Lichtverhältnisse schlecht, die Entfernung zu groß für Details, doch erstmals wurden die Phantome zu Menschen aus Fleisch und Blut. Noch nicht greifbar, aber real.

„Können die Mörder das auch sehen?"

„Nur wenn sie sein Passwort kennen. Sie haben das iPhone sofort ausgeschaltet, das wissen wir."

„Und wenn sie es wieder einschalten?"

„Erhalten wir ein Signal. Wenn sie sich halbwegs auskennen, werden sie es nicht tun."

„Es sei denn", meinte Falk, „sie sind sehr neugierig."

Seine Hoffnungen erfüllten sich nicht.

Die Experten holten aus dem Video heraus, was möglich war, sie schätzten Größe und Gewicht der schwarzen Gestalten – ihre Gesichter blieben schwarze Flecken.

Falk fuhr mit Lacher nach Hause. Vom Schwiegervater war an jenem Abend keine Nasenspitze mehr zu sehen.

41

Schwierige Situationen führen zu neuen Konstellationen und Lebensformen. Eine davon entstand in kürzester Zeit in der Blockhütte des Schwiegervaters. Sie ergab sich aus Falks komplizierter Beziehung zu Monika – Sam verhielt sich im Konflikt spanielhaft neutral – und aus Falks Vorschlag, Lacher in der Blockhütte einzuquartieren.

Die Hütte wurde zum Hauptquartier. Wenn Falk und Lacher nicht dienstlich unterwegs waren, hockten sie am Tisch. Der Schwiegervater versorgte die Truppe mit Schinken, Speck, Braten, Würsten und Getränken. Und er vertiefte sich als Rätselkönig in das Geheimnis der Horror-Morde. Alle Welt zerbrach sich den Kopf über **HIMII**, er konzentrierte sich auf Orte und Daten. Die Orte schied er als zu banal aus, es blieben die Daten. Die Zeitpunkte der Entführungen waren nur teilweise bekannt, die der Morde in drei Fällen ungewiss. Doch ausnahmslos war nicht nur der Zeitpunkt der Entdeckung der Leichen bekannt, sondern auch der ihrer Aussetzung, also ihrer Präsentation für die Öffentlichkeit. Den bestimmten die Täter ganz nach ihrem Willen. Wenn sie eine Botschaft vermitteln wollten, dann steckte sie darin, schloss der Schwiegervater.

Er wählte aus Rätsellösungsgesichtspunkten verschiedene Ansätze und fertigte Listen an, die er seinen Mitstreitern zur Ansicht vorlegte. Meistens handelte es sich um Buchstabenfolgen.

Fünf Tage nach dem Drama auf der Saualm legte er eine neue Liste auf den Tisch.

„Fällt euch dazu etwas ein?"

Falk las:

DAPAS
DAPAD
DABAS
DABAD

DAJAS
DAJAD
DAPRA
DABRA
DASRA
DASAD
DASAS

Es sagte ihm nichts. Lacher, der kleine, mit Speck und Käse belegte Brotstücke laufbandartig in den Mund schob, las ebenfalls. Es war offensichtlich, dass die Liste nur einen geringen Teil seiner Aufmerksamkeit fand. Doch dann, ganz unvermittelt, fror er ein. Die Lippen bereits geöffnet, die linke Hand nur noch Zentimeter vom Ziel entfernt, die rechte auf dem Weg zum Glas – so erstarrte er. Er machte dabei kein Geräusch, kein Schnappen nach Luft oder etwas in der Art, aber der abrupte Stillstand wirkte wie ein optischer Knall. Alarmiert blickten die beiden anderen auf.

„Toni!", rief der Schwiegervater erschreckt. „Ist es das Herz?"

Es war nicht das Herz. Dennoch entglitt das Brotstück Lachers kraftlosen Fingern, fiel auf die Tischplatte und verlor seinen Belag. Ein Finger streckte sich in Zeitlupe und senkte sich auf die Liste.

„DABRA", murmelte der Ex-Bulle entgeistert. „Wie kommst du auf DABRA?"

„Die Art, wie unsere Opfer zu Tode kamen, erinnert an die Zeiten, in denen die Kirchenkalender mit Märtyrern besetzt wurden. Jeder Tag des Jahres ist mehrfach gebucht. Aber wenn man die Initialen der jeweiligen Heiligen sinnvoll aneinanderreiht, ergeben sich gar nicht so viele Möglichkeiten."

Monikas Vater öffnete seine Mappe.

„Demetria, 21.06. – 363 in Rom zu Tode gefoltert. Achatius, 22.06. – im 2. Jahrhundert gekreuzigt. Beata, 29.06. – erlitt 277 in Lens den Martertod. Rufina, 19.07. – wurde in Spanien erwürgt, im 3. Jahrhundert. Afra, 07.08., in Augsburg verbrannt. Ergibt DABRA."

„Ein Totencode", flüsterte Lacher ungläubig.

„Na und? Was verbindest du damit?", fragte Falk.

„Ich verbinde damit DABRACO", erwiderte Lacher leise. „Das ist der Familienname meines Vaters. Es fehlen nur zwei Buchstaben."

Der Chefinspektor ließ sich das durch den Kopf gehen und war weniger überrascht als Lacher selbst. Dieser Totencode ergab einen Sinn. Er wusste nur nicht, welchen. Seinen Kollegen anzuklagen? Der Entführungen? Der Morde? Zumindest stand damit fest, dass er mit den Vorfällen der vergangenen Wochen nichts zu tun hatte. Warum sollte er sich selbst bezichtigen? Oder konnte es, rein theoretisch, auch dafür einen Grund geben?

„Demnach ist Lacher der Mädchenname deiner Mutter?"

„Ja, sie hat nie geheiratet. Mein Vater ist Italiener, ein blonder Italiener. Zwei Brüder meines Großvaters, Zwillinge, wurden gegen Ende des Kriegs in Italien von Partisanen getötet. Sie waren siebzehn. Der Großvater war gerecht und gab Hitler die Hauptschuld daran. Meine Mutter glaubte trotzdem nicht, dass er einen Italiener als Schwiegersohn ertragen hätte. Sie sagte niemandem, wer mein Vater war. Sie erzählte es auch mir erst nach Großvaters Tod."

„Und jetzt buchstabiert ein Serienmörder den Namen deines Vaters mit den Anfangsbuchstaben von Heiligen", stellte der Schwiegervater in beinahe heiterer Stimmung fest. „Das ist bemerkenswert."

„Wer kann dich als Lacher mit Dabraco verknüpfen?", fragte Falk.

„Mach dir keine übertriebenen Hoffnungen. Ich war elf, als ich davon erfuhr. Ich fand Dabraco ungeheuer cool – jedenfalls gemessen an Lacher. Es wurde mein Zweit- und Kriegsname, sogar die ersten Dates machte ich damit interessanter. Hat übrigens funktioniert."

Er grinste müde.

„Dann ist es mir irgendwann kindisch vorgekommen. Mit 20 oder so habe ich aufgehört. Auf der Polizeischule."

„Das ist lange her."

„Ja. Aber stell dir vor, wie viele Leute damals davon erfahren und es vielleicht weiter erzählt haben. Es gab Mitschüler, die sich wunderten, wenn Lehrer mich mit Lacher aufriefen."

Sie nippten am Wein.

„Wer könnte dich so sehr hassen, dich auf diese perverse Weise anzuschwärzen? Und weshalb?"

„Das Weshalb ist leicht beantwortet", sinnierte Monikas Vater. „Die Toten haben uns ihre Botschaft verraten. Worauf sollte sie sich beziehen, wenn nicht auf den Mörder oder jemanden, der große Schuld auf sich geladen hat?"

Lacher starrte ihn sprachlos an.

„Ich meine das nicht persönlich, Toni. Ich glaube es auch nicht. Ich glaube niemandem, der Ermordete zu einem Ratespiel missbraucht. Aber wie, meinst du, wird es sonst aufgefasst werden?"

„Es ist besser, wir behalten es zunächst für uns", entschied Falk. „Wann müssen wir mit den fehlenden Buchstaben rechnen?"

„Moment", sagte der Schwiegervater.

Tatsächlich notierte er gleich darauf ein erstes Datum, dem weitere folgten.

„Selbst wenn wir die Tage kennen, können wir nichts verhindern", bemerkte Lacher, spürbar erschüttert von der Entdeckung.

„Verhindern vielleicht nicht, aber wir können unsere Präsenz im Außendienst verstärken, Planquadrate einrichten, die Aufmerksamkeit erhöhen."

„Mit welcher Begründung, wenn du den Code für dich behalten willst?"

Der Chefinspektor bewies seinen Pragmatismus.

„Alle sehnen sich nach Aktivität. Ich folge einem anonymen Hinweis, der meiner Ansicht nach ernst zu nehmen ist."

Er beugte sich über die Notizen des Schwiegervaters.
„Das nächste C fällt auf den 13. August."

42___

Am Morgen des darauffolgenden Tages lag auf Falks
Schreibtisch, der mittlerweile einer Papiermülldeponie
ähnelte, ein knallgelber Zettel mit roter Schrift:

Bitte SOFORT in mein Büro!

Eine Unterschrift war weder vorhanden noch erforderlich. Der
Chefinspektor trat ans Fenster und prüfte für die Dauer einer
Zigarettenlänge die Tönung des Himmels. Wer ein Auge dafür
besaß, erkannte in den Nuancen des Blaus bereits die
Vorboten des zu Ende gehenden Hochsommers. Ein Blau, das
einen daran erinnerte, die Tage bewusster zu genießen. Gelbe
Zettel mit roter Schrift trugen nicht dazu bei.
Oberst Prettner erwartete ihn bereits. Er hielt keinen Hörer in
der Hand, selbst das Handy lag unbeachtet am äußersten
Radius seiner Reichweite. Er genoss den Tag ganz
offensichtlich überhaupt nicht.
„Ein Kollege hat sich viel Mühe gegeben und aus eigener
Initiative ein Dossier zusammengestellt, das Sie interessieren
wird. Lesen Sie."
Dabei deutete er auf ein spärlich beschriebenes Blatt, für das
‚Dossier' ziemlich hochtrabend klang. Falk nahm es und las
im Stehen. Eine Tabelle mit zwei Spalten. In der linken
standen Datumsangaben, in der rechten kurze Texte.

25.06.1999
L. ermittelt aufgrund einer anonymen Anzeige in Töltschach.
Kein Ergebnis. Sonja Wallners Arbeitsstelle und ihr Wohnsitz
liegen jeweils nur einige Hundert Meter entfernt.
27.06.1999
Sonja Wallner abgängig. Bis heute nicht aufgetaucht.

09.09.2003

L. führt eine Befragung in St. Veit durch. Verfahren wird eingestellt. Ines Koller wurde zuletzt an einer Haltestelle gesehen, die sich in nächster Nähe befindet.
13.09.2003
Ines Koller abgängig. Ihre Leiche wird am 21.06.2012 von L. entdeckt.

11.05.2006
L. führt eine Befragung in der Eckengasse durch. Carina Poltzer wohnt im Nachbarblock.
14.05.2006
Carina Poltzer wird letztmals von einer Nachbarin gesehen. Ihr Leichnam wird am 19.07.2012 in einem PKW vor dem Polizeipräsidium aufgefunden.

Falk legte das Blatt zurück und blickte seinem Vorgesetzten ins Gesicht, das eine einzige, seltsam hohle Frage ausdrückte. Er hatte keine Lust, sie vorwegzunehmen und wartete.
Prettner hasste Warten.
„Also! Was meinen Sie?"
„Noch ein paar bemerkenswerte Zufälle. Sie häufen sich, Oberst."
„Zufälle, nicht mehr?"
„Bemerkenswerte Zufälle."
Der Oberst versuchte es mit Ironie.
„Worin besteht der Unterschied?"
Falk wusste aus Erfahrung, dass sich das Handy auf der Tischplatte bald bemerkbar machen würde.
„Normale Zufälle bilden einen fixen Bestandteil des Lebens. Kleine Überraschungspartys, die wir kommen sehen, um dann doch überrascht zu sein. Bemerkenswerte Zufälle passen nicht in dieses Schema. Sie hebeln es aus. Sie passen in gar kein Schema."
Der Leiter des LKA war ein Karrierist und daher beschränkt, aber keineswegs blöd. Er witterte Verzögerung.

„Sie sind doch sonst ein Mann der klaren Worte, Chefinspektor."

„Ich wollte sagen, dass eine Häufung von Zufällen ganz unterschiedlich ausgelegt werden kann."

Die Tonlage des Obersts gewann an Schärfe.

„Was in diesem Fall ganz konkret heißt?"

Das Handy schlug an. Prettner versuchte, es zu ignorieren, doch er brachte es nicht über sich, einen kurzen Blick auf das Display zu vermeiden. In der nächsten Sekunde hielt er es schon am Ohr.

„Fred, Herr Ministerialrat. Wie geht's?"

Bingo, dachte Falk, erwartete routiniert den Entlassungswink und ging.

43

Die folgenden schwülen Augusttage waren ausgefüllt mit
Arbeit. Die ersehnte heiße Spur stellte sich nicht ein.
Als Falk am Sonntag die Augen aufschlug, sah er, dass
Monika aufrecht neben ihm saß und ihn ernst betrachtete. Sie
merkte, dass er wach war, lächelte ihn an und er lächelte
zurück.
„Guten Morgen."
Statt einer Antwort schüttelte sie ihre Decke ab und setzte sich
auf seine Oberschenkel.
„Was wird das?", fragte er. Inzwischen kam auch Sam heran
und beobachtete aufmerksam die beiden Alphatiere seines
kleinen Rudels.
„Es ist unser erster freier Vormittag seit ... Ich weiß gar nicht
mehr wann", begann sie.
„Und deshalb sitzt du auf mir? Ich meine, es ist okay, aber
willst du nicht lieber unter die Decke kommen? Schau weg,
Sam."
„Nicht jetzt", erwiderte sie streng. „Jetzt will ich reden und
ich sitze auf dir, damit du nicht davonläufst."
Sie blickte ihn mit gerunzelter Stirn an, nicht aus Ärger,
sondern aus Konzentration.
„Es ist kompliziert genug. Du unterbrichst mich nicht, klar?"
Falk nickte in Richtung Sam. „Darf er zuhören?"
„Lenk nicht ab, sei einfach still."
Nun fiel es ihr schwer, den passenden Anfang zu finden.
„Ich weiß, dass du mit mir über alles sprechen kannst, nur
nicht über Dinge wie Liebe und Sex. Da verwandelst du dich
in eine Muschel und jeder wird bestätigen, dass Muscheln
keine guten Gesprächspartner abgeben. Nachdem ich diesen
Muschelzug aus dir nicht herausbekomme, muss ich einen
Monolog halten, wenn ich unsere Ehe retten will."
Das Funkeln ihrer Augen zeigte an, dass sie ihm seine
Muschelhaftigkeit mit all ihren Konsequenzen ziemlich übel
nahm.

„Ich weiß, dass du eine Affäre hast und du weißt, dass ich eine habe."

„Roter Golf", entfuhr es ihm.

„Mund halten!", herrschte sie ihn an. „Affärenmäßig sind wir also im Großen und Ganzen quitt."

‚Im Großen und Ganzen', stimmte Falk in Gedanken zu, hütete sich aber, es zu sagen.

„Ich kenne dich gut genug, um zu wissen, dass du dich Hals über Kopf in die Schilling verknallt hast. Sie ist ja eine nette Frau und auf ihre Art hübsch, außerdem gefällt dir ihre Figur. Aber die große Liebe ist es nicht, sie langweilt dich schon."

‚Und ich sie', dachte Falk, der sich gut an den Wagen des Profilers und den Wechsel zum Kerzenlicht hinter Hannas Vorhängen erinnerte.

„Andererseits kennst du mich gut genug, um zu wissen, dass ich so etwas nicht einfach hinnehmen kann. Ein Revanchefoul ist vielleicht kein Zeichen guten Charakters, aber ungemein befriedigend."

„Er ist dein Schüler", wagte er einzuwerfen, „und ein GTI-Fan."

„Er ist ein 30-jähriger Mann", parierte sie. „Und du fährst eine Sardinenbüchse, die aussieht wie eine blechgewordene Regression."

Der Chefinspektor atmete tief durch.

„Jedenfalls schlage ich vor", fuhr sie mit nun deutlich dünnerer Stimme fort, „dass wir die beiden kalt abservieren und miteinander neu starten."

„Kalt abservieren ist auch kein netter Charakterzug."

„Mir doch egal!", zischte sie, gab ihn frei und warf die Decke auf den Boden. Sam bellte empört auf und trollte sich.

„War er wenigstens gut im Bett, dein Zögling?", flüsterte er wenig später in ihr Ohr.

Sie biss ihn in die Schulter.

„Du wirst es schon merken. Weiterbildung hat im Lehrberuf Priorität."

Nach dem Mittagessen fuhr Falk ins LKA, um die letzten Vorbereitungen für den 13. August zu treffen – den C-Tag, wie er ihn für sich nannte. Der Schwerpunkt der Verkehrskontrollen sollte in den Nachtstunden erfolgen, von zehn Uhr abends bis Tagesanbruch und wieder von der Abenddämmerung bis zum folgenden Tag um drei Uhr morgens. Ein besonderes Augenmerk sollte allen Geländewagen gelten, außerdem dunklen Kombis und Fahrzeugen mit Anhängern.

Die Aktion war kurzfristig angesetzt worden, die Aussicht, einen dicken Fisch zu fangen, erschien gar nicht gering, wenn sie mit dem C-Tag recht behalten sollten.

Er blieb bis Mitternacht im Büro, dann fuhr er nach Hause. Kein Anruf störte seinen Schlaf, obwohl er diesmal viel dafür gegeben hätte.

44

Eine ältere Dame benützte an diesem Montagmorgen als erste den Lift. Sie rief ihn in den fünften Stock, öffnete die Tür und fiel in Ohnmacht. Das Hochhaus, eines der ersten in Klagenfurt mit Tiefgarage und Aufzug, lag nur 300 Meter Luftlinie vom LKA entfernt. In der Liftkabine war ein Mann auf einen schlichten Holzsessel geschnallt. Man erkannte nicht leicht, dass es sich um einen Mann handelte. Der einzig halbwegs heile Fleck an ihm war die Schulter mit dem Zeichen **HIMII**.

Falk saß im Wartezimmer des Zahnarztes, als ihn die Nachricht erreichte. Er ging zur Assistentin am Tresen und sagte: „Es tut mir leid, ich muss sofort weg."

Sie war neu hier. Stirnrunzelnd fragte sie: „Wieso denn?"

„Ein Mord."

Ihre Lippen oszillierten ganz leicht zwischen Erheiterung und Verachtung.

„Ich habe schon einiges zu hören bekommen, wenn jemanden die Panik packt, aber sowas noch nicht."

Er zuckte die Achseln und ging.

Am Nachmittag stand so gut wie fest, dass auch in diesem Fall niemand mit rauchendem Colt angetroffen worden war. Das Tor zur Tiefgarage war laut Experten nicht schwieriger zu knacken gewesen als eine Plastiksparbüchse aus den Sechzigern – und ebenso alt. Alarmanlage oder Videoüberwachung existierten nicht. So wie es aussah, mussten die Täter nur bis vor die Lifttür fahren, die Leiche samt Sessel deponieren und wieder verschwinden.

Ein Pensionist, der an Schlaflosigkeit litt, hatte gegen halb zwei einen hellen Kastenwagen beobachtet, der aus der Garage fuhr. Es mochte ein Opel gewesen sein, allenfalls ein VW, unter Umständen ein Mercedes. Sie zeigten ihm ein Dutzend Fotos heller Lieferwagen von oben gesehen und einigten sich auf: heller Lieferwagen.

„Es war nichts anderes zu erwarten", rief ihnen der Schwiegervater in Erinnerung. „13. August. Cassianus, mit spitzen Griffeln zu Tode gemartert."

„Das mit den Griffeln kann stimmen", sagte Falk müde. „Ich bezweifle aber, dass der Mann Cassianus hieß, obwohl ich es nicht beweisen kann. Wir haben keine Ahnung, wie er hieß, woher er kam, warum er auf diesem Sessel im Aufzug saß und beinahe eine alte Dame zu Tode erschreckte. Wir wissen nur, dass er längere Zeit eingefroren war wie der gekreuzigte Okigbo."

„Magst du eine Partie Schach spielen, zur Ablenkung?", schlug der Schwiegervater vor.

„Frag Lacher, ich gehe ins Bett."

An der Schwelle drehte er um.

„Das C ist eingetreten, nun fehlt noch das O."

Der Schwiegervater holte seine Mappe hervor und erwischte wie üblich auf Anhieb das richtige Blatt. Falk wusste nicht, wie er das machte, doch er hielt es für einen der kleinen, feinen Unterschiede zwischen den wenigen wirklich gut organisierten Leuten und den vielen, die es nur gern wären. Sich selbst zählte er zu den vielen, daran war nicht zu rütteln.

Der pensionierte Anwalt prüfte eine Tabelle.

„Oswin, am 20. August. Das ist der nächste Montag. Ein Mann. Am 23. Oktober folgt eine Frau: Die heilige Oda von Amay, gestorben 634."

„Wie ist Oswin ums Leben gekommen?"

„Er wurde ermordet. Genaueres ist nicht verzeichnet."

„Und Oda?"

„Kein gewaltsamer Tod. Kommt nicht häufig vor in der Branche."

45

Der Leichenfund im Lift löste wieder mediale Beben aus.
Eine Zeitung brachte einen zusätzlichen Aspekt ins Spiel. Der
Artikel lag am nächsten Morgen dick angestrichen auf Falks
Schreibtisch.

Horror-Morde – Polizist verwickelt?
*Neue Entwicklungen zeichnen sich in der grauenhaften
Mordserie ab, die seit Wochen weit über Kärnten hinaus
Aufsehen erregt. Die Tätigkeit des international renommierten
Profilers Dr. Dr. Köhler hat der Untersuchung zwar frischen
Schwung verliehen, zeitgleich ist aber ein äußerst
beunruhigender, eigentlich ungeheuerlicher Verdacht
entstanden: Ist einer der Ermittler persönlich in die Affäre
verstrickt?*
*Dem Vernehmen nach könnte es sich um einen ehemaligen
Beamten des LKA handeln, der in der Vergangenheit
zahlreiche Vermisstenfälle bearbeitet hat. Darunter jene, die
Personen betrafen, die in diesem Sommer als Opfer der
Horror-Killer wieder aufgetaucht sind. Dieser Beamte geriet
vor einiger Zeit in eine tiefe Krise, die – wie man unter der
Hand vernimmt – bis zur Ehescheidung nach einer tätlichen
Auseinandersetzung führte. In der Folge quittierte der Mann
seinen Dienst. Da er jedoch mit den alten Fällen bestens
vertraut ist, wurde er als Berater zur aktuellen Untersuchung
hinzugezogen. Von besonderer Brisanz ist dabei, dass
ausgerechnet er es war, der die erste Leiche der Mordserie
entdeckt hat.*
*Oberst Prettner, der Leiter des LKA, wollte dazu nicht
Stellung beziehen und spricht von haltlosen Spekulationen.
Andere Beamte berichten freilich von einer extrem
angespannten Atmosphäre im Gebäude in der Buchengasse.
Ob das für die Ermittlungen in einem so außergewöhnlichen
Fall förderlich ist, bleibe dahingestellt.*

„Haben Sie das gelesen?", fragte der Oberst gereizt.

„Früher oder später war damit zu rechnen."

„Es gibt acht Leichen, Chefinspektor. Die Öffentlichkeit rechnet mit Ergebnissen, ich rechne mit Ergebnissen und in Wien rechnet man mit Ergebnissen."

Falk hätte zehn gekühlte Halbe gegen einen Pappbecher Automatenkaffee gewettet, dass der Oberst beim letzten Satzteil Haltung annahm.

„Wir setzen ganz auf die Erkenntnisse Ihres Profilers, Oberst."

Prettner warf ihm einen vernichtenden Blick zu und zog sich in sein eigenes Büro zurück.

46

Falk stand am offenen Fenster, rauchte und blinzelte in den wolkenlosen, weißblauen Himmel über Klagenfurt. Er hatte noch nie einen derart hektischen und bewegten Stillstand erlebt. Alles rotierte, brummte und summte vor Aktivität und doch blieb unter dem Strich nur eine Erkenntnis übrig: Nichts tat sich. Nichts, außer dass fünf Dutzend Bullen durch das Land liefen und den Hinweisen einer extrem nervösen Bevölkerung nachgingen. Im LKA häuften sich Berichte von Beamten, die Falk nicht einmal persönlich kannte. Er verlor den Überblick. Nach einer weiteren Zigarette griff er zum Smartphone.

„Professor?"

„Ja."

„Sie waren an sechs Fundorten und haben unzählige Spuren gesammelt."

„Tausende", erwiderte Norobosco grimmig. „Ich sage Ihnen gleich, dass es Monate dauern wird, sie alle auszuwerten."

„Darum geht es nicht. Wir brauchen einen neuen Ansatz, eine frische Perspektive, etwas, das uns aus dem Strudel herausholt."

„Hm, woran denken Sie?"

„Erklären Sie unserem Team, unserem Kernteam, was wir alles aus dem Umstand erfahren, dass wir im herkömmlichen Sinn eigentlich nichts erfahren. Wie wir aus einer atypischen Lage neue Schlüsse ziehen können."

„Psychologie, wie?", knurrte der Professor.

„Wenn Sie es sagen."

Am Nachmittag fand im Oval Office eine kleine Konferenz statt. Der Doyen der Spurensicherung räusperte sich, ehe er begann.

„Wir haben sieben Leichen, mit dem Junkie acht, und außer einigen sterilen Stiefelspuren nichts gefunden. Wie ist das möglich?"

Nicht einmal Inspektor Prüller hätte es gewagt, auf eine rhetorische Frage des Professors zu antworten.

„Die Täter arbeiten extrem sauber. Verlieren kein Haar, nichts – sie müssen Schutzkleidung tragen. Auch in den Fußabdrücken findet sich kein Sandkorn, das nicht vom Fundort stammt. Das Saualmvideo bestätigt es. Die sind eingepackt wie Laboranten in einem Reinraum. In einem Reinraum verliert die Spurensicherung ihre Geschäftsgrundlage. Das bringt mich auf einen wesentlichen Punkt. Die Forensik hat in den vergangenen Jahren eine explosive Entwicklung durchgemacht. Und die Kripo hat sich daran gewöhnt, in einem Schlaraffenland zu leben, in dem einem die täterbezogenen Spuren nur so um die Ohren fliegen. Fingerabdrücke sind ein alter Hut. Heute reichen einige Hautschuppen oder ein abgebrochener Fingernagel, um jemanden zu überführen – oder zumindest mit einem Tatort in Verbindung zu bringen, was häufig schon die halbe Miete ist. Ein durchschnittlicher Verbrecher kann fast nicht anders, als seine genetischen Visitenkarten rundum zu verstreuen. Diese Kerle sind aber nicht durchschnittlich."

Er blickte die Beamten so vorwurfsvoll an, als ob sie persönlich dafür verantwortlich wären.

„Das bedeutet", sagte Falk, „dass plötzlich die Fähigkeiten des Fahnders wieder im Mittelpunkt stehen. Seine Intuition, seine Hartnäckigkeit, seine Erfahrung, sein Gespür für Menschen. Wenn die Forensik an Grenzen stößt, sind wieder die Urinstinkte des Schnüfflers gefragt."

Der Chefinspektor erkannte an Augen und Körperhaltung seiner Leute ein gewisses Interesse. Die Jäger witterten den Köder.

„Irgendwo da draußen treiben ein paar Wahnsinnige sadistische Spiele mit unschuldigen Opfern. Nach außen unauffällige, wahrscheinlich gut situierte, angesehene Typen, die über genügend Mittel verfügen, um ihr Projekt viele Jahre lang durchzuziehen. Wir wissen immer noch nicht, was sie antreibt. Aber unter all den Hinweisen findet sich bestimmt einer, der uns weiter bringen könnte. Ein loser Faden, eine Verbindung zu anderen Fäden …"

„Warten Sie nicht auf Zufallstreffer von unserer Seite", warf der Professor ein. „Es ist, wie Ihr Chef sagt: aktivieren Sie Ihre Instinkte, gehen Sie auf die Pirsch."

Falk nickte, die Versammlung löste sich auf. Der Professor grollte.

„Ihretwegen habe ich mein Metier entblößt wie ein gottverdammter Exhibitionist."

„Nicht meinetwegen, Professor", widersprach Falk sanft.

Dr. Norobosco schien innerlich zu brodeln, doch es folgte kein Ausbruch.

„Dann machen sie was daraus", brummte er nur. „Ich gehe meiner Wege und suche etwas Handfestes, damit Ihre großartigen Intuitionen dann auch vor Gericht standhalten."

Er stob aus dem Oval Office wie ein weißgrauer Komet, der dringend überschüssige Energie abbauen muss.

47

Zu dritt saßen sie um den massiven, erst vor drei Wochen neu angeschafften Edelholztisch – ein weiteres Markenzeichen des einfachen Lebens in der Blockhütte – und bedienten sich an Pizzastücken direkt aus dem Karton. Lacher war ungewöhnlich einsilbig. Er aß wenig, leerte sein Weinglas aber dreimal hintereinander. Schließlich vertiefte er sich in die Maserung der Tischplatte, solange, bis man es nicht mehr ignorieren konnte.

„Du warst bei Dr. Benning?", fragte Falk. Lacher sah nicht auf.

„Ja. Wir sind wieder fündig geworden. Ich soll etwas Schreckliches tun."

„Was denn?"

„Das ist das Problem. Ich erkenne es nicht genau. Ich bin nur sicher, dass es mit Maja zusammenhängt."

Falk packte sein Handgelenk.

„Glaubt Dr. Benning, dass du Maja angreifen wirst?"

„Sie weiß es doch auch nicht! Aber ja, es ist möglich."

„Das ist furchtbar", sagte Monikas Vater lakonisch. „Aber immerhin sind wir gewarnt."

„Gewarnt schon. Aber es ist nicht klar, ob ich mich entziehen kann, wenn der kritische Moment eintritt."

„Dann muss sie eben, solange es nötig ist, geschützt werden", stellte der Schwiegervater entschieden fest. Er räusperte sich.

„Oder Toni muss eingesperrt werden. In eine Art Sicherheitsverwahrung."

„Ja", flüsterte Lacher.

„Nein", sagte Falk. „Wenn wir diese Geschichte nicht aufklären, werden wir nie erfahren, wie lange wir sie schützen müssen. Natürlich gibt es keinen Hinweis, woher die Beeinflussung kommt?"

„Keinen", bestätigte Lacher bitter. „Dr. Benning meint, ich sei ein Traumtyp für jeden Hypnotiseur. Sie selbst könnte mich jetzt schon zu weiß Gott was bringen."

„Hoffentlich tut sie es nicht", brummte der Schwiegervater.

„Ich glaube nicht. Sie hat mir angeboten, mich geradezubiegen, wenn ich heil aus dieser Sache herauskäme. Kostenlos."

„Das klingt sehr großzügig."

„Habe ich ebenfalls gesagt. Da hat sie gelacht und gemeint, so großzügig auch wieder nicht, denn die Chance sei sehr gering."

„Immerhin haben wir eine. Das nächste weibliche Heiligen-O folgt im Oktober, nicht wahr?"

„Am 23. Oktober: Die heilige Oda von Amay."

„Das sind mehr als zwei Monate, seltsam. Ich dachte, es folgt jetzt Schlag auf Schlag. Sonst kein O?"

„Nur der männliche Oswin am 20. August."

„Der würde besser zum Rhythmus passen."

„Bislang hielten sie sich exakt an die Vorgaben."

Falk betrachtete seinen Freund, der nun im Eiltempo nachholte, was er anfangs an Pizza versäumt hatte. War es nicht abwegig, dass ein Unbekannter diesen Blondschopf in eine Art ferngesteuerte Bombe verwandeln konnte? Und wenn es überhaupt nicht stimmte, was dann?

Lachers beneidenswertes Gebiss arbeitete wie eine Maschine. Auf der gebräunten Stirn hatten sich winzige Schweißperlen gebildet. Vom Essen, vom Wein, vielleicht von dem, was dahintersteckte. So oder so.

Hoffnungsvoll schob der Schwiegervater das stets präsente Schachbrett näher und wie in Trance machte Falk den ersten Zug.

48

Toni Lacher erwachte um eins in der Nacht. Er wusste nun
ganz genau, was zu tun war. Er schlich aus der Blockhütte und
verschwand im dunklen Teil des Grundstücks, wo sich
zwischen hohen Edelkastanien ein kleines Fichtenwäldchen
eingerichtet hatte. Dort kletterte er über den Zaun und ließ
sich von der Dunkelheit verschlingen.
Es war der Tag des Heiligen Oswin am 20. August, nicht der
Oda im späten Oktober. Sie hatten die Regeln geändert. Das
geht ganz leicht, wenn es sich um selbst gemachte Regeln
handelt und man niemanden daran bindet als sich selbst.
Oswin, Oda – am gewünschten Ergebnis änderte sich nichts:
DABRACO.
Zehn Minuten vor drei schrak er auf. Er stand mit der Schulter
an eine Wand gelehnt in einem schwach erleuchteten
Treppenhaus. Er erinnerte sich an die abendliche Heimkehr in
die Blockhütte, sah sich Speck und Käse schneiden, essen,
noch eine Scheibe Brot nehmen, ein Bier öffnen, trinken ... Da
war es etwa halb neun gewesen, nein, die Neun-Uhr-
Nachrichten hatten gerade begonnen. Raketentest in
Nordkorea, Selbstmordanschlag im Nahen Osten, Stillstand in
der Innenpolitik ... Er war zu Bett gegangen. Und dann? Die
Lücke umfasste mehr als fünf Stunden.
Vorsichtig löste er sich von der Wand. Nun kam ihm das
Treppenhaus bekannt vor, das Fahrrad mit dem roten
Karbonrahmen, das an der gegenüberliegenden Mauer hing,
die vier Briefkästen mit den Namenschildern – noch ehe er
sich vergewisserte, wusste er schon, dass auf einem davon
Maja Lacher stand. Seine Exfrau lebte in diesem Haus. War
sie es, die er aufsuchen wollte? Hatte er sie schon aufgesucht?
Er zögerte. Der undurchdringliche Nebel, der die vergangenen
Stunden in seiner Erinnerung verhüllte, ließ ihm keine Wahl,
er musste sich vergewissern. Leise, im Schein der
Notbeleuchtung, erreichte er die Wohnungstür in der zweiten
Etage. Sie war nur angelehnt, kein Lichtschimmer drang

durch den Spalt. Lacher betrat die dunkle Wohnung und schloss die Tür hinter sich. Er tastete nach dem Lichtschalter, fand ihn und sah sich im Vorraum um.

„Maja", sagte er leise. Viel zu leise, falls sie schlief. Doch daran glaubte er nicht – nicht Maja, nicht, wenn die Wohnungstür angelehnt war. Abgesehen vom monotonen Brummen des Kühlschranks herrschte vollkommene Stille. Lacher machte Licht im Wohnzimmer, in der Küche, im Schlafzimmer. Majas Bett war zerwühlt, aber leer. Noch immer ohne Erinnerung, doch voller Vorahnungen stieß er die Tür zum Bad auf und schaltete auch hier das Licht ein. Boden und Wanne waren voller Blut. Die nackte Frau kniete vor der Wanne, Kopf und Schultern hingen über deren Rand, dicke Strähnen ihres Haars lagen im Blut. Er brauchte ihr Gesicht nicht anzusehen, um zu wissen, dass es sich um Maja handelte. Es gab keine Frau auf der Welt, die er besser kannte. Auf ihrer linken Seite leuchtete dunkelrot das Kürzel **HIMII**, kein Brandzeichen, sondern unbeholfen eingeschnitten mit einem Messer. Auch das Messer lag im Blut, ein Schweizer Offiziersmesser. Unwillkürlich tastete Lacher nach seinem eigenen und war nicht überrascht, dass er es nicht fand. Er stand immer noch außerhalb des Raums vor der Schwelle, hatte keinen Fuß darüber gesetzt. Doch in eineinhalb Metern Entfernung, wo die Blutlache begann oder endete, je nachdem, prangte wie ein Siegel der Abdruck einer vorderen Schuhhälfte mit einem Profil, scharf und deutlich wie ein Stahlschnitt. Lacher stützte sich am Türrahmen ab, hob seinen linken Fuß und drehte die Sohle mit Hilfe seiner Hand ins Licht. In den Vertiefungen glitzerte dunkles Rot. Er hob sein Handy und fotografierte. Dann verschickte er die Fotos an eine Nummer, die er nicht kannte. Er musste sie in den Stunden seiner Lücke gespeichert haben. Trotzdem wusste er, wohin er die Fotos zu schicken hatte. Anschließend wählte er eine andere Nummer und flüsterte: „Die siebente Leiche ist da."

Ohne eine Antwort abzuwarten, trennte er die Verbindung, schaltete das Handy ab, stürmte aus Wohnung und Haus und verschwand in der Nacht.

Diese Tat wies so ungewöhnliche Begleitumstände auf, dass Chefinspektor Falk eine Reihe ebenso ungewöhnlicher Vorkehrungen traf und dafür sorgte, dass der Leichnam in Rekordzeit in der Pathologie eintraf. Er brach Regeln, stieß Leute vor den Kopf und benötigte über eine Stunde, um den leitenden Staatsanwalt halbwegs zu beruhigen. Der war ein Mann mit großem Ehrgeiz und kühlen Augen.

„Sie haben 72 Stunden, um mich zu überzeugen. Und keine zweite Chance."

„Ich weiß", sagte Falk.

Bereits am folgenden Vormittag wurde Lacher als Zeuge gesucht. Alle Medien berichteten in großer Aufmachung über den siebenten Mord der beispiellosen Serie. Auch den Journalisten fiel auf, dass die letzte Tat vom Muster der bisherigen abwich. Bei aller Brutalität ging ihr offenkundig keine Entführung, Gefangenschaft und Folterung voraus. Das mittlerweile berüchtigte **HIMII** in Form grober Schnitte erschien gegenüber dem Brandzeichen als fast dilettantische Verlegenheitslösung. Gab es wieder einen Trittbrettfahrer, der seinen ganz eigenständigen Mord den Serientätern anhängen wollte? Handelte es sich dabei gar um einen Polizisten, wie hartnäckige Gerüchte behaupteten?

Dann meldete sich ein Taxifahrer, der überzeugt war, Lacher in jener Nacht in unmittelbarer Nähe des Tatorts gesehen zu haben, etwa 30 Minuten vor dem angenommenen Todeszeitpunkt. Er habe abwesend gewirkt. Endlich lagen die Resultate der Printabgleichung vor. Das Taschenmesser, das im Blut der Frau lag, gehörte ihrem verschwundenen Exgatten, der in der Horrorkillerserie als Berater ermittelt hatte. Sein Handy fand man in einem Papierkorb, kaum 100 Meter vom Tatort entfernt. Ein internationaler Haftbefehl wurde ausgestellt.

49

In dem kleinen Bungalow herrschte dicke Luft. Anja, 12, empfand den Aufenthalt in der ‚Zwergenhütte' als ungeheure Zumutung. Fiona, 10, langweilte sich. Sie wollte baden, aber der See war von ihrem Häuschen nur mit dem Auto zu erreichen oder nach einem ermüdenden Fußmarsch. Die Eltern suchten für den Urlaub immer die günstigste Gelegenheit, echte Schnäppchen eben. Und die echten Schnäppchen wiesen stets einen Haken auf. Markus, 3, quengelte ohne besonderen Grund vor sich hin. Mutter Gertrud fühlte sich zutiefst frustriert. Zum einen, weil die im Rückblick verklärten Urlaube ihrer Kindheit mit der eigenen Familie nie klappten, zum anderen, weil ihr Ehemann nichts dagegen unternahm. Stattdessen öffnete er eine weitere Bierdose und sehnte sich, egal wohin, Hauptsache ganz weit weg vom Ossiacher See samt seinem familiären Biotop aus schlechter Laune und unterschwelligen Vorwürfen.
Es musste tatsächlich etwas geschehen. Obwohl eine heiße Nachmittagssonne am Himmel stand, würde man eine Wanderung in Angriff nehmen. Hinunter zum See und dann durch den Wald nach …
„Wohin?", stöhnte Anja.
„Irgendwohin halt", pfauchte die Mutter. „Mach schon!"
Nach fünf Minuten rieselte den Eltern der Schweiß über die zusammengekniffenen Lippen, die sich nur zu ärgerlichen Rufen öffneten, wenn der Nachwuchs sein Tempo fast bis zum Stillstand drosselte. Als eine weit auseinandergezogene Karawane erreichten sie endlich den See und bogen in einen Uferweg ein. Anja sah die Jacke zuerst. Eine helle Lederjacke, die etwas abseits an einem Aststumpf hing, nur wenige Schritte vom Ufer entfernt. Eine neue und teure Jacke. Schwer vorstellbar, dass sie absichtlich zurückgelassen worden war. Der Vater beäugte sie misstrauisch, sah sich um, ob irgendein Kärntner Witzbold hier einen aufrechten Dortmunder in eine Falle locken wollte und zog die Brieftasche aus der Jacke. Mit

spitzen Fingern öffnete er sie. Ein blonder Skilehrertyp lächelte ihm von einem Ausweis entgegen. Er hasste blonde Skilehrertypen, weil seine Frau sie liebte. Und weil sie ihn im Winterurlaub mit Schnaps abfüllten, um ungestört mit ihr zu flirten. Gesindel. Den da kannte er aus der Zeitung.

Die Kinder hatten den größten Spaß ihres Urlaubs, als die Bullen eintrafen und Papa und Mama mit Fragen löcherten.

50___

Wies der Fund von Lachers Jacke in nächster Nähe des Sees auf eine Verzweiflungstat hin? Ein Fährtenhund verfolgte eine Spur, die von dem Kleidungsstück direkt ans Ufer führte und dort endete. Taucher wurden angefordert und fanden nichts. Falls Lacher in den See gegangen war, konnte man das als Schuldeingeständnis werten, obwohl viele Fragen offen blieben. Möglicherweise handelte es sich auch nur um den Schachzug eines Flüchtigen – doch welcher Flüchtige verzichtet freiwillig auf Führerschein, Kreditkarten und Geld? Die Medien wurden davon in Kenntnis gesetzt, dass die Ermittlungen unvermindert fortgesetzt würden. Schließlich fehlte immer noch jede Spur vom Horror-Kerker.

Der Chefinspektor befand sich in einer seltsam abgeklärten Stimmung. Er wirkte abwesend. Seine Mitarbeiter empfanden es als besorgniserregend. Der eine oder andere wunderte sich darüber, dass Falk vom dramatischen Untertauchen seines Freundes – ob im wörtlichen oder übertragenen Sinn – kaum berührt schien. Das 72-Stunden-Ultimatum des Staatsanwalts war durchgesickert. Viel Zeit blieb nicht. Prettner sprach ihn direkt darauf an.

„Ich begreife wirklich nicht, warum Sie im Fall der Maja Lacher so übereilt gehandelt haben. Sie vor dem Eintreffen von Arzt und Ankläger in die Pathologie zu bringen ... Auch wenn es sich um eine Freundin gehandelt hat, darf man sich als Beamter nicht von seinen Gefühlen überwältigen lassen."

Falk überlegte, wie es um die Gefühle des Obersts bestellt wäre, wenn er wüsste, wo sich Lacher momentan aufhielt und wie seine Jacke ans Ufer des Ossiacher Sees gelangt war.

„Nein", sagte er.

„Und jetzt sitzen sie uns im Nacken. Als ob wir nicht genug Probleme hätten."

„Sie sitzen mir im Nacken."

„Ja, und was tun Sie?"

„Ich habe ein Meeting angesetzt."

„Meeting", zischelte der Oberst, der sein halbes Leben in Sitzungszimmern verbracht hatte. „Wie einfallsreich."
Die Stimmung in Falks Büro war angespannt, der Raum eng für sechs Personen. Der Chefinspektor stand vor dem Fenster. Statt zu rauchen, bohrte er mit einem spitzen Bleistift Löcher in eine Styroporform, die von einer Verpackung zurück geblieben war.
„Lassen wir fürs erste die Frage offen, ob Kollege Lacher für Majas Tod verantwortlich ist. Einige Indizien belasten ihn schwer, aber wir kennen weder ein Motiv, noch seine eigene Version."
Quendler besetzte den Drehstuhl, Prüller lehnte neben Sorcek an der Wand, Lerchenfelder und Schilling saßen mit synchron übereinandergeschlagenen Beinen auf ihren Sesseln, eine kleine Übereinstimmung im großen Gegensatz.
„Nichts weist darauf hin, dass er irgendwo über ein Versteck verfügte, in dem man jahrelang heimlich Gefangene quälen kann."
„Was eine Mittäterschaft nicht ausschließt."
Falk bedachte Prüller mit einem vagen Blick und setzte seine Arbeit am Styropor fort. Doch er verlor den Inspektor nicht gänzlich aus den Augen.
Und plötzlich begann Prüller zu grinsen. Ein richtig breites Grinsen, als ob ihm etwas, über das er nicht reden und nicht lachen durfte, Mundwinkel und Lippen mit Gewalt auseinander zöge. Man sah ihm an, dass er dieses Grinsen nicht zeigen wollte. Es war ein inneres Grinsen und er hasste es, weil es, ohne auf ihn zu hören, einfach nach außen drang. Es ließ ihn schlecht dastehen, das wusste er. Selbst Quendler, sein einziger Gefolgsmann in der Truppe, betrachtete ihn sichtlich befremdet. Tief in ihm bildete sich nun auch noch der Kern eines albernen Kicherns. Er schwur, eher daran zu ersticken, als ihm nachzugeben, doch ehe der Schwur beendet war, drangen die ersten Vorboten schon aus seinem grinsenden Mund. Die Kollegen sahen ihn an wie einen Irren, nur der Chefinspektor nicht. Der verstand ihn. Es musste

hinaus. Grinsend und kichernd rief Prüller: „Jetzt hat sich der große Lacher endgültig versenkt, Chefinspektor, habe ich recht? Und Sie haben noch 24 Stunden, oder sind es weniger? Was werden Sie machen? Unsere Schnüfflerinstinkte anfeuern? Uns weiter durch die Gegend jagen, während Ihr Freund immer mehr das Bild eines Serienmörders ausfüllt, der nicht einmal die eigene Frau verschont? Ihn weiter decken und so tun, als ob er sich nicht längst selbst überführt hätte? Warum? Wahrscheinlich liegt er doch im See oder versteckt sich in seinem Horror-Kerker oder ist auf und davon. Warum sagen Sie es nicht? Haben Sie vielleicht selbst …"

Abrupt verstummte er. Die anderen Bullen, Männer wie Frauen, waren erstarrt, der gesamte Raum war erstarrt. Das Lebendigste darin war der Bleistift, der kleine Kegel ins feinporige Styropor stanzte und schwarz färbte.

Falk sah den Inspektor eine volle Minute lang schweigend an. Endlich strich der Anflug eines Lächelns über sein Gesicht. „Du bist wirklich ein Riesenidiot, Prüller", sagte er. „Das Meeting ist beendet."

Zum ersten Mal in all den Jahren hatte er Inspektor Prüller geduzt. Ohne einen Kommentar oder auch nur ein Sesselrücken verließ sein Team das Büro. Der Chefinspektor betrachtete den Schaumstoff in seiner Hand. Der Bleistift hatte mit seinen Stichen ein schattiges **HIMII** hinterlassen. Zeit für eine Zigarette.

51

Das Ultimatum des Staatsanwalts war vor ein paar Stunden abgelaufen. Seither zog Falk es vor, keine Anrufe entgegenzunehmen, sofern sie nicht absolut unverdächtig waren. Nun wartete er.

Das Haus des Pfarrers, ein wuchtiger Steinbau mit quadratischen Fenstern, schnitt gleich in zwei Richtungen tief in den Hang. Die an der ansteigenden Straße liegende Fassade ragte an der südlichen Ecke drei Meter weiter über das Bodenniveau heraus als an der nördlichen. Von der Straße fiel das Gelände wiederum gegen Westen steil ab. Wer sich der rohen Mauer aus dieser Richtung näherte, glaubte vor einer himmelstrebenden Burg zu stehen, während die gegenüberliegende Front mit dem Haupteingang nur zwei sauber verputzte Geschosse aufwies. Falk saß im Jaguar seines Schwiegervaters, den er sich für diesen Abend ausgeliehen hatte. Der Vorteil des Wagens bestand in den dunkel getönten Scheiben, der Nachteil in der Anwesenheit des Schwiegervaters, der um jeden Preis dabei sein wollte. Nach langer Diskussion hatte der Chefinspektor zugestimmt. An dieser Aktion war ohnehin nichts ordnungsgemäß, letztlich kam es darauf auch nicht an. Sie parkten vor dem Gasthof schräg gegenüber dem Pfarrershaus und beobachteten die Ankunft Povazians, Rumpolts und Weyers in dessen Mercedes.

„Alle da", sprach der Chefinspektor ins Mikrophon des Funkgeräts. „Zeit für deinen Auftritt."

Es dauerte keine fünf Minuten bis ein grauer Skoda vom Berg herabrollte und direkt vor dem Mercedes anhielt. Eine mit Rundballen überladene Traktorfuhre quälte sich die Steigung hoch. Erst als die Straße wieder leer war, wagte sich Lacher aus dem Skoda. Seinen blonden Haarschopf verbarg er unter einer Strickmütze. Er stieg die Treppe zur Haustür hinauf, läutete, wartete. Die Tür öffnete sich einen Spaltbreit. Falk hörte jedes Wort so deutlich, als ob er selbst auf der obersten Stufe stünde.

Eine unfreundliche Frauenstimme: „Was wollen Sie?"

Nach einer kurzen Pause: „Sie? Sind Sie es?"

„Machen Sie auf, Gudrun. Ich muss mit Hochwürden sprechen. Es ist dringend."

Ein langes Schweigen folgte, schließlich ihr widerwilliges „Na gut. Kommen Sie."

Die Tür fiel ins Schloss. Die Übertragungsqualität sank mit jedem Schritt, der Lacher tiefer ins Haus führte. Meterdicke Steinmauern, sie hatten damit gerechnet und gehofft, dass es im Obergeschoss besser würde. Doch alles, was man im Jaguar in den nächsten Minuten vernahm, waren einzelne, unverständliche Gesprächsfetzen, überlagert von einer unaufhörlichen Brandung von Störgeräuschen, die trotz aller Versuche Falks nicht nachließ.

Auch zu Lerchenfelder, die auf der anderen Seite des Hauses im Gelände positioniert war, ließ sich kein Kontakt herstellen. Er hatte lange überlegt, ob er Hanna oder die widerborstige Inspektorin fragen sollte und sich schließlich doch für Lerchenfelder entschieden. Ganz unabhängig von persönlichen Gründen, wie er sich selbst versicherte – jedoch nicht frei von Skepsis gegenüber der eigenen Aufrichtigkeit. Lerchenfelder machte er jedenfalls nichts vor.

„Der Einsatz wird gegen die eine oder andere Vorschrift verstoßen, genau genommen gegen ziemlich viele."

Sie hatte nur gelangweilt die Schultern gehoben.

„Ganz genau genommen, könnte er sie sogar den Kopf kosten. Beruflich jedenfalls."

„Das trifft auf Sie auch zu, oder?"

„Ja."

„Na eben. Sagen Sie einfach, was zu tun ist."

Das hatte er getan. Und dann hinzugefügt: „Sie müssen noch etwas wissen. Anton Lacher ist auch dabei."

Der zumindest des Mordes an seiner ehemaligen Frau dringend verdächtige Lacher, dessen Habseligkeiten am Ufer

des Ossiacher Sees gefunden worden waren. Für einen Sekundenbruchteil schnellten ihre Brauen überrascht in die Höhe, dann sah sie ihm in die Augen und sagte: „Gut."
Und nun konnte er weder mit Lacher noch mit ihr Verbindung aufnehmen.

„Wie sicher bist du dir eigentlich?", fragte der Schwiegervater mit nicht zu überhörender Sorge in der Stimme. Der Chefinspektor schwenkte kurz zu seinen inneren Landschaften und entdeckte sprudelnde Stromschnellen und gefährliche Strudel. Er zog es vor, nicht zu antworten. Sein Gesichtsausdruck schien aber so beredt, dass Monikas Vater sich damit begnügte.

Schließlich verließ er doch die Deckung des Wagens und spazierte, eine Zigarette im Mundwinkel, vor dem Wirtshaus auf und ab, wie es die Raucher unter den Gästen häufig machen. Eine Tarnung, die nicht viel taugte, weil die Gaststätte heute überraschend früh geschlossen hatte. Soweit er es beurteilen konnte, schenkte allerdings niemand im Haus des Pfarrers den Vorgängen auf der Straße irgendwelche Aufmerksamkeit. Der Empfang verbesserte sich nicht, nur ein kurzer Austausch mit Lerchenfelder kam zustande.

„Hier ist alles ruhig, wie ausgestorben."
Falk kehrte zum Schwiegervater zurück.

„Er ist seit zwanzig Minuten drinnen. Was machen wir jetzt?"
„Abwarten", brummte der Chefinspektor.
Er fühlte seine wachsende Anspannung. Das Versagen des Funks beunruhigte ihn von Minute zu Minute mehr.

52

Lacher hatte die Pfarrersköchin noch als strenge, stets schlecht gekleidete, aber nicht unattraktive Frau kennengelernt. Mit den Jahren war sie ergraut und in sich zusammen gesunken, der Blick ihrer hellwachen Augen war noch strenger geworden. Sie stellte keine Fragen, gab ihm nur den altvertrauten Weg frei. Aber sie hatte ihn angekündigt, denn man erwartete ihn bereits. Der Priester saß wie immer an der Schmalseite des mächtigen Tisches und sah ihm regungslos entgegen. Auch Povazian und Rumpolt zu seiner Rechten und Linken betrachteten ihn. Weyer war als einziger aufgestanden. Er machte einige Schritte auf ihn zu, blieb aber wieder stehen. Er wirkte nervös.

„Was hast du dir dabei gedacht? Du wirst gesucht. Wenn wir nichts unternehmen, sitzen wir deinetwegen in der Tinte."

Der Pfarrer zwinkerte ihm freundlich zu und sagte: „Ich wusste, dass du niemals so tief fallen und die unverzeihliche Sünde begehen würdest, von der die Zeitungen geschrieben haben. Setz dich zu uns. Was kann ich dir anbieten?"

Auf dem Tisch standen Weingläser, nur Povazian trank Wasser.

„Danke Hochwürden, gar nichts. Ich bin aus einem anderen Grund gekommen."

„Aber Platz nehmen wirst du doch?"

Lacher wählte Povazians Seite, doch nicht direkt den Stuhl neben ihm. Povazian zog spöttisch einen Mundwinkel nach oben, fand es aber keiner Bemerkung wert. Weyer blieb neben ihm stehen.

„Also, was willst du?", blaffte er.

„Mir sind einige Dinge eingefallen. Seltsame Dinge, an die ich mich lange Zeit nicht erinnern konnte."

Die drei sitzenden Männer musterten ihn schweigend. Weyer führte weiter das Wort.

„Ach ja? Willst du uns mitteilen, dass mit deinem Gedächtnis etwas nicht stimmt? Mich wundert das nicht. Ich glaube, da oben stimmt noch einiges andere nicht!"

Er lachte rau.

„An welche Dinge erinnerst du dich denn?", fragte Povazian, der Weyer weniger Aufmerksamkeit schenkte als einer Fliege im Nachbarhaus.

„Zum Beispiel an das Krachen der Nüsse. Und daran, dass ich dem fetten Fiesling in der Schule eine ganz besondere Haarwäsche verpasst habe."

Daran erinnerte er sich zwar nicht, aber er und Falk hatten gedacht, dass es ein guter Versuch sein könnte. Das stimmte auch. Nur die Reaktion hatten sie nicht so vorausgesehen, wie sie jetzt ausfiel.

Der stets beherrschte Rumpolt machte eine heftige Handbewegung und stieß sein Weinglas um. Das bauchige Glas, hochstielig und dünnwandig, zerbrach. Es lenkte Lacher ab, der zudem in der Gegenwart des alten Pfarrers nicht mit einem Angriff gerechnet hatte. Er fühlte Weyers verschwitzte Hand in seinen Nacken knallen und gleichzeitig einen Stich im Hals. Sein Versuch aufzuspringen, scheiterte. Die Muskeln gehorchten ihm nicht mehr. Doch er blieb bei Bewusstsein.

„Du Vollidiot!", herrschte Povazian Weyer an. „Wie soll er jetzt reden?"

Dann wandte er sich Lacher zu.

„Keine Sorge, Dabro. Ein harmloses Nervengift. Sofern Gifte harmlos sein können. Habe ich selbst entwickelt. Du bleibst hellwach, aber für eine gute Stunde so unbeweglich wie ein Stück Holz. Im Übrigen verträgst du einiges, du warst immer eine perfekte Testperson."

Wenn der Funk einigermaßen funktionierte, wusste Falk genug, um sofort einzugreifen. Lacher versuchte, etwas zu sagen, brachte aber nur ein leises Lallen zustande. Die Augen konnte er drehen und sein Denkvermögen schien unbeeinträchtigt. Er sah zu seinem Beichtvater, der seinen maßlos erstaunten Blick ungerührt und nun ohne jeglichen Anschein von Freundlichkeit erwiderte.

„Überrascht?", fragte er. „Na ja, du warst immer bemerkenswert naiv."

Weyer hatte mittlerweile seinen Platz wieder eingenommen und grinste breit und bösartig.

„Für den fetten Fiesling sollte ich dir die Schnauze polieren, aber mir ist etwas Besseres eingefallen."

„Schweig endlich, du Unglücksrabe", sagte Lobnig kalt. Der Versicherungsmann wurde rot wie ein ertappter Schüler.

„Nun zu dir, Dabro. Dein Besuch beendet meine Ungewissheit über dein Schicksal. Das ist mir sehr angenehm. Es ist mir auch angenehm, dass du erfährst, weshalb ich gezwungen bin, über dich zu richten. Es schmerzt mich, denn ich habe einmal große Hoffnungen auf dich gesetzt. Dann kam das."

Er zog eine Schublade heraus und entnahm ihr einen Zettel, ohne danach zu suchen – so, als habe er schon lange bereit gelegen. Povazian schob ihn weiter. Es war ein vielfach zerknitterter, ziemlich alter Zettel. In der Handschrift eines Jugendlichen waren drei Wörter untereinander geschrieben:

Heuchler
Blender
Kinderschänder

Lacher las den kurzen Reim. Schlagartig fiel ihm wieder ein, dass er dies selbst geschrieben hatte. Ihm fiel auch die Vorgeschichte ein. Der leichenblasse Junge, der ihm im Schlafsaal schreckliche, widerliche Dinge zugeflüstert hatte. Er glaubte ihm nicht, bis sie ihn im riesigen Dachstuhl des Stifts von einem Strick schnitten. Da glaubte er ihm. Er erinnerte sich an seine plötzliche Wut über die Scheinwelt, die ihn umgab. Über die süßlichen Floskeln, das gewohnheitsmäßige Verbiegen des Verstands, das falsche Mitgefühl, das Geschwätz von Schmerz und göttlicher Liebe, die Fleischerträume vom erlösenden Blut, das Hohelied aufs Hinnehmen, Erdulden, Ertragen und Dienen ... An seinen plötzlichen jugendlichen Hass auf diese Sklavenreligion, die nur im Gehorchen bestand; nie fragen, gehorchen bis über den Tod hinaus. Es war ihm hochgekommen wie Erbrochenes und er hatte es in diese drei Wörter gefasst.

‚Heuchler, Blender, Kinderschänder‘

Ihm fiel der Direktor ein, dessen Trauerrede eine einzige Verurteilung war. Eine Verurteilung des Jungen, wohlgemerkt. Dann verschwanden der Zettel und die Erinnerung. Wie hatte er alles vergessen können und jahrelang weiter die Schule besuchen, die Messen als Ministrant begleiten, zur Beichte gehen? Ein weißer Fleck.

Er blickte auf, dem Priester in die Augen, in diese kleinen Gletscherteiche, die alle Gedanken, die dahinter wohnten, wirksam abschirmten.

„Du hast Dinge gehört und gesehen, die du nicht sehen wolltest – Xaver hat sich darum gekümmert, schon damals. Es brach mir fast das Herz, als ich dies in meinen Händen hielt", fuhr Lobnig fort. „Aber ich habe dich nicht aufgegeben. All die Jahre nicht. Du hattest immer einen Freund an mir. Doch in der entscheidenden Stunde hast du mich verraten."

Tränen bildeten sich in den Gletscherteichen.

„Du hast meinen Sohn verraten."

Er zog ein dickes, schwarzes Buch aus der Schublade, auf dem ein großformatiges Foto lag. Povazian schob auch diese Dinge vor den hilflosen Ex-Bullen.

Das Foto zeigte einen jungen Mönch, nicht älter als Mitte zwanzig. Er blickte hochmütig in die Kamera.

„Erkennst du ihn?", flüsterte der Priester.

Lacher erkannte ihn. War es zwei Jahre her? Von der Presse hatte der Geistliche den Namen Geißelkaplan bekommen. Im Zuge der Aufdeckung einer ganzen Reihe von Kirchenskandalen hatten sich auch mehrere Jugendliche gemeldet, die dem Erzieher sadistische Praktiken vorwarfen. Sein bevorzugtes Strafinstrument war angeblich eine Peitsche aus mehreren Riemen gewesen, deren Enden kleine Stahlkugeln trugen. Das Besondere an dem Fall war, dass die Übergriffe nicht Jahrzehnte zurücklagen, wie es sonst häufig vorkam, weil die Opfer sich nicht früher offenbaren wollten oder konnten. Der damalige Chefinspektor war nur am Rande damit beschäftigt gewesen. Der Geißelkaplan hatte sich nach einmonatiger U-Haft in seiner Zelle selbst erstickt. Lacher entsann sich, dass ihn Lobnig mehrmals gedrängt hatte, ein Ende der Haft zu erreichen. Ein Ding der Unmöglichkeit in seiner Position, selbst wenn er die Absicht gehabt hätte.

‚Du hast meinen Sohn verraten.' Lobnigs Sohn.

Langsam begann er zu verstehen.

Der Priester trocknete seine Tränen mit einem seiner riesigen Taschentücher.

„Meinen Sohn und von Gott bestimmten Nachfolger. Zeigt es ihm!", zischte er plötzlich. „Zeigt ihm unser Opus magnum!" Lacher erschrak vor dem Wahnsinn, der plötzlich im Gesicht des alten Mannes aufleuchtete. Vor allem erschrak er vor seiner eigenen Blindheit, denn es gab mit Ausnahme Falks keinen zweiten Menschen, dem er jahrzehntelang so uneingeschränkt vertraut hatte. Lobnig zog eine flache Schale mit Nüssen heran, knackte mehrere und begann zu essen. Er liebte Nüsse, ausschließlich Walnüsse. Er hatte immer welche in Reichweite gehabt, sogar während des Unterrichts. Eher Ahnungen als Erinnerungen stiegen in Lacher auf. Der Priester las ihm jeden Gedanken vom Gesicht ab.

„Macht schon!", befahl er.

Povazian und Rumpolt rührten sich nicht. Weyer dagegen sprang auf, offenkundig begierig, den Wunsch seines Meisters zu erfüllen. Er beugte sich über den Tisch, schlug das schwarze Buch auf, das sich als Fotoalbum entpuppte und ließ die Bilder wirken. Nie zuvor hatte Lacher etwas Ähnliches zu Gesicht bekommen. Frauen und Männer unter grausamster Folter, akribisch und detailgetreu fotografiert. Am schlimmsten erschienen ihm die Angst und die Verzweiflung in ihren Augen, die Gewissheit, diesen Peinigern ohne einen

Funken Sinn und Hoffnung ausgeliefert zu sein. Denn sie mussten begriffen haben, dass der Sinn nur Wahnsinn war, dem sie nichts entgegensetzen konnten.

Als Ermittler wusste der Ex-Bulle, dass sich ihr Verdacht bestätigt hatte. Mehr als bestätigt. Zwischendurch warf er immer noch ungläubige Blicke zu Lobnig, der Weyers Vorführung seelenruhig und zufrieden betrachtete.

„Das Böse hat sich über die Jahrhunderte nicht verändert", bemerkte er, nun wieder ganz in seiner pastoralen, vertrauten, freundlichen Art. „Es ist jedoch heimtückischer und geschickter geworden. Nur die Macht des Glaubens kann ihm in einer Welt des Unglaubens widerstehen. Sie haben es zugegeben, eine wie die andere. Schadenzauber, widerliche Unzucht mit dem Gehörnten, Abfall und Verrat."

Vor dem letzten Foto ließ Weyer sich Zeit. Er genoss es.

Lacher gestand sich ein, dass er sich in allen getäuscht hatte. Nicht dem Grunde nach, aber im Ausmaß ihrer Perversion. Weyer hatte er immer viel zugetraut, doch was trieb den hyperintelligenten Povazian und den ruhigen Rumpolt an?

„Schau gut hin", sagte der massige Versicherer. „Erkennst du sie?"

Lacher sah seine Frau in einer Blutlache. Er schloss die Augen.

„Wenn du genau nachdenkst, musst du jetzt ja wissen, was du getan hast."

„Wir machen einen Fehler", warf Rumpolt plötzlich ein.

„Wenn Dabro sich erinnert und deshalb hergekommen ist, dann hegte er einen Verdacht. Was liegt näher, als dass er sich um eine Rückendeckung kümmerte?"

„Natürlich", stimmte Povazian zu. Er stand ruhig auf und begann Lacher zu durchsuchen.

„Funk", bemerkte er lakonisch. „Wird ihnen aber hier nichts nützen."

Vorsichtig näherte er sich einem Fenster und spähte, ohne den Vorhang zu bewegen, auf die Straße.

„Alles ruhig. Doch wir müssen damit rechnen, dass sie hereinkommen. Dabro muss nach unten, mit dir."

Er deutete auf Weyer und richtete seinen Blick auf Lobnig.

„Rumpolt und ich verschwinden durch den Schuppen und nehmen etwas mit, das einem Menschen gleicht. Sie werden uns sehen. Wenn du und Weyer hier bleibt, stimmt die Gesamtzahl. Dann werden sie im Haus nicht gründlich suchen."

Povazian war der einzige, der den Priester duzte. Der nickte.

„Klug wie immer. Klapp das Buch zu, Weyer, und schaffe ihn ins Verlies. Trödel nicht zu lange herum."

Weyer hob Lacher anscheinend mühelos aus dem Sessel und legte ihn sich über die Schulter.

„Ciao, Dabro. Das war es wohl", sagte Povazian. Dann verließ er mit Rumpolt ebenfalls das Wohnzimmer.

53

Als der Funk nur noch gleichmäßiges Rauschen übermittelte, hielt es Falk nicht länger im Wagen.

„Ich gehe jetzt rein", entschied er. „Wenn ich mich in der nächsten Viertelstunde nicht melde, rufst du die Kollegen."

„Wie willst du ihnen die Sache mit Lacher erklären?"

„Warten wir es ab."

Der Chefinspektor überquerte die Straße und läutete. Überraschend schnell öffnete sich die Tür.

Die Haushälterin sah ihn misstrauisch an.

„Ja?"

Er zeigte ihr seinen Ausweis.

„Bringen Sie mich zu Lacher."

Sie zögerte.

„Schnell, sonst nimmt die Haustür Schaden."

Die Haustür war massiv und Falk hatte keine Ahnung, wie er sie beschädigen sollte, außer indem er ein paar Löcher hinein schoss, doch die Frau ließ es nicht darauf ankommen und entfernte die Kette. Er schob sie zur Seite und eilte, durch seinen Freund über die Räume instruiert, ins Obergeschoss. Nur der Priester saß an dem großen Tisch. Der alte Mann machte einen verlorenen, fast ängstlichen Eindruck.

„Kriminalpolizei. Wo ist Lacher? Wo sind Povazian, Weyer und Rumpolt?"

„Ich weiß es nicht", erwiderte Lobnig erschreckt. „Die Kinder sind so sprunghaft. Manchmal gehen sie ins Raucherzimmer."

Falk wollte sich ohne Umstände auf die Suche nach dem Raucherzimmer machen, da fiel sein Blick auf ein abgegriffenes, in schwarzes Leder gebundenes Buch. Der Titel schimmerte in Gold geprägt: Henricus Institoris – Malleus Maleficarum. Die Initialen waren deutlich größer und hervorgehoben. **HIMM**. Sehr ähnlich, aber doch nicht **HIMII**. Aber doch sehr ähnlich. Ohne zu überlegen, setzte er sich auf den Sessel, den wenige Minuten zuvor noch Lacher eingenommen hatte. Sehr ähnlich.

Als das Haus renoviert worden war, hatte man unter anderem Stahlbetondecken statt der durchhängenden, jahrhundertealten Holzkonstruktionen eingezogen. Seither knarrten die Böden nicht mehr.

Falks Gedanken bohrten sich in das Rätsel wie die Wespe in den Apfel, wenn erst die harte Haut durchschnitten ist.

HIMM – HIMII. Wenn das II für die römische Ziffer 2 stand, könnte man die Abkürzung als M mal 2 oder M zum Quadrat lesen, im Original also: **HIMM**. Eine spielerische Irreführung.

„Was bedeutet Malleus Maleficarum?"

„Auf Deutsch ‚Der Hexenhammer'. Ein einflussreiches Werk."

Ganz nebenhin registrierte der Chefinspektor, dass die Stimme des Priesters plötzlich sehr fest wirkte.

„Verfasst von Heinrich Kramer. Ich vermute – nein – ich weiß, dass ich ihn zu meinen Vorfahren zählen darf."

„Sie heißen doch Lobnig."

„Das ist der Name meiner Mutter."

Er gab dem Wort ‚Mutter' einen Klang, als handle es sich um etwas, das man mit zugehaltener Nase und Einweghandschuhen schnellstmöglich entsorgen möchte.

Die Seiten zwischen den Buchdeckeln erschienen ungewöhnlich dick, wie bei einem Fotoalbum. Und tatsächlich ragte der Rand eines losen Fotos ein Stück weit hervor. Falk erkannte Bodenfliesen mit einem ungewöhnlichen Muster. Er wusste, woher das Foto stammte. Mit einem schnellen Griff zog er es heraus. Maja kniete vor ihrer eigenen Badewanne in einer Blutlache. Ihr Oberkörper hing in die Wanne hinein. Man sah nicht viel vom Gesicht, doch genug, um sie zu erkennen. Sie war nackt. In ihre Seite hatte der Mörder rohe Buchstaben geschnitten. Wegen des verschmierten Bluts konnte man sie kaum entziffern.

Alles spielte sich binnen Sekunden ab. Falk sah zu Lobnig, der nicht mehr lächelte. Das Gesicht des alten Manns war hart und angespannt, er erwiderte den Blick des Chefinspektors, als wolle er ihn um jeden Preis festhalten. Fast wäre es ihm geglückt. Aus dem Augenwinkel nahm Falk eine Bewegung in seinem Rücken wahr, gespiegelt in der großen, silbernen Obstschale in der Mitte des Tisches. Er ließ sich zur Seite fallen und entkam um Haaresbreite dem Beilhieb der Pfarrersköchin. Der vordere Teil der Schneide grub sich tief in die Tischkante, die Frau stieß einen wütenden Schrei aus. Falk rollte auf dem Boden weiter und riss verzweifelt am Kolben seiner Waffe, die ebenso festsaß wie die Axt. Der Priester war nämlich mit verblüffender Behändigkeit aufgesprungen und drang auf ihn ein. In der erhobenen Faust hielt er ein nadelspitzes Stilett. Er stürzte sich auf den Chefinspektor und seinen Gesichtsausdruck sollte Falk nie vergessen. Hemmungslose Ekstase, Fanatismus und die Wildheit eines Raubtiers, wie mit Gewalt hineingepresst in die gütige, alles verstehende, alles verzeihende Miene des altersweisen Geistlichen. Ein Ausdruck, der die Kunst jedes Maskenbildners übertraf.

Falk schoss auf dem Rücken liegend durch den Stoff seines Sakkos und traf den Priester in die Brust. Er schwenkte die Waffe zur Frau, der es nicht gelungen war, das Beil freizubekommen. Doch sie nahm ihn gar nicht mehr wahr. Mit lauten Klagerufen sank sie neben dem Schwerverletzten oder Toten auf die Knie. Der Chefinspektor rappelte sich auf. Er konnte die Alte nicht hier allein lassen – niemand wusste, welche Waffen noch herumliegen mochten – hatte aber keine Zeit zu verlieren. Er ließ die Handschellen um ihr Fußgelenk einschnappen und fixierte sie am Fußgelenk des regungslosen Mannes. Vergebens versuchte er an seinem Hals einen Pulsschlag zu finden.

Mit gezogener Waffe rannte er die Treppe hinunter.

„Lacher!", brüllte er. „Hörst du mich?"

Er kümmerte sich nicht um die Türen im Erdgeschoss. Eine Steintreppe führte in den Keller. Den Keller zur Straßenseite, es ging noch weiter hinab. Wieder brüllte er seine Frage.

Im zweiten Kellergeschoss zeichnete sich unter der Tür am Ende des Ganges ein Lichtstreifen ab. Falk lief hin, stieß sie

mit dem Fuß auf und fand sich in einer geräumigen Garage.
Da standen ein betagter Opel-Kombi und ein langer
Anhänger.

Jemand trommelte von außen gegen das Garagentor.

„Aufmachen! Polizei!", schrie Inspektor Lerchenfelder.

„Ich bin hier!", rief Falk. „Warten Sie!"

Er drückte auf den großen, schwarzen Knopf an der
Seitenwand, das Tor hob sich langsam. Lerchenfelder zögerte
nicht lange, sondern rollte darunter durch, sowie der Spalt
hoch genug war.

„Was ist los, Chefinspektor? Wo ist Lacher?"

„Ich suche ihn. Warum sind Sie hier?"

„Zwei Typen sind aus dem Schuppen an der
Grundstücksgrenze mit einem Quad abgehauen, als sei der
Teufel hinter ihnen her. Es sah aus, als hätten sie einen dritten
quer zwischen sich gelegt. Ich habe nicht gesehen, wie sie in
den Schuppen reingekommen sind. Aber so, wie sie in den
Wald rasten, war klar, dass etwas nicht stimmte."

Falk nickte.

„Laufen Sie in den ersten Stock. Dort liegt der Priester. Ich
habe ihn erschossen."

„Wow!", meinte sie, sichtlich beeindruckt. „Klingt wie: I shot
the Sheriff."

„Die Haushälterin oder was sie auch sein mag, ist bei ihm.
Passen Sie auf. Sie hat versucht, mich mit einer Hacke zu
erschlagen. Die steckt hoffentlich noch im Tisch. Der Priester
hatte ein Stilett. Geben Sie Alarm."

Lerchenfelder fragte nicht weiter, sondern rannte los. Falk
machte keine Anstalten, dem Quad zu folgen, er inspizierte
den Kombi und die Garage. Hier war niemand außer ihm.
Plötzlich vernahm er ein leises Grollen.

54

Lacher fühlte sich wie ein toter Sack mit einem hellwachen
Bewusstsein. Er sah die Wand im Boden der Garage
verschwinden und registrierte jedes Detail des geheimen
Kerkers, in den Weyer ihn verschleppte. Unsanft ließ er
Lacher auf eine Pritsche fallen und verschwand für kurze Zeit.
Als er wiederkam, hielt er eine Schere in der Hand. Er ließ sie
über Lachers Nasenwurzel gleiten. Dann kam er ihm so nahe,
dass jede noch so feine Schweißperle zu erkennen war. Und
der Mundgeruch.
„Leider habe ich keine Zeit, alte Rechnungen zu begleiten,
Dabro. Das wird jemand anders übernehmen."
Er kicherte zufrieden.
„Ich bereite dich nur ein bisschen vor."
Er schnippelte am Haar seines Gefangenen herum.
„Zu wenig Zeit", brummte er dabei. „Muss mich beeilen."
Von irgendwo nahm er eine Totenkopfmaske.
„Die setze ich dir auf. Und dann schicke ich dir eine Frau aufs
Zimmer. Kannst mir dankbar sein, jetzt, wo du keine mehr
hast."
Er kicherte selbstzufrieden.
„Sonja kennt die Maske gut. Die Schere lasse ich hier. Und
das auch."
Er zeigte Lacher ein Skalpell, das zwischen seinen fleischigen
Fingern wie ein kleines, böses Spielzeug aussah. Lacher
spürte, dass er es samt der Schere auf seine Brust legte. Er
spürte es. Minuten zuvor hätte er nicht beschwören können,
dass er überhaupt eine Brust besaß. Weyer zog ihm die Maske
über den Kopf. Er gab sich keine Mühe dabei. Lacher sah nun
beinahe gar nichts mehr.
„Sie ist ein bisschen eigen geworden, die Sonja. Ich schätze,
du wirst es merken."
Er konnte seine Zehen bewegen, aber es reichte noch nicht,
um die Arme zu heben.
„Verdammt, ich soll nicht trödeln."

Weyers schwere Schritte entfernten sich. Irgendwo wurde eine Tür geöffnet.

„Komm nur, Sonja, komm. Ich habe eine Überraschung für dich."

Die Schritte näherten sich wieder. Lachers Muskeln meldeten sich zurück. Aber zu langsam, viel zu langsam. Er hatte eine ziemlich deutliche Vorstellung davon, was Weyer von Sonja erwartete. Sonja, Sonja Wallner – konnte es Sonja Wallner sein?

„Sonja Wallner", flüsterte er.

Neben Weyers schweren Schritten vernahm er nun auch die leichten einer Frau.

„Frau Wallner", sagte er laut. „Ich bin Polizist. Ich bin hier, um Sie zu befreien."

Er war sich durchaus der Komik der Situation bewusst, als er – immer noch wehrlos auf dem Rücken liegend – mit größter Mühe eine Hand hob.

55

Falk begriff, dass die Rückwand der Garage ein geheimes Tor war, das sich soeben öffnete. Er ging hinter dem Anhänger in Deckung und beobachtete, wie sich der breite Eingang zu einem roh gemauerten Gewölbe auftat, das aus den Urzeiten des Hauses stammen musste. Panische Schreie drangen heraus. Ein schreiender Mann taumelte aus dem düsteren Gang in die Garage. Er hatte beide Hände vor das Gesicht geschlagen. Zwischen den Fingern strömte Blut über die Hände, viel Blut. Die Wand ragte noch einen halben Meter hervor. Blind stolperte er darüber und stürzte, rappelte sich hoch und lief weiter.

„Stehen bleiben!", rief der Chefinspektor.

Der schreiende Mann beachtete ihn nicht. Falk stellte ihm ein Bein. Weyer stürzte ein zweites Mal und blieb liegen. Falk drehte ihn auf den Rücken. Ein wirres Muster tiefer Schnitte entstellte das Gesicht, ein Auge war verloren. Der Chefinspektor tastete ihn nach Waffen ab, fand eine kleine Selbstladepistole, die er einsteckte und fesselte den Versicherungsmann mit einem Draht, der an der Wand hing. Nachdem die kurze Betäubung des Sturzes verflogen war, setzten die Schreie wieder ein. Falk lief in das Gewölbe. Die Blutspuren auf dem Boden führten ihn zu Lachers Zelle. Er fand seinen Freund halb aufgerichtet, eine blonde, schluchzende Frau an die Brust gedrückt, der er unbeholfen über den Rücken strich.

„Das ist Sonja Wallner", sagte er mit seltsam gepresster Stimme.

„Bist du in Ordnung?"

„Nur die Nachwirkungen einer Droge. Hast du sie erwischt? Der Alte ist total verrückt."

„Er ist tot. Lerchenfelder kümmert sich um die Haushälterin. Weyer liegt in der Garage, die anderen beiden sind abgehauen. Hast du ihm das Gesicht zerschnitten?"

„Das war Sonja. Er hat sie schwer unterschätzt."

Falk gab ihm die Waffe, die er dem Verletzten abgenommen hatte.

„Falls einer zurückkommt. Ich sehe mich hier um. Du musst dringend zum Friseur."

Nach wenigen Minuten war klar, dass sich niemand sonst in den verborgenen Räumen befand. Und es war klar, dass sie endlich das geheime Gefängnis der Horror-Killer gefunden hatten.

Der Chefinspektor führte Sonja und Lacher ins Freie, wobei er versuchte, ihr Weyers Anblick zu ersparen. Sein Jammern konnte er ihr nicht ersparen. Gut möglich, dass sie es ganz gerne hörte. Die Straße vor dem Haus wurde nun von zuckenden Blaulichtern gespenstisch erhellt. Falk wies seine Leute ein und schickte Sanitäter in die Garage.

Plötzlich schob sich ein hellroter Cinquecento zwischen die Einsatzfahrzeuge. Der Chefinspektor warf einen Blick zum Wagen seines Schwiegervaters. Der stand dort an die Motorhaube gelehnt und hob seine Hände in einer Geste der Hilflosigkeit. Monika stieg aus dem kleinen Fiat und eine große, gut gebaute Blondine folgte ihr mit der pathetisch selbstbewussten Haltung schöner skandinavischer Frauen. Maja, das letzte Opfer. Sie kamen näher. Noch ehe sie ihn erreichten, stand wie durch Zauberei schon Lacher neben ihm. Der Zufall wollte es, dass gerade in dem Moment Weyer, dick verbunden, auf einer Krankenliege vorbeigeschoben wurde. Mit seinem freien Auge erkannte er die Blondine.

„Verschwindet, ihr Teufel!", heulte er. „Lasst mich in Ruhe! Sie ist tot. Ich habe gesehen, dass sie tot ist! Ich habe das Zeichen gesehen!"

Lacher beugte sich über ihn und drückte einen Finger so fest auf den Notverband, dass Weyer laut stöhnte. Ein Sanitäter merkte es und wollte hochfahren. Er fing Falks Blick auf, schluckte seinen Protest hinunter und wandte sich ab.

„Die Schweinerei im Badezimmer haben wir für euch getürkt, fetter Fiesling. Mit einer Spezialistin und viel Theaterblut.

Ziemlich überzeugend, oder? Povazians Drogen waren nicht stark genug, um mich meine eigene Frau ermorden zu lassen."

„Deine geschiedene Frau", flüsterte Maja. Er legte den Arm um ihre Schultern und grinste mit seinem lädierten Blondschopf das alte Skilehrerlächeln.

„Vielleicht reparieren wir das ja wieder."

Falk spürte Monikas Hand, die ihn wegzog.

„Du bist ein indiskreter Holzklotz. Willst du den Kopf auch noch dazwischen stecken, wenn sie sich endlich versöhnen?" Mit unfehlbarem Blick entdeckte sie trotz des schlechten Lichts das Loch in seinem Sakko.

„Wie hast du das ruiniert?"

„Ich habe den Priester erschossen", murmelte er bescheiden.

„Mach das nicht zu oft", sagte sie kühl. „Das können wir uns nicht leisten."

Falk fuhr mit Monika nach Hause und fiel in einen Tiefschlaf, aus dem sie ihn am nächsten Morgen mit Gewalt wach rütteln musste. Sein erster Weg führte ihn ins Krankenhaus zu Sonja Wallner. Neben ihrer Zimmertür saß ein Polizist.

Eine resolute Schwester empfing den Chefinspektor. Sie vermittelte auf Anhieb den Eindruck, dass sie ohne Weiteres mit ihm Pferde stehlen würde, falls ihm danach wäre.

„Wie geht es ihr?"

„Erstaunlich gut, wenn nur die Hälfte von dem stimmt, was ich über ihr Schicksal gehört habe. Ihr Mann und ihr Sohn waren hier. Die ganze Station hat mitgeheult vor lauter Rührung."

„Ist sie jetzt allein?"

„Ja. Wir wollten nicht riskieren, dass sie vor Freude umkippt, wenn sie schon so viel ertragen hat, um diesen Moment zu erleben."

„Kann ich zu ihr?"

„Sie werden behutsam mit ihr umgehen?"

„Wie mit einem rohen Ei."

„Gut."

Sonjas Einzelzimmer entsprach dem modernen Standard: nicht ungemütlich, aber auch nicht so, dass man für eine Sekunde vergessen würde, sich im Krankenhaus zu befinden. Gemessen an der Zelle im Horror-Kerker musste es für sie dennoch knapp unter dem Paradies angesiedelt sein.

Sie lag halb aufgerichtet im Bett und sah ihn an. Gezeichnet von der Gefangenschaft, aber mit einem Lächeln, dem sich nicht einmal der gefallene Engel persönlich hätte entziehen können.

„Das ist Chefinspektor Falk", sagte die Schwester, ebenfalls lächelnd. „Er hat versprochen, Sie wie ein rohes Ei zu behandeln. Falls er es nicht tut, werde ich ihm zeigen, was man mit rohen Eiern noch alles anfangen kann."

„Ich kenne ihn", erwiderte die Wallner leise. „Er hat uns herausgeholt."

„Oh!"

Die Schwester schenkte Falk einen anerkennenden Blick und ließ sie allein. Er setzte sich und griff aus einem Impuls heraus nach ihrer Hand. Sie zuckte zusammen.

„Entschuldigung", murmelte er.

Sie griff ihrerseits nach seiner Hand.

„Ich muss mich erst wieder daran gewöhnen, dass es auch freundliche Berührungen gibt."

„Wer von der Bande hat Sie entführt, Sonja?"

„Das war der Teufelspriester höchstpersönlich", meinte sie leichthin. „Wer misstraut schon einem freundlichen, alten Pfarrer?"

„Mit wem hatten Sie noch Kontakt?"

Ihr Blick trübte sich.

„Mit dem Totenkopfmann, er heißt Weyer. Ihm machte alles großen Spaß. Die alte Teufelin hat mich eingeteilt zum Kochen und Putzen. Ich musste auch nach den Verhören putzen."

Er fragte nicht nach Einzelheiten.

„Haben Sie andere Gefangene kennengelernt?"

Sie schüttelte den Kopf.

„Nur ihre Schreie."

„Noch jemanden von der Bande?"

„Bei meinen eigenen Verhören war ein weiterer Mann anwesend. Ich habe ihn nie gesehen, nur gehört. Es war nicht der Spritzenmann, der hat eine andere Stimme."

„Hat er Ihnen auch Spritzen gegeben?"

„Nur bis zum Freispruch. Dann Schlafmittel. Und andere Drogen, glaube ich. Die waren nicht das Schlimmste."

„Sie wurden freigesprochen?"

„Deshalb lebe ich. Ich habe nachweislich keine Hexerei ausgeübt."

„Sonst noch Beteiligte, von denen Sie wissen?"

„Nein."

„Wie haben Sie es ausgehalten?"

Sie verstand, was der Chefinspektor meinte.

„Ohne verrückt zu werden? Ich habe gelernt, mich auszublenden. Die Kunst besteht darin, so viel vom Ich übrigzulassen, dass man wieder zurückkehren kann."

Er fragte sie nach ihrem Sohn. Sie erzählte, er habe als einziger immer daran geglaubt, dass die Mama noch lebte. Er habe so fest daran geglaubt, dass ihr Mann um seinetwillen nicht wieder geheiratet hatte. Falk versprach, bald wieder zu kommen.

Ein Arzt teilte ihm mit, dass Weyer viel Blut und ein Auge verloren habe und sich im künstlichen Tiefschlaf befand. Die plastische Chirurgie würde Großes leisten müssen, um sein Gesicht einigermaßen wiederherzustellen.

„Freut mich zu hören", sagte der Chefinspektor und fuhr ins LKA.

57

Noch in der Nacht von Falks Coup hatte sich herausgestellt, dass Rumpolt, der Buchhalter, nie vor Gericht stehen würde. Sie fanden ihn erhängt in seiner Wohnung. Er hatte die Krawatte zu einer Schlinge gebunden, das lose Ende an einen Garderobenhaken geknotet und die Beine angezogen. Einfach und effizient. Im XPD-Firmengebäude hatte es eine gewaltige Explosion gegeben. Mehr als ein kokelnder Trümmerhaufen war nicht übrig geblieben. Doch Povazian lag nicht darunter. Ihm ging es nur ums Aufräumen. Seine Frau sagte aus, er sei nach Hause gekommen – gelassen und kühl wie immer – habe einen Koffer genommen, der seit Jahren in seinem Arbeitszimmer stand, und das Haus kommentarlos wieder verlassen. Seither war er wie vom Erdboden verschlungen. Sie wusste nicht, was sich im Koffer befunden hatte. Sein Wagen wurde durch Zufall sehr rasch in einer Parkgarage entdeckt. Das war es dann auch schon.

Die kommenden Tage brachten eine Fülle von Erkenntnissen. Weyer lag weiterhin streng bewacht im Krankenhaus, empfand grenzenloses Mitleid mit sich selbst und schwur heilige Eide, nur ein kleiner Mitläufer gewesen zu sein, eigentlich selbst ein Opfer. Lobnigs Haushälterin – die Mutter seines Sohns – saß in einer Zelle und bejammerte die Toten. Auf Fragen reagierte sie nicht.

Als umso aussagekräftiger erwies sich das Archiv im geheimen Kerker. Rumpolt hatte Ordner um Ordner gefüllt. Mit Anklagen, Vernehmungsprotokollen, Arten der Befragung, Geständnissen, Urteilen und Vollstreckungsberichten. Und Unmengen von Fotos sowie einigen Videos. Es war nicht klar, wer dies alles aufarbeiten würde. Die Gefahr, darüber den Verstand zu verlieren, schien erheblich. Die Gesamtzahl an Opfern stand immer noch nicht fest.

Jedenfalls offenbarte das Archiv die Beweggründe und Verhaltensweisen der Täter. Der Priester suchte besessen nach

227

Hexerei, Ketzerei und vor allem Schadenzauber jeder Art. Weyer saß als Versicherungsmann an der modernen Meldestation für derartige Umtriebe. Dass er dabei als Verdächtige eher junge Frauen und Männer wählte, hing wohl mit seinen sadistischen und sexuellen Neigungen zusammen, denen Lobnigs Feldzug gegen die Umtriebe Luzifers sehr zugute kam. Wenn zum behaupteten Schaden noch eine geringfügige, körperliche Auffälligkeit trat – Kollers verkürzter Mittelfinger, Wallners verwachsenes Ohr – schwebten die Betroffenen in höchster Gefahr. Falk erfuhr, dass solche Teufelsmale in früheren Zeiten als besonders verdächtig gegolten hatten.

Sonja Wallner war nur deswegen mit dem Leben davongekommen, weil ihr Nachbar zugegeben hatte, an seinem Missgeschick selbst schuld gewesen zu sein. Das gelangte über eine Zeitungsmeldung bis zu Lobnig. Gerade noch rechtzeitig für Sonja. Die Hexenprozesse dauerten lange und nicht jedem Geständnis wurde auf Anhieb Glauben geschenkt. Es könnte ja auch nur abgelegt worden sein, um weiterer Folter zu entgehen. Dieser Logik folgend musste erst recht weiter gefoltert werden, um einen Irrtum zu vermeiden. Doch Sonja wurde tatsächlich freigesprochen. Von Freilassung war natürlich nicht die Rede, das hätte die große Mission gefährdet. Sie blieb also eine Gefangene, quasi aus Staatsräson. Kein guter Status, wenn man es mit Menschen wie Weyer zu tun hat.

In den ausgedehnten Gewölben fand sich alles, was einen gewöhnlichen Albtraum zu einem Horrorschocker macht. Der große Verhörraum mit seinem Martermobiliar, zahllose Folterwerkzeuge, große Kühltruhen, außerdem Waffen und die Anzüge und Masken, die die Spurensicherung ausgebremst hatten. Es gab sogar eine Art Räucherkammer, in der vermutlich Sandra Huainig zu Tode geröstet worden war. Daneben fanden sich aber auch normale Räume wie Küche, Speisekammer und Dusche. Wenn die Zellen belegt waren, mussten ihre Insassen laufend versorgt werden.

Das allgemeine Entsetzen war groß, ebenso die Gier nach
Details. Als mediale Bezeichnung des inquisitorischen
Priesters setzte sich in den Medien rasch ‚Die Kreuzspinne'
durch. Man fand heraus, dass er das ‚Folterhaus' vor mehr als
30 Jahren gekauft und Stück für Stück renoviert hatte.
Manche Nachbarn erinnerten sich an ausländische Firmen,
obwohl Hochwürden seine Ortsverbundenheit stets betonte.
Es lag auf der Hand, dass er damit Details wie die in voller
Länge versenkbare Wand geheim halten wollte.

58

Oberst Prettner zog eine tadellose Show ab. Sowie der Fall
gelöst war, ließ er keinen Zweifel daran aufkommen, dass er
stets alles unter Kontrolle gehabt habe: von dem
vorgetäuschten Mord an Maja über Lachers Untertauchen in
der Schihütte des Schwiegervaters und den angedeuteten
Selbstmord am Ossiacher See bis zum improvisierten Einsatz
im Haus des Pfarrers unter Beteiligung von Privatpersonen. Er
ließ jedermann streng vertraulich wissen, dass
außerordentliche Umstände außerordentliche Maßnahmen
erforderten. Inspektor Lerchenfelder verachtete ihn dafür nicht
mehr als zuvor, weil sie dazu gar nicht imstande war. Falk
kam das Verhalten seines Vorgesetzten nicht ungelegen. Bei
den haarsträubenden Beugungen diverser Dienstvorschriften
hatte er mehr oder minder damit gerechnet.
Eine Woche nach dem Zugriff berief der Oberst ein kleines
Meeting ein.
„Es ist längst nicht alles ausgewertet, ich weiß."
Er lächelte in die Runde, in der neben Falk und Lacher der
Leiter der Pressestelle, der Profiler Köhler und der Professor
saßen. Außerdem ein Beamter des Innenministeriums, ein
Irgendwas-Rat Huber. Zwischen dem Profiler und Norobosco
wirkte er wie ein grauer Beistrich, der zwei aufgeplusterte
Hähne trennte. Ein harter, gut geschliffener Beistrich
allerdings, der auf seine besondere Art Ärger versprach. Der
Oberst behandelte ihn überraschenderweise wie Luft.
„Wir hatten vom ersten Tag an den Eindruck, dass in diesem
außergewöhnlichen Fall eine Verbindung zu Kollegen Lacher
bestand, nicht wahr Chefinspektor?"
Falk nickte und sagte: „Oh ja, er hat die Leiche gefunden." Er
hatte seit Jahren keinen Satz mehr mit ‚Oh ja' begonnen.
Prettner wedelte ungeduldig mit der Hand.
„Natürlich, natürlich. Ich meine aber diese tiefere
Verbindung, die sich – wie sich zuletzt herausstellte – über
Jahrzehnte erstreckte."

„Die Wurzeln des Falls reichen sogar noch weiter zurück",
bemerkte der Chefinspektor. „Im 15. Jahrhundert verfasste der
Dominikaner Institoris seinen berüchtigten Hexenhammer.
Eine Art Handbuch zur Rechtfertigung und Durchführung von
Hexenverfolgungen."
Der Beistrich aus dem Ministerium unterbrach ihn mit seiner
kühlen, scharfen Stimme: „Ich bin wegen der Causa Lacher
gekommen, nicht zum Geschichtsunterricht."
„Dann lassen Sie ihn ausreden!", forderte der Professor
schroff.
Falk setzte ungerührt fort.
„1953 – fast ein halbes Jahrtausend später – ereignete sich in
Linz ein erstes konkretes Verbrechen, das mit dem Haupttäter
in Zusammenhang steht. Agnes Lobnig, seine Mutter, wurde
Opfer eines Gewaltverbrechens. Man hat sie in ihrer
Wohnung tot aufgefunden, erstochen mit einem
Küchenmesser. Der Fall wurde nie geklärt. Ein Zeuge
behauptete, ihren Sohn auf der Straße in der Nähe des
Mietshauses gesehen zu haben. Doch der besuchte damals das
Priesterseminar und zwei seiner Kommilitonen gaben ihm ein
Alibi. Wir hätten nichts davon erfahren, doch der Pfarrer hatte
die alten Zeitungsartikel aufbewahrt."
„Deshalb muss er sie nicht umgebracht haben", nörgelte der
Irgendwas-Rat Huber.
„Nein. Seine Obsession für den Hexenhammer dürfte
jedenfalls persönliche Gründe gehabt haben. Unser Geistlicher
war ein uneheliches Kind wie übrigens auch Lacher. Sein
Vater starb im letzten Kriegsmonat. Er hieß Heinrich Kramer,
so wie Institoris mit deutschem Namen."
„Lobnig hielt sich für den Nachfahren des Hexenhammer-
Autors?"
„Ja. Daraus leitete er seine göttliche Mission ab. Die
Fortsetzung des Kampfes gegen das Böse mit den Mitteln
seines vermeintlichen Ahnen. Er hasste seine Mutter, weil sie
den Vater nicht heiraten wollte und ihm damit in gewisser
Weise den bedeutenden Vorfahren verwehrte. Das war in

seinen Augen Verrat und Verrat verzieh er nicht. Er betrieb übrigens umfangreiche genealogische Forschungen. Dabei kam es ihm durchaus gelegen, dass über seinen Vater wenig bekannt war. Wenn man vom Resultat einer Recherche von vornherein überzeugt ist, sind Fakten eher hinderlich."

„Man könnte meinen, Sie sprechen über Polizeiarbeit", merkte Dr. Dr. Köhler lächelnd an. Oberst Prettner lächelte sekundenlang mit, dann begriff er die Ironie und erstarrte in Missbilligung. Der Professor schnaubte ärgerlich.

„Sie haben gut ins Team gepasst, Dr. Köhler", sagte Falk gleichmütig. „Danke. Wir wissen also nicht, ob Lobnig seine Mutter getötet hat. Unbestritten ist nur seine Faszination für Institoris und seine beachtliche Fähigkeit, Menschen an sich zu binden und zu manipulieren. Im Stiftsinternat erhielt er reichlich Gelegenheit dazu. Begeisterungsfähige, junge Leute, vielfach aus religiösen Familien. Er sammelte einen kleinen Kreis von Auserwählten um sich. Seine späteren Mittäter bildeten den engsten Zirkel."

„Povazian, Rumpolt, Weyer?"

„Ja. Und natürlich Gudrun Klein, die Köchin und Haushälterin. In der Gruppe spielte sie keine Rolle, doch sie war zweifellos über alle Vorgänge in den Kellergewölben eingeweiht und außerdem die Mutter seines Sohnes. Dessen Tod in der Untersuchungshaft löste vermutlich die Ereignisse dieses Sommers aus. Lobnig intervenierte damals über alle möglichen verdeckten Kanäle, doch vergeblich. Was jahrzehntelang funktioniert hatte, funktionierte plötzlich nicht mehr. Kollege Lacher war nur am Rande mit den Ermittlungen befasst, doch nach dem Selbstmord des Geißelkaplans richtete sich Lobnigs gesamter Hass gegen ihn. Man muss sein pathologisch gestörtes Menschenbild berücksichtigen, um das zu verstehen."

„Fahren Sie mit Lacher fort", verlangte der Beistrich.

„Chefinspektor Lacher zählte als Schüler zu Lobnigs Lieblingen. Sehr religiös, intelligent und empfänglich für neue Eindrücke. Doch er enttäuschte den Priester. Der Freitod eines missbrauchten Internatszöglings veranlasste ihn zur Notiz ‚Heuchler – Blender – Kinderschänder'. Für Lobnig ungeheuerlich. Mit Hilfe von Povazians Hypnose- und Drogenkenntnissen brachte er den einstigen Favoriten wieder unter Kontrolle. Er blieb sein Beichtvater. Er blieb es über die Jahre hinweg, auch während Kollege Lacher jene Vermissten suchte, die zu Lobnigs Entführungsopfern zählten. Das musste dem Pfarrer wie eine göttliche Bestätigung seiner Allmacht vorgekommen sein. Er sprach einen Bullen von seinen Fehltritten frei, während die von diesem Bullen Gesuchten drei Stockwerke tiefer seiner perversen Gerichtsbarkeit ausgeliefert waren. Aber schon damals wurde Lacher mit der Voraussicht gelenkt, dass er sich irgendwann als Sündenbock eignen würde."

Der Ministerialbeamte klopfte mit der flachen Hand auf den Tisch und sagte mit beißendem Spott: „Wunderbar, wenn wir einen Polizisten, der sich schon als Halbwüchsiger von einem Massenmörder umgarnen und mit Drogen versorgen ließ, nun mit offenen Armen wieder aufnehmen!"

Gleichmütig erwiderte der Chefinspektor: „Lobnig umgarnte noch weit mehr Halbwüchsige, die ihm später allerhand Gefälligkeiten erwiesen. Er hat auch darüber genau Buch geführt. Das Stiftsinternat genießt in Österreich einen hervorragenden Ruf. Ich habe auszugsweise eine Liste zusammengestellt, mit welchen Persönlichkeiten er regelmäßigen Kontakt pflegte."

Er reichte das Papier zum grauen Beistrich. Der las, seine schmalen Lippen wurden noch dünner und blasser, dann gab er die Liste zurück.

„Aber keiner dieser Leute war in seine Verbrechen verstrickt."

„Das war Kollege Lacher auch nicht."

In diesem Moment klingelte Hubers Handy. Er warf einen Blick auf das Display und meldete sich. Oberst Prettner lächelte milde. Der Beistrich hörte eine Minute lang nur zu und sein Gesicht wurde dabei so grau wie der Anzug. Ohne selbst ein Wort zu sagen, beendete er das einseitige Gespräch, stand auf, nickte knapp und verließ das Oval Office. Sie blickten ihm erstaunt nach, nur Prettner zeigte keine Verwunderung.

„Macht Ihnen der Typ keine Sorgen, Oberst?", fragte Lacher. Der Leiter des LKA gestattete sich ein glucksendes Lachen.

„Sein Vorgesetzter ist einer meiner besten Freunde. Er kann den Kerl nicht ausstehen. Ich weiß zufällig, dass seine Karriere schnurgerade in eine Sackgasse führt, aus der es kein Entkommen gibt. Ich schätze, jetzt weiß er es auch."

Der Oberst gluckste nochmals.

„Damit ist die Diskussion um Ihren Wiedereintritt erledigt, Chefinspektor Lacher. Wie versprochen. Fahren Sie fort, Falk."

Falk fühlte seine Ansicht bestätigt, dass die Kompetenz seines Vorgesetzten keinesfalls in der Ausfüllung von Funktionen lag, jedoch umso mehr in deren Erlangen und Verteidigen.

„Der Tod von Lobnigs Sohn liegt zwei Jahre zurück. Seither trieb er seine alten, vagen Pläne in Bezug auf Lacher konsequent voran. Das Ziel war dessen endgültige Zerstörung. Seine Vernichtung in jeglicher Beziehung. Persönlich, moralisch, beruflich, gesellschaftlich. Er sollte nicht nur sterben, sondern auch als Toter noch geächtet und verachtet werden."

„Wie fanden Sie es heraus?", fragte Norobosco.

„Leider sehr langsam. Der Zusammenhang mit Lacher lag zwar in dem Moment auf der Hand, als er die Leiche von Ines Koller fand. Sie war gezielt für ihn an die Fundstelle gebracht worden. Sie wurde ihm präsentiert. Das stand außer Zweifel. Die Täter mussten also in irgendeiner Weise mit seinem Umfeld zu tun haben. Irgendwann hatte es einen Kontakt gegeben – aber wann? Lacher war über Jahre hinweg in die Ermittlungen eingebunden gewesen, hatte mit Hunderten Personen gesprochen, die rund um die Vermisstenfälle auftauchten. Von anderen Fällen ganz zu schweigen. Es mochten im Hintergrund Querverbindungen bestehen, von deren Existenz wir nichts ahnten. Es gab einfach zu viele Anknüpfungspunkte.

Und zwangsläufig drängte sich eine zweite Theorie auf: War er nicht nur als Polizist, sondern womöglich auch persönlich in diese Verbrechen verwickelt?

Es waren nicht seine Freunde unter den Kollegen, die diese Variante ins Spiel brachten. Aber das hieß nicht, dass sie undenkbar war. Im Gegenteil. Inspektor Prüller kommt das Verdienst zu, anhand alter Protokolle aufgedeckt zu haben, dass Lacher mehrmals in zeitlicher und örtlicher Nähe dienstlich tätig war, bevor es zu den Entführungen kam. Wenn man dies unter einem bestimmten Blickwinkel betrachtete, drängte sich ein Muster fast auf. Dazu traten persönliche Probleme, die zu seinem Ausscheiden aus dem Polizeidienst geführt hatten. Er war – ganz objektiv betrachtet – nicht allzu vertrauenswürdig."

„Aber du hast mir vertraut", unterbrach Lacher.

„So in etwa. Ich musste mich für eine Variante entscheiden. Irgendwie warst du verstrickt, als Täter oder als Opfer. Als wir diesen Freund von dir trafen, den Handelsvertreter, der von der Schule plauderte, und du sehr glaubwürdig keine Ahnung von der Geschichte hattest, entschied ich mich, dich als Opfer zu sehen."

Dr. Dr. Köhler, der für seine Verhältnisse schon viel zu lange geschwiegen hatte, hielt es nicht mehr aus.

„Lobnig war ein extremer Psychopath, aber aus seinem psychopathischen Blickwinkel ein gerechter Richter. Immerhin hat er Sonja Wallner freigesprochen, als er erfuhr, dass ihr angebliches Opfer selbst die Verantwortung für den erlittenen Schaden übernahm. Wie konnte er da seinen ehemaligen Zögling Lacher für den Freitod seines Sohnes verfolgen?"

„Er hatte ziemlich altmodische Rechtsgrundsätze: Die Tat tötet den Mann. Oder die Unterlassung. Seiner Ansicht nach war Lacher für den Tod seines Sohns verantwortlich, weil er es unterlassen hatte, ihn aus der U-Haft zu befreien. Das lag zwar gar nicht in seiner Befugnis, doch Lobnig war vom Gegenteil überzeugt."

Köhler nickte.

„Okay. Aber weiter: Ein Psychopath findet einen Sadisten und einen religiös verwirrten Buchhalter, dem jegliche Empathie mit den Opfern fehlt. Soweit passt es zusammen – doch wie fügt sich dieser Povazian ein?"

„Bei seinen Kunden gilt er als Genie. Doch hatte seine Firma allem Anschein nach auch ein illegales Standbein. Er scheint ein höchst kreativer Designer künstlicher Rauschgifte zu sein. Laut Sonja Wallner ist er häufig mit Phiolen, Pulvern und Spritzen aufgetaucht. Lobnigs Gefangene waren seine Versuchskaninchen."

„Ist das Grund genug für einen rational denkenden Menschen – oder auch für einen rational denkenden Kriminellen – jahrelang in einer geheimen Inquisitionszelle mitzumachen?"

Lacher mischte sich ein.

„Es liegt an seiner Selbstherrlichkeit. Povazian ist nicht auf eine Art und Weise eingebildet wie viele andere, da steht er darüber. Er hat einfach nie den geringsten Zweifel an seiner einzigartigen Überlegenheit gekannt. Deshalb hasst er Regeln, ich meine, fremde Regeln. Ist sogar irgendwie verständlich. Wenn einer so verdammt gescheit und unfehlbar ist, unterwirft er sich nicht gern den Vorschriften von Leuten, die nach seinem Maßstab tief unter ihm stehen. Es hat ihm immer den größten Spaß bereitet, Regeln zu brechen. Alle Regeln. Da hatte ihm Lobnig einiges zu bieten."

„Das trifft zu", ergänzte Falk. „Möglicherweise waren die Rollen aber anders verteilt."

Er begegnete dem verwirrten Blick des Obersts.

„Lobnigs Wahn bildete zweifellos den Ausgangspunkt dieser Verbrechen. Aber danach … Die ausgeklügelte Organisation, das logistische Kunststück, Personen spurlos verschwinden zu lassen und ihre Kerker über Jahre geheim zu halten – dahinter steckt ein hellwacher, analytischer Verstand. Die Idee, den Namen von Lachers Vater mit den Anfangsbuchstaben von

Heiligen zu buchstabieren, die auf ähnliche Art starben wie Lobnigs Opfer, spricht für einen besonders perfiden Humor. Der Humor des Priesters war eher schlicht. Ganz allgemein passt der Plan zu Lachers Lenkung und Vernichtung mit all seinen Finten und Feinheiten, nicht zu den religiös-psychopatischen Vorstellungen eines fanatischen Geistlichen. Er fügt sich aber gut in das Profil eines skrupellosen und hochintelligenten Verbrechers, der ein großes Vergnügen an solchen Dingen hat."

„Sie meinen, dass Povazian im Hintergrund die Fäden gezogen hat, nicht die Kreuzspinne?"

„Es ist plausibler. Auch sein Verschwinden spricht dafür. Die anderen Täter machten, was man von ihnen erwarten durfte. Lobnig riskiert und verliert sein Leben beim Versuch, seine Mission zu retten. Der wehleidige Sadist verlegt sich aufs Jammern und Abstreiten, der Buchhalter zieht den Schlussstrich, frei von Emotion. Nur Povazian hat das Scheitern kühl einkalkuliert und sich so vorbereitet, dass es nicht sein eigenes Ende bedeuten würde."

„Was hat Sie zu dem Horrorhaus geführt?", wollte Oberst Prettner wissen.

„Lachers Verdienst. Durch ihn stieß ich auf Weyer – und der log mich an. Ein Typ, dem es Vergnügen macht, schwächere Schüler zu schikanieren und zu tyrannisieren, der vergisst es nicht, wenn er selbst eine Klotaufe hinnehmen muss. Und er verzeiht nicht. Sein Versuch, den alten Freund in Schutz zu nehmen, enthielt den Hinweis, dass Lacher alles zuzutrauen sei, wenn er in Rage gerät. Povazian wiederum erwähnte sofort seine vorgebliche Suchtanfälligkeit."

Der Professor räusperte sich, Lacher sah beim Fenster hinaus, Falk fuhr fort.

„Außerdem führte er mich nicht in sein Büro, sondern in das Privatlabor. Er wollte mir vorführen, was er alles draufhat, wie sehr er uns überlegen ist. Er ist eitel."

Sein Blick streifte den Professor und Dr. Köhler.

„Ein eitles Genie. Seltsam, nicht wahr? Vor allem aber: Was verbindet ein eitles Genie mit einem gewöhnlichen Grobian wie Weyer und einem farblosen Buchhalter wie Rumpolt? Ganz gewiss nicht eine schon viele Jahre zurückliegende Schulfreundschaft. Da musste um einiges mehr dahinterstecken. Eine gemeinsame Leidenschaft. Ein gemeinsames Geheimnis, stark genug, um so extrem gegensätzliche Charaktere zusammenzuschweißen."

„Wie kamen Sie auf den Dreh mit der Hypnose?", fragte Köhler.

„Dr. Benning konnte einige Blockaden in Lachers Gedächtnis lösen. Jedenfalls soweit, dass er sich daran erinnerte, dieses typische Geräusch knackender Nüsse unmittelbar nach dem Auffinden von Kollers Leichnam gehört zu haben. Da lag endlich etwas Konkretes vor. Wenn nicht alles nur Einbildung war, musste es für das Geräusch eine rationale Erklärung geben. Mir fiel nur eine technische Lösung ein. Also suchte und fand ich Anzeichen dafür, dass Lachers Feinde irgendwo in sicherer Höhe ein Abspielgerät installiert hatten. Nachdem sich der Tatort in eine gewöhnliche Waldlichtung zurückverwandelt hatte, montierten sie es wieder ab."

„Aber wozu der Aufwand?", wunderte sich Oberst Prettner, der in seiner Überlastung noch nicht zu den Berichten vorgedrungen war.

„Sie verwendeten das Geräusch als Signal zur Auslösung hypnotisch erteilter Befehle. Die Anzahl der geknackten Nüsse bildete einen simplen Code. In diesem Fall die Aufforderung, möglichst bald beim Priester zu erscheinen. Tatsächlich besuchte Lacher ihn schon tags darauf. In der Gewissheit, aus eigenem Antrieb zu handeln. Und zugleich schuf das vertraute Signal in seinem Unterbewusstsein die Überzeugung, irgendwie ganz persönlich mit dem Tod der Frau in Verbindung zu stehen."

„Das wird man nicht nachweisen können", grummelte der Professor. „Es ist ja auch egal. Können Sie vielleicht noch erklären, wieso zum Teufel die Kerle gerade Nüsse verwendeten?"

„Es gab in Lobnigs Stiftzirkel viele seltsame Rituale. Lacher fungierte oft als Vorleser. Er las unterschiedlichste Texte, unter anderem für fromme Ohren so gewagte wie den Decamerone oder Casanovas Memoiren. Der Vorleser sah nur die Seiten des Buchs im Kegel seiner Leselampe. Ob die anderen Burschen zuhörten oder sich stimulieren ließen, was sie miteinander oder mit anderen trieben, wusste er nicht. Irgendwo im Hintergrund thronte der Priester und knackte in regelmäßigen Abständen seine Walnüsse. Dr. Benning glaubt, dass Lobnig oder Povazian bei ihren Hypnose- und Drogenexperimenten die starke, signalhafte Wirkung dieses Geräusches auf unseren Kollegen entdeckten und dann begannen, es bewusst einzusetzen."

„Sehr schön", meinte Oberst Prettner mit einem Blick auf seine Man-gönnt-sich-ja-sonst-nichts-Rolex. „Ich habe Sekt kalt stellen und ein paar Brötchen vorbereiten lassen."

„Von der Kantine?", entfuhr es Lacher.

Prettner sah ihn entgeistert an.

„Ich hoffe, die Hypnose und das ganze Zeug haben bei Ihnen keine Schäden hinterlassen, Chefinspektor. Immerhin halte ich meinen Kopf für Sie hin."

Zum Empfang stießen auch die anderen Beamten von Falks Gruppe.

„Erlmann hatte gar nichts damit zu tun?", fragte Heidenwandtner den Chefinspektor.

„Gar nichts. Er mag ein wenig sonderlich erscheinen, ist aber ein Ehrenmann."

„Ein Ehrenmann, der mit Callboys um Pfänder würfelt."

„Schilling hat es überprüft. Er mag auch Callgirls."

Woran immer Heidenwandtner sich verschluckte, er hustete ausgiebig und sein Kopf lief rot an. Minuten später zog der Professor Falk zur Seite. Seine Frage war nicht leicht zu verstehen, da er Brötchen prinzipiell ohne abzubeißen in den Mund schob und nichts dabei fand, mit vollem Mund zu sprechen. Sie klang ungefähr wie: „Eines noch. Weshalb das Brandzeichen?"

„Es war der Stempel des Inquisitionsgerichtshofs. Schuldig gesprochen und zum Tode verurteilt."

Lacher stürmte so schwunghaft in Falks Büro, dass der
beinahe seine Zigarette aus dem Fenster fallen ließ.
„Sie ist einverstanden!"
„Maja?", riet Falk.
„Wer denn sonst? Wir heiraten wieder. Ich weiß jetzt ja,
warum ich damals ausgerastet bin. Nach dem Streit mit Niko
waren alle sauer. Wenn Maja sauer ist, muss sie etwas tun. Sie
beschloss, einen Reindling zu backen und begann mit dem
Nüsseknacken. Sie sagt, in dem Moment habe sich mein
Gesichtsausdruck verändert, als sei ich plötzlich ferngesteuert
gewesen. Dann geschah es."
„Du warst ferngesteuert. Das gehörte zu ihrem Plan."
„Wie sollten sie wissen …"
„Maja ist höchstwahrscheinlich die einzige Schwedin in
Kärnten, die einen Reindling backen kann. Jeder, der euch
kennt, weiß das."
Für einen Moment erblasste sein Freund.
„Mit dem Verstand habe ich es begriffen, wirklich glauben
kann ich es immer noch nicht."
„Du und dein Glauben. Gehen wir besser runter und trinken
ein Glas auf dein Glück."
Vierzehn Tage später fand die Hochzeit statt.
Unter den Gratulationskarten fand sich eine, die Lacher lieber
nicht erhalten hätte. Die Nachricht beschränkte sich auf einen
roten, ovalen Stempel, der die Initialen **HIMII** umschloss.
Darunter stand XP, daneben ein hässliches Smiley mit
Kreuzchen statt Augen und einem weit aufgerissenen Mund.
Er zeigte sie Falk.
„Droht er mir?"
„Es ist Povazians Art von Humor. Und außerdem ein Zeichen,
dass er sich noch nicht zur Ruhe setzen will."
Natürlich war es eine Drohung. Aber heute ist Hochzeit,
dachte Falk.

Weitere Bergmann-Krimis

Kärntner Mordsbullen 1, 2 und 4
Der Berufserbe – Chefinspektor Falks Sündenfall
Der gelbe Gladiator – Chefinspektor Falks Fingerfall
Club der Harlekine – Chefinspektor Fuchs in Wien

Das Möbiusband – Chiara Fontana – Fantasy-Thriller
Dicke Liebe – Irrwitzige Kriminalstories
Tore des Bösen – Kärnten-Thriller

Privatdetektiv Jingle Bell 1-2:
Die Leiche ist halb durch – Krimiparodie
Das Massengrab hat Hunger – Krimiparodie

www.peter-bergmann.at